Elsa Spach

Kalter Plan

Psychologischer Thriller

Autorin: Elsa Spach
Umschlaggestaltung, Illustration: Edward Mason
Verlag & Druck: tredition GmbH, Halenreie 40-44, 22359 Hamburg
ISBN:
978-3-347-11571-2 (Paperback)
978-3-347-11572-9 (Hardcover)
978-3-347-11573-6 (e-Book)

1

28. Januar 2012, REGINE

Die Gäste, die hier im Februar auftauchen, kommen wegen der Robben. Ausgerechnet zu einer Jahreszeit, wenn der Wind direkt vom Nordpol über uns hinwegbläst, werden die Robbenbabys geboren. Zu Hunderten liegen die Mütter am Strand, eine steingraue Masse, die sich beim Näherkommen als Ansammlung wuchtiger Körper entpuppt. Ihre Jungen bleiben meist im Dünengras versteckt und schleppen sich nur zu ihren Müttern, wenn sie hungrig sind.

Gestern traf eine Familie mit zwei Teenagern bei uns ein, allesamt Brillenträger, groß und stämmig gebaut. Heute wecken sie mich schon um sieben, als sie mit ihren schweren Stiefeln die Treppen herunterpoltern, um ihren Rottweiler auszuführen. Zuerst hatte ich geglaubt, die Teenager seien ein junges Ehepaar; beinahe hätte ich ihnen das Doppelzimmer statt das mit den Einzelbetten gegeben. Sie kicherten und klärten mich auf. Meist spricht die Mutter, laut und mit klagender Stimme. Die Tochter lächelt gequält durch ihre Zahnspange, Vater und Sohn tauschen Blicke aus und schweigen. Wie ich beim Servieren erfahre, ist der junge Mann ein mathematisches Genie seines Schuljahrgangs. Dafür scheinen seine Emotionen tief im Inneren vergraben zu sein.

Neben mir ertönt ein Aufschnarchen, dann wälzt Joe sich zu mir herum und zieht sich das Federbett wie eine Kapuze über den Kopf. Dick eingepackt muss er sein, und Wollsocken braucht er, sonst schläft er nicht. Ein Hauch von Weindunst dringt in meine Nase.

Gestern Abend hatte die Mannschaft der Auffangstation ihr wöchentliches Treffen im Wild Man, unserem Pub im Dorf. Ich bin erleichtert, dass Joe sich so rasch eingearbeitet hat und unter den Kollegen so beliebt ist. Er ist spät ins Bett gekommen, ich werde ihn schlafen lassen. Wenn er einen frühen Termin hat, sollte er sich selbst einen Wecker stellen. Es wäre nicht das erste Mal, dass er verschläft, aber vielleicht lernt er endlich daraus. Später wird er mir vermutlich Vorwürfe machen. Ich betrachte sein schmales Gesicht, seine geöffneten Lippen, und berühre seine Wange federleicht, worauf sie zuckt.

Draußen verklingen die Schritte und Stimmen der Gäste, dann herrscht Stille, als sei die Welt in Watte gehüllt. Noch bevor ich hinausschaue, weiß ich, dass es geschneit hat. Die dicken Vorhänge lasse ich geschlossen, obwohl von draußen ohnehin kein Licht hereindringen und Joe wecken könnte. Ich schlüpfe in Jeans und Wollpulli und schleiche auf Hausschuhen hinunter in die Küche.

Zwei schwarze Wirbelwinde stürzen winselnd auf mich zu. Ihre Körper sind warm und geschmeidig vom Liegen vor dem großen Gasherd, der Seele meiner Küche. An die Wand gehockt lasse ich sie um Körperkontakt mit mir buhlen. Meist gewinnt Poppy, weil ihre Tochter Ruby zu rücksichtsvoll ist und sich fortdrängen lässt.

Ein englisches Frühstück läuft zu einer riesigen Mahlzeit auf, wenn Gäste wie unsere derzeitigen sämtliche Beilagen auf der Bestellliste ankreuzen. Mir ist unbegreiflich, wie manche Leute solche Mengen an Würstchen, geschmortem Speck, Spiegelei auf in Butter oder Schmalz gebratenem Toastbrot, gebackenen Bohnen, Champignons und Tomaten am Morgen verspeisen können, ohne dass ihr Magen rebelliert. Ich zerlasse Butter in einer Auflaufform, fülle Würstchen, Speck, Pilze und Tomaten hinein, schiebe alles in den Ofen und gieße mir eine Tasse grünen Tee auf.

„Nachher gehen wir zu den Robben", erkläre ich den Hunden, die mich aufmerksam betrachten und die Ohren aufstellen. Mit raschen Blicken zwischen

Kühlschrank und mir teilen sie mir mit, dass sie andere Prioritäten haben. Zuerst ist ihr Frühstück an der Reihe, bestehend aus Joghurt, Haferflocken und Glukosamin-Tabletten, weil sie schon ältere Damen sind. Sie lieben unsere Frühstückspension, weil sie übriggelassene Wurststücken oder Speckrinden fressen dürfen.

„Die beiden werden mich sicher überleben, bei all der Fürsorge, die sie von dir bekommen", scherzt Joe oft.

„Auf alle Fälle trinken sie weniger Alkohol als du", necke ich ihn dann.

Manchmal erinnere ich mich. An die Funken, die wie Feuerwerk zwischen uns aufschossen. An sein Lachen, das mir eine Gänsehaut über den Körper jagte und mich in seine Arme lockte. Obwohl er zum Greifen nah ist, Teil meines Alltags, meines Lebens, vermisse ich diesen Teil von ihm. Vielleicht ist das, was im Lauf der Zeit mit Liebe passiert. Mir kommt es so vor, als sei der Joe von früher einer neuen, kühlen Version gewichen. Wir gehen vorsichtig miteinander um, trauen einander nicht so recht. Ich ertappe mich manchmal dabei, dass ich ihm ausweiche, obwohl ich ihm nahe sein will. Und ich grübele, warum er oft so erloschen erscheint.

Ob es an mir liegt? Wie bringe ich bloß dieses Bittere in mir zum Schweigen? Gelegentlich ertappe ich ihn dabei, dass er mich wie eine Fremde mustert. Als würde er sich fragen, wie um Gottes Willen er hierher geraten ist, in dieses zugige alte Haus am Meer, zu dieser Frau jenseits ihrer besten Jahre, in dieses raue Land. Zwischen uns steckt ein Keil wie ein schmerzhafter Dorn, zu tief, um ihn herauszupressen.

Niemals hätte ich das für möglich gehalten. Ein Leben mit ihm war immer genau das, wonach ich mich sehnte. Jetzt ertappe ich mich manchmal dabei, wie ich mir ausmale, nur mit den Hunden zu leben. Keine Kränkungen mehr, kein Groll, dafür bedingungslose Zuneigung. Vielleicht wäre ich weniger einsam ohne ihn. War es ein Fehler, ihn zu mir zu holen?

Joe betritt die Küche, nachdem ich das schmutzige Geschirr im Frühstücksraum schon längst aufgeräumt habe, und sinkt auf seinen Stuhl am Tisch. Manchmal hilft er mir beim Bewirten der Gäste, lässt seinen Charme spielen und bringt sie mit seinen reizenden Fehlern im Englischen zum Lachen. Heute aber, das sehe ich gleich, ist ein schlechter Morgen. Obwohl ein Duftgemisch von Toast, Bratwurst und Kaffee im Raum schwebt, den er sonst unwiderstehlich findet, wirkt er matt und uninteressiert.

„Ich habe verschlafen", brummt er, ohne aufzublicken. Vergeblich versuchen die Hunde, durch Anstupsen mit den Schnauzen seine Aufmerksamkeit zu erregen. In sich zusammengesunken starrt er vor sich hin und schiebt sie fort. Ich stelle eine Tasse schwarzen Tee mit einem Schuss Milch vor ihn auf den Tisch.

„Toast oder Müsli?"

„Die warten bestimmt schon auf mich. Warum hast du mich nicht geweckt", entgegnet er mürrisch und streckt blindlings eine Hand nach mir aus. Ich drücke sie kurz und fange schweigend an, die Spülmaschine zu füllen.

„Sprichst du nicht mehr mit mir?"

Diesmal kreuzen sich unsere Blicke. Sein graumeliertes Haar steht in alle Richtungen, kleine Tränensäcke und um den Mund eingegrabene Falten beherrschen das unrasierte Gesicht. Das alles glättet sich im Lauf des Tages. Aber der Morgen zeigt die Wahrheit. Wir werden beide älter. Ich sollte eine weniger grelle Birne in die Hängelampe über dem Tisch einschrauben, auch für mich.

Das Telefon klingelt und ich nehme ab, obwohl ich weiß, dass es für ihn ist.

„Moment, hier ist er." Ich reiche ihm den Hörer.

„Ja, tut mir Leid", sagt er. „Der schwarze Schwan? Keine Panik. Ich bin gleich drüben."

Sein Englisch wirkt immer noch hart und deutsch. Er steht auf, gibt mir den Hörer zurück, leert die Tasse mit dem kochend heißen Tee in einem Zug und greift zur Wachsjacke, die an der Tür hängt.

„Soll ich dir nicht noch eben ein Käsebrot zum Mitnehmen machen?" frage ich.

Er schüttelt den Kopf und wirft sich die Jacke über. Das Telefon klingelt erneut, und diesmal ist er schneller als ich.

„Was gibt's denn noch?" murmelt er in die Sprechmuschel. Dann verändert sich sein Gesicht, er runzelt die Stirn, presst die Lippen zusammen und hält den Hörer vom Gesicht weg, als habe er sich das Ohr verbrannt.

„Ja, da sind Sie richtig verbunden. Hier ist sie.", sagt er auf Deutsch und hält mir den Hörer entgegen. Er beobachtet mich scharf, während ich das Gespräch übernehme. Mein Magen krampft sich ein wenig zusammen.

2

„Regine Bonewitz", melde ich mich. „Mit wem spreche ich?"

Es ist lange her, seit ich den letzten Anruf aus Deutschland bekommen habe. Wer sollte mich auch anrufen? Mein Leben ist hier, versteckt in Norfolk, seit vielen Jahren schon. Ich habe alle Brücken abgebrochen, wie man so sagt. Oder andere haben sie für mich abgebrochen. Das schmerzt schon lange nicht mehr. Das hier ist meine Heimat geworden. Aber obwohl ich mich kaum noch als Fremde fühle und mein Englisch fließend ist, verraten mich immer wieder kleine Betonungsfehler, ein Akzent oder ein Fehler in der Grammatik. Die Engländer sind äußerst diskret, wenn es um Fragen nach der Herkunft geht.

„Sie stammen sicher nicht aus dieser Gegend", tasten sie sich vor, statt auf deutsche Art direkt zu fragen: „Woher kommen Sie?" Das gilt als plump, unhöflich, möglicherweise sogar rassistisch.

Oft antworten sie mit Komplimenten oder Reiseerinnerungen, wenn sie erfahren, dass ich Deutsche bin. Zuverlässige Autos und Elektrogeräte, Autobahnen ohne Geschwindigkeitsbeschränkungen, die aufstrebende Wirtschaft, die Schiffsreise auf dem Rhein, oft sogar ein deutscher Vorfahre. Ich habe mich immer geschmeichelt gefühlt, besonders weil ich anfangs befürchtet hatte, dass die Briten mit meinem Land eher die Schrecken der jüngeren Geschichte verbinden würden.

„Ich bin die Mitbewohnerin Ihrer Nichte Julia." Die Frauenstimme klingt kratzig und rau, erinnert mich an deftige bayerische Küche. Ich tausche einen Blick mit Joe, der fragend die Brauen anhebt, und gebe ihm mit erhobener Hand zu verstehen, einen Moment zu warten, bevor er geht.

„Karen Glashauser." Sie hustet kurz. „Entschuldigung, dass ich so einfach bei Ihnen anrufe, aber leider kann ich Ihre Schwester, also Julias Mutter, nicht erreichen."

Ich schweige angespannt. Joe tritt zu mir und versucht zu lauschen. Sein Atem streift mein Gesicht.

„Hallo?" tönt es aus dem Hörer. „Sind Sie noch da?"

Ich räuspere mich. „Vielleicht sagen Sie mir erst einmal, um was es geht."

Bewusst abweisend klingt meine Stimme. Was fällt ihr ein, hier einzudringen, in meine Schutzhöhle in einem vergessenen Winkel Englands?

Sie verfällt plötzlich in stärkeres Bayerisch, und ich merke auch ihr die Spannung an.

„Etwas Furchtbares ist passiert." Sie macht eine Pause und atmet tief.

„Gestern früh. Man hat Julia gefunden. Julia ... sie ist tot. Sie hat eine Überdosis Schlaftabletten geschluckt und ist erfroren, an der Isar. Ein Spaziergänger sie gefunden."

Es ist, als habe mir jemand einen Faustschlag in den Magen verpasst. Ich versuche, dem Gehörten einen Sinn zu geben. Mein Herz pocht im Hals, und ich sinke auf einen Stuhl. Joe setzt sich und rückt an mich heran. Er versucht zu lauschen und legt einen Arm um meine Schultern, so schwer, dass es mich niederdrückt, ohne dass ich mich zur Wehr setzen kann.

Die Anruferin ist verstummt, nur unterdrückte Schluchzer dringen aus dem Hörer. Mit offenen Mund schüttele ich den Kopf und blicke Joe an. Der hat noch nichts verstanden, aber mein Entsetzen macht ihn ungeduldig, mehr zu erfahren. Unfähig, den Lautsprecher anzuschalten, umkrampfe ich den Hörer.

„Julia", flüstere ich ihm zu. Joes Gesicht wird aschfahl. Ich halte den Hörer vom Ohr fort, als könnte das die Wucht weiterer Worte dämpfen. Das Schluchzen am anderen Ende verebbt.

„Sind Sie sicher, dass es sich um Julia handelt?", krächze ich mit fremd klingender Stimme. Der Raum schwankt. Ich reibe mir das Gesicht, um einen klareren Kopf zu bekommen. Joes Wärme und sein vertrauter Geruch sind mein Anker, um nicht die Fassung zu verlieren.

„Sie hatte ihr Portemonnaie mit ihrem Ausweis dabei. Deshalb ist die Polizei dann zu mir gekommen. Ich musste sie gestern identifizieren." Sie spricht so überstürzt, dass ich sie kaum verstehe. „Eindeutig Selbstmord, meint die Polizei."

Meine Schwester Mona, Julias Mutter, hat seit ihrer Jugend an Depressionen gelitten. Ich habe immer schon befürchtet, dass es sich auf Julia vererben könnte.

„Aber ... ich glaube nicht, dass sie sich umgebracht hat", fährt die Frau fort. Sie klingt aufgeregt, fast ein wenig wütend.

„Es ging ihr gut, da bin ich mir sicher. Sie wollte am übernächsten Wochenende sogar mit Freunden in Skiurlaub fahren. Julia war Feuer und Flamme. Ich bin vor drei Tagen noch mit ihr einkaufen gegangen. Sie hat sich komplett neu eingedeckt, neue Skier, neue Schuhe, ein richtig cooler Skianzug ...

Klingt das für Sie etwa nach Selbstmordgedanken? Nein, ich glaube ganz bestimmt, dass jemand sie getötet hat."

Sie schweigt. In meinem Kopf wirbelt Schneegestöber. Joe ist aufgestanden und gestikuliert heftig, ich solle ihn endlich in das Geschehene einweihen. Mich hat eine Art Lähmung überfallen, ich starre ihn nur an.

„Ich habe vorhin eine Email an Ihr Bed and Breakfast mit dem Zeitungsausschnitt aus dem Münchner Tageblatt von heute früh zugesandt. In dem sie über Julias Tod berichten. Sie ... Sie sind meine einzige Hoffnung."

„Hoffnung? Für was?" Ich runzele die Stirn. Viel werde ich jetzt nicht mehr aufnehmen können. Was will diese Frau von mir? Warum ruft sie ausgerechnet mich an?

„Woher ... haben Sie eigentlich meine Telefonnummer?" Im selben Moment fällt es mir ein. Natürlich. Anonymität oder Privatsphäre sind im Zeitalter von Google und Facebook Fremdwörter geworden. Wahrscheinlich erscheint mein Name bei den Suchergebnissen gleich unter mehreren Rubriken. Als Besitzerin eines Bed & Breakfasts in Norfolk, als Editorin der Bücher der Botanikerin Mira Goldsmith. Ich bin auch als freiberufliche Übersetzerin in einigen Foren eingetragen. Hätte ich doch bloß meinen Namen geändert. In England ist das gar nicht so schwierig. Leider habe ich nie geheiratet, was ebenfalls dieses Problem gelöst hätte.

Mona Winterfels. Meiner Schwester ist das gelungen, sie hat sich einen schönen Namen ergattert. Prompt erscheint ihr hinreißendes Gesicht vor mir, ihr verführerischer Schmollmund, und ich erinnere mich an ihre rauchige Stimme. Eine Hitzewelle überflutet mich und überzieht meinen Körper mit einem Schweißfilm.

„Mit Google kein Problem", bestätigt die Frau. Sie klingt auf einmal sachlich und energisch. „Sie sind ja nicht gerade schwer zu finden. Im Gegensatz zu Julias Mutter oder Vater. Der ist wie vom Erdboden verschluckt, und die Mutter verkriecht sich in einem buddhistischen Kloster in Frankreich. Ist im Moment unansprechbar, heißt es."

Mona ist in einem Kloster? Beinahe muss ich lachen. Das kann nur ein schlechter Scherz sein. Eine verführerischere Nonne als sie kann ich mir kaum vorstellen. Joe deutet ungeduldig auf die Wanduhr und trommelt mit den Fingern auf den Tisch. Er erhebt sich, schlingt sich den verfilzten Schal um den Hals und öffnet die Tür zur Vorhalle. Ein scharfer

Luftzug schießt von draußen herein. Ich bedecke mit der Hand den Lautsprecher.

„Joe, warte bitte. Julia... Angeblich Selbstmord. Sie ist tot", flüstere ich ihm zu. Tränen laufen mir über die Wangen. Er starrt mich zuerst einen Moment lang ungläubig an, schließt wieder die Tür und beginnt, in der Küche auf und ab zu laufen. Die Hunde haben sich unter dem Tisch verkrochen; sie spüren die unerträgliche Spannung im Raum.

„Hallo? Sind Sie noch da?"

Ich räuspere mich, unfähig zu antworten, weil mein Kehlkopf sich zusammenpresst.

„Ich rufe an, weil ich Sie hier wirklich dringend brauche. Sie müssen kommen. Hier läuft etwas verdammt falsch, aber ich allein kann das nicht klären. Von wegen Selbstmord!"

„Ist das Klären nicht Aufgabe der Polizei?" Meine Stimme bebt. „Wenn doch alles auf Selbstmord hindeutet ...".

Joe steht an der Tür. Er wird mich in diesem Moment hoffentlich nicht im Stich lassen. Aber ich spüre, wie er dagegen kämpft hinauszustürmen. Konflikten auszuweichen war schon immer seine Stärke. In mir baut sich eine altbekannte Panik auf gegen die Vorstellung, nach München zu fahren. Aber gleichzeitig meldet sich unvermutet der Wunsch, mich der Situation zu stellen. Vielleicht kann ich etwas wieder gutmachen und einen kleinen Teil meiner Schuld abtragen.

„Es steht weitaus mehr auf dem Spiel als nur die Aufklärung von Julias Tod, glauben Sie mir. Ich kann Ihnen jetzt am Telefon nicht mehr sagen, es ist alles fürchterlich kompliziert und verfahren. Wenn Sie herkommen und wir uns unterhalten, werden Sie mich besser verstehen.“

Sie hat Angst, das spüre ich plötzlich. Sie weiß etwas weiß, das sie der Polizei nicht sagen kann. Mein Herz hämmert. Vielleicht hat sie Recht. Vielleicht bin ich es meiner Nichte schuldig. Zumindest sollte ich versuchen, ein Begräbnis zu organisieren und Formalitäten zu erledigen.

„Ich überlege es mir“, sage ich. „Geben Sie mir Ihre Telefonnummer, auch die von Ihrem Handy. Ich rufe Sie bald zurück.“

Nachdem ich die Nummern notiert habe, lege ich auf. Joe steht neben mir und starrt mich an. In wenigen Worten erkläre ich ihm, was geschehen ist. Er legt seine Arme um mich, und ein paar Augenblicke lang klammere ich mich an ihn, den Kopf an ihn gepresst. Seine Jacke duftet nach frischem Holz und Harz - Spuren von gestern, als er Berge von Scheiten für den Brennofen gesägt hat.

„Ich fürchte, ich muss nach München fahren", murmele ich mit geschlossenen Augen. „Was meinst du?"

Er löst sich aus der Umarmung. Sein Gesicht verhärtet sich, als er mich anstarrt. „Du fährst nicht!" sagt er zwischen zusammengepressten Zähnen. „Lass die Vergangenheit ruhen. Misch dich nicht in Dinge ein, die dich nichts mehr angehen."

Ich zucke vor seinem Ton zurück. Das wahre Ausmaß der Neuigkeit hat mich noch nicht erreicht. Vor langer Zeit habe ich Julia aus den Augen verloren; das Kind von damals existiert nicht mehr, und die Erwachsene kenne ich nicht. Meine Nichte gehört zu den Altlasten, die ich vor über zehn Jahren entsorgt habe.

„Tut mir leid, aber ich muss jetzt wirklich los." Er schiebt mich von sich fort. „Unternimm nichts, wir sprechen später darüber!"

Ohne eine Antwort abzuwarten, stürmt er hinaus und knallt die Tür hinter sich zu. Kurzentschlossen öffne ich meinen Laptop.

3

Münchner Tageblatt 28. Januar 2012

Leiche einer jungen Frau an Isar bei Geretsried gefunden

Wie die Polizei meldet, hat ein Spaziergänger gestern früh gegen 8.30h die Leiche einer jungen Frau am Isar-ufer im Wolfratshauser Forst nahe Geretsried gefunden.

Bei der Toten handelt es sich offiziellen Angaben zu-folge um die 22jährige Kunststudentin Julia Winterfels, die seit dem 25. Januar vermisst wurde. Die Leiche weist offenbar keinerlei Anzeichen von Fremdeinwir-kung auf. Erste Untersuchungen weisen darauf hin, dass sie an Unterkühlung und vermutlich einer Überdosis an Beruhigungsmitteln gestorben ist. Der Polizei zufolge handelt es sich vermutlich um Selbstmord.

Es ist noch nicht ganz geklärt, wie es zum Tod der Studentin kommen konnte. Julia Winterfels hat sich zeitweise in psychotherapeutischer Behandlung befun-den. Nach einem Selbstmordversuch vor 2 Jahren wurde sie in einer psychiatrischen Klinik zu einer mehrmona-tigen stationären Behandlung aufgenommen. Auf Grund dieser Vorgeschichte und der Indizien schließt die Polizei ein Gewaltverbrechen weitgehend aus.

Julia Winterfels spielte Cello und war Mitglied in dem bekannten Münchner Szene-Ensemble „Alpentango". Dessen Gründer, der Kontrabassist Michael Constantinescu, war eng mit der Musikerin befreundet und sagte: "Ich kann einfach nicht glauben, dass sie sich umgebracht haben soll. Gerade in letzter Zeit ging es ihr wirklich gut."

Der Leiter der psychiatrischen Klinik, Prof. Dr. H. Roth, der Frau Winterfels vor zwei Jahren behandelt hatte, zeigte sich sehr betroffen von ihrem Tod. Er erklärte gegenüber dem 'Tageblatt': „Julias Tod kommt für die Mitarbeiter unserer Klinik, die sie kannten, sehr überraschend. Man muss allerdings sagen, dass an Depression Erkrankte paradoxerweise oft gerade, wenn es ihnen wieder besser geht, leider den Mut und die Kraft finden, sich umzubringen."

Die Krankengymnastin Karen G., Mitbewohnerin von Julia Winterfels, identifizierte die Tote. Weder Winterfels' Mutter noch Vater konnten bisher erreicht werden. Die Eltern sind seit Jahren geschieden.

Sollten Sie sachdienliche Hinweise zur endgültigen Abklärung des Todes der jungen Frau geben können, werden Sie gebeten, sich mit einer Polizeidienststelle in München in Verbindung zu setzen.

4

Ich drucke den Zeitungsbericht aus und betrachte eingehend das dort eingefügte Foto von Julia. Ihr Gesicht ist noch so kindlich und weich, aber die schwermütigen Augen und das gezwungene Lächeln erzählen eine andere Geschichte. Wie einen Schutzschild umklammert sie ihr Cello.

Mona ist also unerreichbar. Das ist mal wieder typisch meine Schwester. Sie hat sich schon immer erfolgreich vor Verantwortung gedrückt. Unsere Mutter hat es ihr leicht gemacht. Die Ärmste, wie musste sie unter der garstigen Jüngeren leiden. Wenn unsere Eltern gewusst hätten ... Aber ich stand auf verlorenem Posten. Mir traute man alles Üble zu, und Mona war die Unschuld in Person.

Joe hat keine Ahnung, dass ich vorgestern eine Email von Julia erhalten hatte. Ich überfliege den Text, obwohl ich ganze Passagen auswendig weiß.

Tante Regine, du bist meine letzte Hoffnung. Ich habe eine fürchterliche Schweinerei entdeckt, die mein Leben komplett auf den Kopf stellt. Bin total verzweifelt, und kein Mensch aus meiner Familie ist da, um mir zu helfen. Nur du.

Trotz allem – wir waren doch immer ein Team, weißt du noch? Darum flehe ich dich an: Ruf mich an, damit ich dir erklären kann, was passiert ist: 089 575390. Du musst zu mir nach München kommen (ich finde, das bist du mir schuldig). Ich brauche dich!

Julia

Obwohl ich in Julias Email ihre Verzweiflung gespürt hatte – allein schon auf Grund der Tatsache, dass sie die verhasste Tante nach elf Jahren Schweigen plötzlich anschrieb – hatte ich gezögert zu antworten. Oder vielmehr versuchte ich, die Nachricht zu vergessen. Ich bin Julia nichts schuldig, oder? Ein bisschen unverschämt, mich so unter Druck zu setzen, nachdem sie allen Kontakt abgebrochen hatte. Aber ihr Flehen berührte mich wider Willen und nagte an meinem Gewissen.

Früher einmal war Julia mir nahe wie eine kleine Schwester gewesen, die mir ihre Geheimnisse anvertraute. Bis ich mir dieses Vertrauen von einem Moment zum anderen verscherzte. Aber meine Güte, wir alle machen Mist, und sie hätte lernen müssen zu verzeihen. So wie ich.

Auf der anderen Seite, wisperte mein Gewissen, könnte dies eine Chance sein, den Mist, den ich gebaut hatte, wieder gutzumachen. Ich war nicht umsonst katholisch aufgewachsen, um an so etwas wie Buße zu denken.

Zwei Tage lang kämpfte ich mit mir, ob ich Julia anrufen sollte. Und jetzt ist es zu spät.

Joe wird außer sich sein, doch je länger ich zögere, desto größere Bedenken werde ich haben. Das Flugticket online zu buchen ist schnell erledigt. Von Norwich fliege ich mit KLM über Amsterdam nach München, dann muss ich nicht erst zum Flughafen nach London fahren. Ich staune über mich, nachdem ich doch in den letzten Jahren jeden Gedanken an meine Heimatstadt ausgeschaltet habe. Ich rufe Karen Glashauser auf ihrem Handy an.

„Morgen Abend gegen acht Uhr werde ich in München sein."

„Gott sei Dank!" Sie klingt atemlos. „Haben Sie etwas zu schreiben? Ich muss Ihnen ja noch die Adresse geben."

Julias Wohnung befindet sich in Schwabing. Ich male sie mir aus, gestalte sie aus mit Erinnerungen an mein damaliges Apartment.

Aus unserem Küchenradio tönt soeben der Wetterbericht, der Sprecher klingt panisch. Schneefall ist in England immer von dem Beigeschmack einer Katastrophe begleitet. Ein einziger Zentimeter

Schnee, und die Autokolonnen schleichen in Zeitlupe über die Landstraßen. Zwei Zentimeter, und aller Verkehr kommt zum Erliegen. Natürlich besitzt kein Mensch Winterreifen, denn die gelten als kontinentale Notmaßnahme, die hierzulande unnötig ist. Ein paar Minusgrade werden in England bereits als arktische Kälte eingestuft, so verwöhnt sind die Leute. Das erklärt auch, warum viele alte Häuser wie unseres nur einfach verglaste Fenster besitzen, was andererseits, zusammen mit den verformten Holzrahmen, für einen gesunden Luftaustausch sorgt.

In München herrscht klirrender Frost von Minus fünfzehn Grad, erfahre ich im Internet. Nicht schwierig, bei diesen Temperaturen draußen zu erfrieren. Was für ein Tod mag das sein? Auf alle Fälle weniger radikal, als sich vor einen Zug zu werfen. Was wird Julia gespürt haben, als sie starb? Was hat sie dazu getrieben, Tabletten zu schlucken, um sich dann erfrieren zu lassen? Fröstelnd sehe ich sie vor mir, am Ufer der Isar liegend, eine bleiche, erstarrte Eisprinzessin.

In Gedanken versunken räume ich die Gästezimmer auf. Besonders Tochter und Sohn haben ein Chaos hinterlassen, auf den Betten ein Wust von Kleidungsstücken, nassen Handtüchern und Unterwäsche. Aus den Steckdosen hängen iPad-Kabel, unter einem Bett liegen Kopfhörer und eine Musikzeitschrift, unter dem anderen eine halbe Tafel Schokolade und eine fettige Papiertüte mit zwei angebissenen Doughnuts. Die Eltern im Zimmer nebenan haben zumindest symbolisch ihr Bett gemacht, das heißt die Überdecke unordentlich darüber ausgebreitet. Ich seufze und häufe das gesamte Bettzeug auf einen Sessel, um das Bett wieder herrichten zu können.

Diese Seite meines Broterwerbs gefällt mir nicht besonders. Am wenigsten, Bad und Toiletten zu reinigen. Aber alles ist besser, als eine Klasse von Dreizehnjährigen unter Kontrolle zu halten. Wann immer mir Zweifel an meiner jetzigen Einkunftsquelle oder an meinem Lebensstil kommen, hilft es, mir die Jahre als Lehrerin in Erinnerung zu rufen. Das Bed & Breakfast deckt die laufenden Unkosten des Hauses. Und nicht zuletzt entfällt das endlose und sinnlose Korrigieren von Oberstufenaufsätzen, mit dem ich mir zahllose Ferien gründlich vermiest habe.

Es hat aufgehört zu schneien. Am Horizont zeichnet sich hinter der schweren Wolkendecke ein Silberstreifen ab. Der Lieblingsspruch meines Vaters „Blut ist dicker als Wasser" kommt mir in den Sinn, als ich mit den beiden Hunden durch den Schneematsch in Richtung Dünen stapfe. Wenn meine Familie mich braucht, habe ich zur Stelle zu sein. Eine Aufbruchsstimmung, die den grauen Tag erhellt, gekoppelt mit dunklen Vorahnungen, erfüllt mich und beschwingt meine Schritte.

5

Eine Rekordhöhe von etwa drei Zentimetern Schnee ist gefallen, was die Labradore völlig durchdrehen lässt. Für ein paar Minuten vergessen sie ihr fortgeschrittenes Alter, wegen dem sie sonst würdevoll dahertrotten. Sie jagen einander, überschlagen sich auf den Feldern, wirbeln Schnee auf und hetzen davon in Richtung Strand. Ich pfeife auf beiden Mittelfingern, woraufhin sie wie im Flug stoppen und wieder auf mich zu rasen. Ihre Gesichter sind weiß bestäubt, die Mäuler wie zu einem glücklichen Lachen weit aufgerissen. Sie schnappen nach ihren wohlverdienten Hundekeksen, dann halte ich sie bei mir. Die beiden wissen, dass sie sich den Robben nur vorsichtig nähern dürfen und Abstand wahren müssen. Ohnehin zeigen sie kein großes Interesse mehr an diesen übergewichtigen Wesen, deren torfiger Geruch mir schon in die Nase dringt, bevor ich sie sehe.

Die Jungen sind zutraulicher und neugieriger als die Alten. Aber als Poppy versehentlich auf einen verschlafenen Heuler in einer Dünenmulde trifft, wird sie angefaucht und weicht erschrocken zurück. Das Meer liegt im Kälteschlaf, wie eine unendliche glitzernde Silberfolie, die am Horizont mit dem Himmel verschwimmt.

Der Winter hat dieser Welt alle Farben ausgesogen und scharfe Kontraste geschaffen. Massive Wellenbrecher aus dunklem Hartholz schieben sich von dem Strand her weit ins Meer hinein. Sie teilen Sand und Wasser in unzählige Abschnitte, um die Wucht der Wellen zu mildern und das dem Ozean abgerungene Land zu schützen.

Einige hundert Meter entfernt erkenne ich eine weitere Robbenkolonie, die ich zunächst für Felsbrocken gehalten habe. Schemenhaft zeichnen sich dort zwei Spaziergänger ab, ein Mann und eine Frau mit langem Haar. Sie bewegen sich langsam zwischen den dunklen Massen umher, als suchten sie etwas. Mit zusammengekniffenen Augen blinzele ich gegen das Licht. Der Mann kommt mir plötzlich bekannt vor. Jetzt rücken sie eng zusammen, als sprächen sie miteinander. Sie lehnt ihren Kopf zu ihm, legt ihm einen Arm um die Schultern und deutet auf etwas vor ihnen.

Ich wühle in der Manteltasche, bis ich mein Fernglas gefunden habe. Mein Herz stolpert, als ich die karierte Fellmütze mit den Ohrenklappen erkenne, seinen hochgewachsenen schlaksigen, leicht nach vorn gebeugten Körper, die Art, wie er den Kopf neigt, um der Frau zuzuhören. Dann sagt er etwas, und sie lacht. Das kann Joe gut, Frauen zum Lachen bringen.

Jetzt fällt es mir wieder ein. Sie muss die Studentin sein, die seit zwei Wochen ein Praktikum im Tierrettungszentrum macht. Er hat sie die Tage kurz erwähnt. Aber er hat nicht hinzugefügt, wie hübsch sie zu sein scheint. Dass sie langes rötliches Haar hat und dass er mit ihr die Robben inspiziert. Warum auch. Die Betreuung der Robben gehört schließlich zu den wichtigsten Aufgaben der Arche. Und sie haben immer wieder neue Studenten, die dort ein Praktikum absolvieren. Längst weiß ich, dass ich mein Misstrauen, meine Eifersucht niemals werde besiegen können. Zuviel ist geschehen, damit muss ich leben.

Poppy ist bei mir stehengeblieben. Sie schaut mich auffordernd an. Ruby beobachtet mich vom Meer her, wo sie gerade einen kleinen Schwimmausflug unternommen hat. Mag das Wasser noch so eisig sein, die Brandung noch so stürmisch – Ruby stürzt sich unweigerlich hinein, als müsse sie sich etwas beweisen. Zum Glück haben die beiden Joe nicht entdeckt, sonst würden sie zu ihm stürmen. Ich will vermeiden, dass er uns sieht.

„Keine Lust mehr, Poppy? Also gut, gehen wir zurück." Als hätte sie mich gehört, galoppiert Ruby zu uns herauf. Sie ist pitschnass und zittert am ganzen Körper, aber leider habe ich kein Tuch mitgenommen, um sie trockenzureiben. Macht nichts; Labradore sind hart im Nehmen. Trotzdem sorge ich mich um Ruby. Ihr Körper erscheint so ausgemergelt unter dem struppigen Fell, obwohl sie eine gute Fettschicht besitzt.

Die beiden machen kehrt und traben auf dem Pfad durch die Dünen zurück in Richtung Elmhill. Fast unheimlich, wie mühelos sie jedes Wort verstehen.

Unsere Gäste kehren in der Dämmerung müde von ihren Ausflügen zurück. Morgen werden sie abfahren, dann gibt es zwei Wochen lang erst einmal keine Buchungen.

6

Später höre ich Joe zur Haustür hereinkommen.

„Wie war dein Tag?" rufe ich ihm vom Sofa im Wohnzimmer aus zu.

„Ganz gut, nichts Dramatisches."

Ich höre, wie er in der Küche herumhantiert und Wasser in den Kocher gießt, um sich einen Tee zu machen. Aus dem Radio ertönt die Stimme von Michelle Houssein, die auf BBC Kanal vier Nachrichten verliest.

Soeben habe ich, einer plötzlichen Sehnsucht nach Wärme folgend, ein Feuer im Kamin angezündet, dessen Flammen jetzt über das Eschenholz züngeln. Obwohl es nicht einmal fünf Uhr nachmittags ist, herrscht draußen bereits Dunkelheit, die von keinen Straßenlampen durchbrochen wird.

Diese Jahreszeit ist für mich in Elmhill am schwersten zu ertragen. In einer Stadt wird der Winterhimmel nachts wenigstens künstlich erhellt. Hier herrschen in bedeckten Winternächten absolute Stille und bodenlose Schwärze. Viele Einheimische lieben diese Dunkelheit und verwehren sich gegen die Installation von Straßenlampen.

„Egal, wie dunkel es ist, man sieht immer genug", schwören sie.

Gäste aus der Stadt aber beklagen sich hin und wieder über die ihnen unheimliche Finsternis und vor allem die Ruhe, wegen der sie nicht schlafen können. Vielleicht, weil sie in dieser Stille nichts von ihren eigenen Geräuschen und Gedanken ablenkt.

Joe sitzt nun nebenan in seinem Büro vor dem Computer und tippt; vermutlich schreibt er Patientenberichte. Als er etwas Unverständliches murmelt, gehe ich zu ihm hinüber. Ich trete hinter ihn, massiere mit Druck seine angespannte Kopfhaut und streiche ihm über die Stirnfalten, bis sie sich glätten. Das wirkt immer. Er lehnt sich auf seinem Stuhl zurück, den Kopf gegen meinen Bauch gestützt, schließt die Augen, seufzt leise und lässt mich gewähren. Ein Lächeln entspannt sein Gesicht.

„Dem Schwan geht es etwas besser", murmelt er. „Der Arme hatte einen Köder samt Nylonschnur verschluckt. Was Angler so alles liegenlassen, zum Kotzen!"

Ich massiere seine verhärteten Halsmuskeln, und er stöhnt. Sanft reibe ich über die Schläfen und presse einzelne Stellen auf den Ohrmuscheln, seine sensibelsten Stellen am Kopf.

„Wie schön, dass du ihm helfen konntest."

Ich küsse seine Wange, ganz in der Nähe des Ohres. Hier duftet es so sehr nach ihm, eine Mischung aus Zimt und Harz. Ich schnuppere und schließe einen Augenblick lang die Augen. Dann hocke ich mich vor ihn, lege die Hände auf seine Schenkel und betrachte sein Gesicht. Er lächelt mich an, in den Augen schimmert Müdigkeit. Der Dreitagebart überzieht seine Wangen mit bläulichen Schatten, die ihn älter erscheinen lassen.

„Ich habe so viel an Julia denken müssen", flüstere ich. „Es ist unfassbar, dass sie tot sein soll!"

„Es geht mir auch unter die Haut." Er streicht mir eine Haarsträhne hinter das Ohr. „Schreckliche Geschichte. Aber was können wir tun? Wie gut, dass wir uns haben."

Ich lächele ihn an.

Er neigt sich vor und küsst meine Stirn. „Was wäre ich ohne dich? Du bist alles, was ich brauche."

Jetzt der Moment, in dem ich es ihm sagen kann, ohne dass er aufbraust. Ich zögere. Er schaut mich fragend an.

„Und du? Liebst du mich noch? Oder bedauerst du, dass ich hier bin?"

„Wie kannst du so etwas überhaupt denken. Ich liebe dich über alles in der Welt", sage ich.

„Aber...?"

Natürlich spürt er, dass da noch etwas ist. Ich stehe auf, stelle mich hinter ihn und lege die Hände auf seine Schultern.

„Kein aber, Joe. Es ist nur ...". Ich halte inne und wappne mich. „Du wirst die nächsten paar Tage ohne mich zurechtkommen müssen. Ich ... habe für morgen ein Flugticket nach München gebucht. Kannst du tagsüber die Hunde mit hinüber in die Arche nehmen? Für die Gäste ist gesorgt. Die fahren morgen ab. Christine kommt zum Frühstückmachen und Aufräumen."

Seine Schultern haben sich angespannt. Langsam wendet er sich zu mir um. Seine grünen Augen blitzen vor Zorn.

„Was heißt das, du hast gebucht? Einfach so? Das ist mal wieder typisch für dich! Keinerlei Rücksichtnahme. Wir hatten heute früh ausgemacht, dass wir das erst einmal miteinander besprechen müssen. Oder meinst du, das alles geht mich nichts an?"

Ich trete einen Schritt zurück und mustere ihn. Meine zärtlichen Gefühle sind verflogen.

„Siehst du, ich wusste doch, wie du reagieren würdest. Deshalb habe ich allein entschieden. Tut mir Leid. Ich werde morgen fliegen. Ich muss hinfahren!"

Mit zusammengepressten Lippen schüttelt er den Kopf, bedenkt mich mit einem fassungslosen Blick und wendet sich abrupt dem Bildschirm zu. Sein Rücken bildet jetzt eine schroffe, abweisende Wand, doch ich stelle erleichtert fest, dass sein Ärger mich nicht einschüchtert. Wie wild beginnt er, auf die Tastatur einzuhämmern.

Einen Moment warte ich, dann verlasse ich mit raschen Schritten den Raum. Wenn er sich so verhält, fällt es mir leicht, wegzufahren. Fast bin ich zufrieden über unseren Streit. Wie uneinfühlsam von ihm, diese für mich so wichtige Entscheidung in Frage zu stellen. Ist es so schwer zu verstehen, dass ich in dieser Situation in München gebraucht werde? Womöglich hätte ich gar keinen Flug mehr bekommen, wenn ich bis heute Abend gewartet hätte.

Im Wohnzimmer lege ich ein paar Holzscheite nach. Flammen schießen hoch. Die beiden Hunde folgen mir wie Schatten in den benachbarten Raum, die Bibliothek, die das Feuer erwärmt hat. Unter meinen Schritten knarren die alten Eichendielen, bis ich den abgewetzten Perserteppich erreiche. Ich setze mich an den Mahagonitisch. Ein fremder Besucher würde wahrscheinlich die über den ganzen Tisch ausgebreiteten Notizbücher, Illustrationen und aufeinandergestapelten Reisetagebücher als hoffnungsloses Chaos ansehen. Ich schalte die alte Schreibtischlampe an, deren Glasschirm die Szene in cognacfarbenes Licht taucht, und ziehe den Laptop heran.

All dies hat mir meine Freundin Mira Goldsmith vermacht. Unglaubliche Schätze füllen die hohen Bücherregale, die die Wände bis zu dem riesigen Erkerfenster säumen. Hier befinden sich nicht nur die von ihr gesammelten Botanikbücher aus aller Welt, sondern auch medizinische Werke und Kunstbände, die sie von ihren Eltern und Vorfahren geerbt hat. Monate, wenn nicht Jahre könnte ich in diesem Raum verbringen, ohne mich je zu langweilen.

Mira war der einzige Mensch, der mich niemals einengte. Für sie drehte sich alles um ihre botanischen Forschungen, mit einer kräftigen Prise von Besessenheit. Sie strahlte eine solche Unabhängigkeit von Anderen aus, dass ich sie zu meinem Idol erkor. Eine Art Jane Goodall der exotischen Pflanzen statt der Schimpansen. Warum sie ausgerechnet mich zu ihrer persönlichen Assistentin auserwählte, kann ich bloß als unwahrscheinlichen Glücksfall bezeichnen. Sie besaß ein solches Talent, Interessen und Begeisterung in mir zu wecken, von deren Existenz ich bis dahin nichts geahnt hatte.

Zu Beginn des neuen Milleneums, als ich Mira kennenlernte, ließ ich mich ziellos durch London treiben und versuchte, meinem verkorksten Leben einen Sinn zu geben. Bei einer Krankenschwester namens Sandy hatte ich ein Zimmer gemietet. Einige Monate lang jobbte ich als Supply Teacher und sprang an Schulen ein, wenn Lehrer erkrankt waren. Unverbindlich und jederzeit ablehnbar waren die einzigen Jobkriterien, die mir erträglich schienen.

Nachdem Sandy mich an einem Wochenende nach Kew Gardens, den Royal Botanical Gärten im Süden Londons, mitgenommen hatte, fuhr ich immer öfter an freien Tagen mit der Underground hinaus und verbrachte endlose Stunden in den riesigen Gewächshäusern und Gärten. Ich nahm Kurse in botanischem Aquarellieren und Pflanzenfotografie und überlegte sogar, eine Ausbildung in Gartenbau zu beginnen.

Und eines Tages kam ich in der Cafeteria mit einer Ethnobotanistin namens Mira Goldsmith ins Gespräch, die sich obsessiv mit Nachtschattengewächsen und halluzinogenen Heilpflanzen beschäftigte. Sie sorgte dafür, dass ich einen Job in dem Herbarium bekam. Ich verabschiedete mich vom Unterrichten und stellte fest, dass das Katalogisieren von Pflanzen eine beruhigende Wirkung auf mich ausübte. Unmerklich begann sich mein Leben neu zu ordnen.

Schließlich stieg ich zu Miras Assistentin auf, und so begann mein kurzes, intensives Abenteurerdasein. Mira nahm mich mit auf ihre Reisen, vor allem in den peruanischen Regenwald zu Medizinmännern und Schamanen, um die Heilwirkung der halluzinogenen Ayahuasca-Pflanze zu studieren. Ich allein hätte es nie riskiert, durch Verzehr dieses bräunlichen Pflanzensuds in bewusstseinserweiternde Trance-Zustände zu fallen. Aber wenn eine fast achtzigjährige Dame so eine Prozedur wagte, wollte auch ich kein Feigling sein. Meine Ängstlichkeit schmolz unter dem Einfluss von Miras Mut und Entdeckerfreude dahin.

Leider verbrachten wir nur vier intensive Jahre miteinander: Mira starb im Spätherbst 2007 überraschend an einem Aneurysma, passenderweise in einem der riesigen viktorianischen Gewächshäuser inmitten ihrer geliebten Pflanzen. Dass sie mir ihr Elternhaus in Norfolk vererben würde, das viktorianische Herrenhaus Elmhill, hatte sie vorher nie angedeutet. Hier verbrachten wir viele Wochenenden

miteinander, um die von unseren Reisen mitge-
brachten Pflanzen und Samen zu studieren und zu
fotografieren. Immer wieder bin ich gerührt und
verblüfft von ihrem Großmut und der Zuversicht,
dass Haus und Garten in meiner Hand nicht ver-
kümmern würden.

Heute hat sich das ständig renovierungsbedürfti-
ge Schmuckstück zu einem Geheimtipp unter den
Bed & Breakfasts ,mit rustikalem Charme' gemau-
sert. Ich stelle mir vor, dass diese neue Rolle des
Hauses die Zustimmung meiner Freundin finden
würde.

Und täglich trage ich den Tumi, den sie mir in Peru geschenkt hat, an einer Kette um meinen Hals.
Das kleine silberne Schmuckstück erregt bei vielen
Leuten Neugier, deshalb bedecke ich es meist mit
Kleidung, um Fragen auszuweichen. Mein geheimes
Amulett, das mir Stärke schenkt und mich vor bö-
sen Geistern schützt. Eine Spur Mystik, hat Mira
mich gelehrt, neutralisiert negative Energien. Ich
muss nur daran glauben.

Bis spät in die Nacht übertrage ich Miras in mikro-
skopisch kleiner Handschrift verfasste Notizen zu
ihrem letzten Buch über peruanischen Schamanismus auf den Computer. Irgendwann höre ich mit
halbem Ohr, wie Joe auf dem Flügel im Wohnzim-

mer nebenan Schumanns „Waldszenen" spielt. Wie Schmetterlinge flattert die Musik durch den Raum und in meine Gedanken. Kurz darauf steigt er die Treppen hinauf; ich höre seine Schritte auf den ächzenden Bodendielen im Bad über mir, dann im Schlafzimmer. Entgegen seiner Gewohnheit fragt er mich nicht, ob ich auch ins Bett komme, und wünscht mir keine gute Nacht. Ein klares Statement seines Ärgers.

„Wir gehen ins Wohnzimmer", murmele ich den Hunden zu. „Ich schlafe heute bei euch."

Poppy und Ruby machen es sich zufrieden in ihren Körben vor dem offenen Kamin bequem, während ich mir mit Decken und Kissen ein Nachtlager auf dem Sofa bereite. Das Letzte, was ich sehe, während ich in die Glut schaue, ist Julias langsam verblassendes Gesicht.

7

Oktober 2011, VIKTORIA

Vor genau drei Monaten ist ihr Leben aus dem Ruder gelaufen. Die Diagnose war schlecht. Sehr schlecht. Und die Prognose?

„Ich will Ihnen gar nichts vormachen, Frau Kollegin. Mit dieser Art von Tumor überleben etwa zehn Prozent das erste Jahr."

Der Onkologe strich sich über den glattrasierten Kopf, seine nach unten gezogenen Mundwinkel wirkten grimmig. So genau wollte sie es gar nicht wissen. Statistiken klingen oft alarmierend. Jeder Einzelfall entwickelt sich anders, und sie, sie ist ein Stehaufmännchen.

Die Schmerzen, die Krämpfe – natürlich hatte sie viel zu lange gewartet. Es gab immer einen Grund, eine Untersuchung hinauszuschieben. Und an manchen Tagen ging es ihr ja auch richtig gut. So gut, dass sie das Ganze vergessen hat.

Nach der Magenspiegelung erklärten sie ihr, sie hätten ein großes Magengeschwür gefunden. Sie könne sich glücklich schätzen, keinen Magendurchbruch erlitten zu haben. Und natürlich fanden sie Helicobacter pylori, aber das hatte sie längst geahnt. Dieses widerliche Bakterium an sich musste noch nichts bedeuten, zumindest nicht gleich Krebs, auch wenn sein Vorhandensein das Krebsrisiko erhöhte.

Dann kam der Anruf aus der Internistenpraxis, ein paar Tage später.

„Leider gibt es schlechte Neuigkeiten. Die Magenspiegelung hat ergeben, dass es sich um bösartige Zellen, also ein Magenkarzinom handelt. Sie sollten so schnell wie möglich zu einem Arztgespräch kommen."

Sie spürte, wie ihr ganzer Körper sich versteifte, als verknote jemand sämtliche Muskeln zu einem Strang. Ihr Mund war mit einem Mal völlig trocken, die Kopfhaut prickelte wie unter unzähligen kleinen Nadeln, die auf ihren Schädel einstichelten. Und ihr Magen drohte in einem Schmerz zu explodieren, so dass ihr Oberkörper nach vorn stürzte. Als die Qualen abebbten, kauerte sie sich in die Ecke neben dem Schreibtisch, den Hörer an das Ohr gepresst. Ob diese Leute allen Patienten eine Krebsdiagnose am Telefon mitteilten?

„Sind Sie noch da? Hallo?", tönte die junge Stimme der Sprechstundenhilfe aus dem Hörer. Viktoria atmete schwer und streckte den Brustkorb, um das Zwerchfell zu entspannen. Den Schmerz bis ins letzte Molekül ausatmen. Dann wieder tief einatmen und den Atem anhalten, jede Körperzelle mit frischem Sauerstoff versorgen.

„Ja, es geht schon wieder", keuchte sie schließlich in den Hörer. „Moment, ich hole meinen Kalender."

Sie zog sich mühsam an der Türklinke über ihr hoch und verschnaufte einige Momente mit heruntergebeugtem Oberkörper, die Arme auf die Knie gestützt. Sie würde es sich nicht nehmen lassen, Ella aufwachsen zu sehen. Das allein war Grund genug zu kämpfen, zu überleben. Mit fester Stimme handelte sie einen Termin aus.

Am nächsten Tag saß sie dem Internisten gegenüber.

„Als allererstes muss der Magen komplett entfernt werden, denn der Tumor ist sehr groß und aggressiv."

Sie betrachteten gemeinsam die Ausdrucke der Magenspiegelung. Mit seinem Stift umkreiste der Arzt ein wulstiges Gebilde, das wie eine Kralle in die rosige Schleimhaut eingebettet war. Übelkeit stieg in ihr auf.

„Wie Sie wahrscheinlich wissen, ist es kein Problem, ohne Magen zu leben. Nach der Operation sehen wir weiter. Hoffen wir, dass die Lymphknoten noch nicht befallen sind. Sie hätten viel früher...".

„Ich weiß", unterbrach sie ihn barsch. „Können Sie mir einen guten Chirurgen empfehlen? Eine Klinik? Wie lange werde ich außer Gefecht sein? Ich kann meine Patienten nicht zu lange hängen lassen."

Es tat ihr gut zu spüren, dass sie ihr Leben wieder in die Hand nahm, insbesondere in dieser bedrohlichen Situation. Der Internist musterte sie, und etwas wie Bewunderung glomm in seinem Blick auf. Er trug eine Brille mit rundem Goldrahmen, die ihm das Aussehen eines grauhaarigen John Lennon verlieh. Unter besseren Umständen hätte sie mit ihm geflirtet. Jetzt lächelte er mitleidig und nahm ihre beiden Hände in seine. Sie ließ es zu, genoss es, wie seine Wärme ihn sie hineinfloss. Zuversicht durchflutete sie.

„Sie müssen jetzt vor allem an sich selbst denken. Ich weiß, wie schwer das ist. Aber eine Gastrektomie ist keine Blinddarmoperation. Nach dem Eingriff müssen Sie sich lange schonen. Der aus einem Stück des Dünndarms geformte Ersatzmagen braucht Zeit, bis er die Magenfunktionen übernehmen kann. Und nicht nur das ... Eine Krebserkrankung ist auch psychisch sehr belastend."

Sie entzog ihm ihre Hände und lehnte sich im Stuhl zurück, schlug die Beine übereinander. Kurz schweifte sein Blick auf ihre Knie, die der kurze Rock zur Geltung brachte.

„Ich möchte den Eingriff so schnell wie möglich hinter mich bringen", sagte sie. „Und es gelingt mir immer am Besten, Schwierigkeiten allein zu meistern. Ich bitte Sie also, nicht mit meinem Mann über meine Erkrankung zu sprechen, selbst wenn er Sie fragen sollte. Das übernehme ich selbst."

Die Operation verlief zufriedenstellend. Allerdings hatte sie in der darauffolgenden Nacht und in den Tagen danach furchtbare Schmerzen, weil man ihr nicht genügend Opioide verabreichte. Sie hatte sich vorgestellt, auf einer schmerzfreien Welle von Gleichgültigkeit durch die ersten Tage zu segeln. Am nächsten Morgen kam der Onkologe zu ihr.

„Von fünfundzwanzig entnommenen Lymphknoten waren leider zehn bereits befallen. Sie wissen sicher, dass dies die Chance auf Heilung stark reduziert."

Überrascht fragte sie sich, ob seine Direktheit ihrem Status als Medizinerin zuzuschreiben war. Ob die behandelnden Ärzte glaubten, sie könnten sie schonungslos mit den grausamsten Wahrheiten konfrontieren. Während sonstige Patienten die

Prognosen in homöopathischen Dosierungen erhielten, um sie besser zu verarbeiten.

„Was empfehlen Sie mir? Welche Behandlungsmöglichkeiten gibt es noch?" fragte sie leise. „Eine Chemotherapie? Bestrahlungen?"

„Der Nutzen einer Chemotherapie bei Magenkrebs ist umstritten. Dennoch würde ich Ihnen dazu raten, in Anbetracht der hohen Anzahl befallener Lymphknoten. Damit könnten Sie auf alle Fälle Ihre Heilungschancen verbessern."

Er sah sie einen Moment lang abwägend an, dann zog er einen Stuhl heran und setzte sich neben ihr Bett. Unter seiner bleichen Gesichtshaut schimmerten dunkle Bartstoppeln. Sein Atem roch nach Spearmint, und sie glaubte, als er sprach, weit hinten in seiner Mundhöhle einen Kaugummi zu entdecken.

„Allerdings sollten Sie wissen, dass diese Chemotherapie sehr belastend ist und schwerwiegende Nebenwirkungen haben kann. Während der Behandlungszeit werden Sie auf gar keinen Fall fähig sein zu arbeiten. Für die ambulanten Infusionen wird Ihnen ein Port unter die Haut eingesetzt, in einem kleinen Eingriff ..."

„Also selbst wenn die Chemo mich nicht umbringt, heißt es noch lange nicht, dass sie etwas nutzt", unterbrach sie ihn. „Ich werde es mir überlegen. Und bitte halten Sie sich an die ärztliche Schweigepflicht meine Ergebnisse betreffend, besonders gegenüber meinem Mann."

Er blickte sie stirnrunzelnd an. Dann drückte er ihre Hand und erhob sich.

„Überlegen Sie nicht zu lange. Sobald die Wunden verheilt sind, müssten wir anfangen."

Sie wusste, wovon sie sprach. Fred hatte auf ihre Krebsdiagnose verängstigt wie ein kleiner Junge reagiert. Zuletzt hatte sie ihn trösten und beruhigen müssen, nicht umgekehrt. Es war völlig verrückt, überraschte sie aber nicht.

Ihre Hauptsorge gilt ohnehin nicht Fred, sondern Ella. Ihre Tochter ist so klein, so verletzlich, und braucht sie. Gut, vielleicht hat sie bisher beruflich nicht genügend zurückgeschraubt und sich zu wenig um die Kleine gekümmert, sie zu häufig Fred und der Nanny überlassen. Aber das wird sich von nun an ändern. In ihrem Leben wird sich einiges ändern, das hat sie klar vor Augen. Eine Chemo kommt gar nicht in Frage. Sie wird diese Krankheit mit eigener Kraft besiegen, jetzt, da die Quelle des Übels herausgeschnitten ist.

Sollte der Krebs zurückkehren, hat ihr der Onkologe erklärt, hätte sie keine Chance mehr. Dann würde alles sehr schnell gehen.

8

29. Januar 2012, REGINE

Schneematsch spritzt auf, als das Flugzeug auf der Landebahn aufsetzt. Mein Herz hämmert. Hitzewellen überfluten mich. Ich hasse Landungen, besonders im Winter. Mit zitternden Händen zerre ich Reisetasche und Steppmantel mühsam aus dem Gepäckfach heraus. Verstohlen wische ich mir den Schweiß von der Oberlippe.

„Grüß Gott." Der Beamte an der Passkontrolle wirkt bleich unter dem Neonlicht. Seine Augen verschwinden fast zwischen Schlupflidern und Tränensäcken. Er mustert mich prüfend und vergleicht mein Gesicht mit dem Passfoto, auf dem ich wie eine polizeilich gesuchte Terroristin aussehe. Ohne mit der Wimper zu zucken, erwidere ich seinen Blick.

Ich reise leicht, nur mit Handgepäck, weil ich bloß wenige Tage in München bleiben werde. Zielstrebig laufe ich zum Ausgang, vorbei an den vor den Monitoren der Gepäckausgaben Wartenden. Nicht viel hat sich hier verändert in den letzten zehn Jahren. Aber Flughäfen gleichen sich ohnehin in ihrer sterilen Anonymität.

Wie auf Autopilot finde ich meinen Weg hinunter zu der S-Bahn. Ein Zug Richtung Marienplatz wartet mit laufenden Motoren. Ich suche mir in einem leeren Wagen einen Platz fern der Tür, stelle die Reisetasche zwischen meine Beine und den kleinen Rucksack auf den Sitz neben mir, um meine Privatsphäre deutlich abzustecken, und ziehe den Mantel fest um mich.

Prompt lässt sich zwei Minuten später ein junger Mann, das dunkle Haar fast kahl rasiert, auf den Sitz mir gegenüber fallen. Menschen sind Gruppenwesen. Er streckt die Beine breit von sich und schließt die Augen. Verärgert starre ich in die Dunkelheit hinaus, um seinen Anblick und die kratzenden Geräusche aus seinen Kopfhörern auszublenden.

Joe hatte mich am frühen Morgen aus meinem rastlosen Schlaf auf dem Sofa geweckt und mir einen flüchtigen Kuss auf die Wange gegeben, bevor er mit beiden Hunden und ohne Frühstück das Haus verließ.

„Pass gut auf dich auf", murmelte er. „Wann geht dein Flug?"

„Um Viertel nach zwei von Norwich, dann um fünf weiter ab Amsterdam", gähnte ich.

„Melde dich", rief er beim Hinausgehen.

Ich war froh, dass er den Abschied kühl und knapp hielt, was weitere Diskussionen über meine Reise vermied.

Die S-Bahn gleitet durch das dunkle Münchner Umland. An grell erleuchteten Haltestellen in Unterföhring und Englschalking steigen einzelne Passanten zu.

Bilder steigen in mir auf, lange verdrängte Erinnerungen an das letzte Mal, als ich Julia gesehen habe. Da war sie dreizehn, und zwischen uns hatte sich über die letzten Jahre eine liebevolle, kumpelhafte Freundschaft entwickelt. Etwas geschah an dem Tag, und im Bruchteil einer Sekunde zerbrach diese Nähe und konnte nie wieder gekittet werden. Alles meine Schuld, durch nichts zu entschuldigen. Von erwachsenen, verantwortungsbewussten Menschen sollte man etwas anderes erwarten.

Mona war wieder schwanger, im sechsten Monat. Mit einem Baby, das keine Zukunft hatte. Aber das wusste sie zu dem Zeitpunkt noch nicht. Sie war aufgedunsen wie eine Göttin der Fruchtbarkeit und strahlte vor Glück. Denn das Wesen in ihrem Bauch war ein richtiges Wunschkind, auf das sie jahrelang hingearbeitet hatte. Ob auch ein Wunschkind für Joachim, bezweifelte ich. Er sagte mir, sie habe ihn immer wieder unter Druck gesetzt. Aber ist ein Mann unter Druck fähig zum Sex?

Am Marienplatz steige ich um und versinke gleich wieder in meinen Gedanken. Wenige Minuten später schrecke ich hoch, weil die Bahn seit einigen Momenten zum Stillstand gekommen ist. Verwirrt versuche ich mich zu orientieren.

„Ist das hier die Giselastraße oder schon Münchner Freiheit?" frage ich mit lauter Stimme den Mann mit den Kopfhörern. Doch der öffnet nicht einmal die Augen, und so schnappe ich mir kurzerhand meine Taschen, springe auf und stürze im letzten Moment hinaus, ohne zu wissen, ob dies die richtige Haltestelle ist. Ein Instinkt aus der Vergangenheit muss mich gewarnt haben, denn tatsächlich bin ich an meinem Ziel angelangt.

Während die Rolltreppe mich an die Oberfläche befördert, überlege ich kurz, für das letzte Stück ein Taxi zu nehmen. Blödsinn, für die paar Minuten Fußweg, denke ich, bereue meine Entscheidung dann aber schnell. Der Schneeregen durchnässt mich innerhalb weniger Augenblicke. Die Hose klebt an meinen Waden, und die triefenden Stiefeletten reiben mir die Füße auf, als ich die Leopoldstraße entlanglaufe, geblendet vom Neonlicht der Geschäfte, Kinos, Kneipen und Schnellimbisse. Die Rädchen der Trolley-Reisetasche bleiben hoffnungslos im Matsch stecken, so dass ich mich entschließe, mein Gepäck zu tragen.

Vermummte Passanten in dicken Mänteln und gefütterten Anoraks hetzen an mir vorbei. Der Schirm einer Frau verfängt sich in meinen Haaren.

„Passen Sie doch auf!" schnauzt sie und zerrt an ihrem Schirm. In der anderen Hand schleppt sie mehrere prallgefüllte Plastiktüten.

„Vorsicht! Nicht so wild...!" Ich halte ihren Schirm über meinem Kopf fest, woraufhin die Frau nur noch fieberhafter fuchtelt.

Ich lasse die Reisetasche fallen und löse mein Haar aus dem Schirmgestell. Die Frau schnaubt und stapft schimpfend weiter, ohne sich zu entschuldigen. Ein Mann murmelt vor sich hin, als er an mir vorbeischlurft. Johlende Jugendliche taumeln aus einer Kneipe; ich presse mich an eine Hauswand, um sie vorbeizulassen, ohne angerempelt zu werden.

An einem Kebab-Stand drängelt sich eine Gruppe kichernder junger Japanerinnen, während hinter der Theke ein bärtiger Mann im T-Shirt mit einem Säbelmesser Fleischstreifen von dem Spieß herunterschneidet. Amüsiert mustert er die Kundinnen. Der Duft von Grillfleisch und Knoblauch mischt sich mit dem Gestank der Abgase der sich vor den Ampeln drängenden Autoschlangen.

Das Wabern von Gerüchen, Lärm, Neonlicht und Menschenmengen verursacht mir Übelkeit. Wehmütig denke ich einen Moment lang an den sternenübersäten Nachthimmel über meinem stillen Garten in Norfolk. Ich fühle mich unwirklich leicht, als könnte ich in den schwefelgelben Münchner Abendhimmel davonschweben.

Dann endlich biege ich ab. Lärm und Glitter der Hauptstraße sind erstorben. Ein düsterer Häuserwall umgibt mich, nur von halb heruntergelassenen Rollläden durchbrochen, aus denen Lichtspitzen dringen. Endlich stehe ich vor Nummer vierundvierzig, dem Haus mit einer türkischen Änderungsschneiderei im Erdgeschoss. Ich trete zurück, werfe einen Blick hinauf zu den erleuchteten Fenstern im dritten Stock und zögere einen Moment, bevor ich auf die mit Winterfels/Glashauser beschriftete Klingel drücke.

„Ja bitte?" meldet sich eine heisere Frauenstimme.

„Regine hier, Julias Tante."

"Nehmen Sie den Lift bis zum dritten Stock."

Der Türsummer ertönt; ein erleuchteter Lift wartet am Ende der Eingangshalle. Als ich oben an-

komme, lehnt eine jungenhafte Figur in Joggingan-
zug, Socken und mit zerzaustem dunklen Haar in
der Wohnungstür gegenüber.

„Karen. Kommen Sie herein." Sie streckt mir die
Hand entgegen. Ihr Händedruck ist fest, aber
gleichzeitig schiebt sie mich unmerklich fort. Sie
nimmt mir den nassen Mantel ab und hängt ihn
über einen Heizkörper im Flur.

9

„Mit solchem Wetter habe ich nicht gerechnet. In England ist es wärmer." Ich ziehe mir die Stiefeletten von den kalten Füßen. Meine Socken sind völlig durchnässt.

„Es schneit schon seit zwei Tagen. Und der Kälteeinbruch in den Bergen ist wirklich extrem." Karen reibt sich mit beiden Händen die Arme.

Sie führt mich durch ein geräumiges Wohnzimmer in die Küche, nur durch eine halbe Wand voneinander getrennt. Vielleicht ist dies einmal eine Altbauwohnung mit hohen Decken gewesen, bevor jemand sich entschlossen hat, aus einer Etage zwei zu machen. Niemals würde ich mich hier wohlfühlen. Die Decke scheint sich auf mich niederzudrücken, was durch das vollgepfropfte Wohnzimmer verstärkt wird. Keine Wand ist sichtbar, überall verteilen sich Regale voller Bücher und Schnickschnack, als hätten die Bewohnerinnen Angst vor Lücken. Durch das Fenster schimmert der Lenker eines Fahrrads auf dem Balkon. Ein Cello lehnt in einer Ecke des Wohnzimmers.

Ich erinnere mich an Zimmer in Wohngemeinschaften meiner Studentenzeit. Wo sonst findet man diese Art von Futonsofa mit Holzgestell, dessen übergeworfene Matratze ständig von der Lehne nach unten rutscht, weil sie nicht zu befestigen oder einfach zu schwer ist. Diese Dinger können niemals ordentlich aussehen. Ich habe geglaubt, sie seien längst aus der Mode gekommen. Wahrscheinlich lässt sich das Sofa zum Bett ausklappen, hoffentlich nicht für mich heute Nacht.

Davor häufen sich auf einem niedrigen Glastisch Bücher und Illustrierte. Ein Liegesessel im Mondrian-Design, in eine Ecke gequetscht, ragt in den Raum hinein, ohne Chance, dass man seine verschiedenen Positionen ausnutzen könnte. Überdies häufen sich auf ihm Berge von gefalteter Wäsche, vermutlich zum Einordnen.

Es duftet nach Räucherstäbchen. Auf den Fenstersimsen flackern Kerzen. Die trockene Heizungsluft verursacht mir Hustenreiz, den ich herunterzuschlucken versuche. Wir stehen uns in der Küche gegenüber und wissen beide nicht recht, wo wir anfangen sollen.

Sie hebt die Augenbrauen. Ihre weit auseinanderstehenden grauen Augen scheinen gerötet, als habe sie geweint. Auf Wangen und Hals zeichnen sich hektische rote Flecken ab.

„Haben Sie schon etwas zu Abend gegessen? Ich war gerade dabei, mir eine Kleinigkeit zu machen." Mit einer Geste deutet sie auf die Essecke und fordert mich auf, Platz zu nehmen.

Sie erinnert mich an ein scheues Tier. Ich verspüre keinerlei Appetit, aber mein Magen knurrt zur Antwort. Wann habe ich zuletzt etwas gegessen? Zum Frühstück, eine Schale mit Porridge. Für den Rest des Tages habe ich mich von Kaffee und Mineralwasser ernährt. Es passiert mir immer wieder, dass ich zu essen vergesse.

„Vielleicht etwas Brot mit etwas Käse, das könnte nicht schaden." Mit Blick auf den Tisch setze ich mich.

Auf einem Holzbrett liegen ein paar Scheiben Vollkornbrot, ein großes Stück Emmentaler Käse und drei Tomaten. Daneben stehen eine Schale mit Kartoffelchips und ein Teller mit Butter. Nicht gerade eine verschwenderische Mahlzeit. Neben einer geöffneten Weinflasche brennt eine dicke Kerze, von der ein Hauch Vanillearoma ausgeht.

Karen legt zwei Teller und Messer auf den Tisch, wuschelt sich durch den zu kurzen Fransen geschnittenen Pony, dann schenkt sie sich Rotwein in ein schon benutztes Weinglas ein. Sie trägt auffällige silberne Ohrringe, ein Kreuz mit einer blauen Perle daran. Sicher ist sie religiös.

„Sie auch ein Glas?"

Ich nicke und lächele. Die rustikalen Holzstühle stammen von unserem Gutshof, fällt mir auf, ebenso wie der Tisch. Ich erkenne an einer Stelle sogar einige tiefe Einkerbungen, für die Mona und ich damals mit Hausarbeit büßen mussten.

Karen füllt ein weiteres Glas bis zum Rand und reicht es mir. Wir sitzen einander gegenüber und prosten uns zu. Schweigend trinken wir. Wie warmer Sirup breitet sich der Wein in mir aus, schießt in meine Blutbahn und entspannt mich.

Karen ergreift das Wort. „Ich kann das alles noch gar nicht verstehen. Ein Alptraum. Von wegen Selbstmord, dass ich nicht lache." Sie schnaubt verächtlich. „Nur weil Julia das schon einmal versucht hat. Aber diesmal ist es anders. Ich weiß, dass jemand sie getötet hat. Und Sie müssen mir helfen, das zu beweisen."

Tränen fangen sich in ihren Augenwimpern, rollen über ihre Wangen und tropfen auf den Tisch, ohne dass sie sich darum schert. Da bildet sich ein kleiner See, in dem sie mit dem Zeigefinger herumrührt. Sie schnieft.

Julia hat schon früher versucht, sich umzubringen? Ich betrachte Karen und suche nach Worten.

„Also, ich ... ich wüsste nicht, wie ich in dieser Situation helfen sollte. Vor allem bin ich gekommen, weil Julias Mutter ja anscheinend nicht erreichbar ist. Damit wenigstens ein Familienmitglied sich um die Formalitäten kümmern kann." Ich zögere einen Moment lang. „Ich möchte sie sehen, gleich morgen. Wo hat man sie hingebracht?"

Karen schluchzt lauter, der Tränensee vergrößert sich. „Ins Institut für Rechtsmedizin, in der Nussbaumstraße. Man hat sie ... obduziert, um ganz sicher über die Todesursache zu sein."

Ich krame in meinem Rucksack und ziehe ein Päckchen Papiertaschentücher heraus. Dankbar nimmt sie eins und putzt sich die Nase.

Der samtige Brombeergeschmack des Rotweins, eines apulischen Primitivos, zergeht mir auf der Zunge und mildert die Wirkung unseres grausigen Gesprächs.

„Und? Was ist das Resultat?" Ich zerschneide eine der Tomaten auf meinem Teller und probiere ein Viertel. Es schmeckt nach nichts, wie im Winter zu erwarten.

„Eindeutig Suizid, meinen sie. Tod ohne Fremdeinwirkung." Karen steht auf, um das Taschentuch in einen Mülleimer zu werfen. Sie setzt sich wieder, schiebt sich ein paar Chips in den Mund und kaut nachdenklich auf ihnen herum.

„Julia hat anscheinend eine ordentliche Dosis Valium geschluckt, sich dann ans verschneite Isarufer im Wolfrathauser Forst geschleppt und ist dort erfroren. Das ist die Theorie. Nur wie sie dorthin gekommen ist, an diese abgelegene Stelle, ohne ein Auto zu haben, darüber scheint sich kein Mensch Gedanken zu machen. Und falls es kein Selbstmord war – naja, mögliche Spuren fremder Autoreifen hat der Schneefall längst verdeckt."

Ihre Tränen sind versiegt. Sie schenkt mir einen trotzigen Blick, dann leert sie ihr Glas und füllt es erneut.

„Sie sagten am Telefon, dass Julia in zwei Wochen in Skiurlaub fahren wollte?"

Mit weit aufgerissenen Augen richtet Karen sich auf.

„Richtig! Wenn sie sich wirklich hätte umbringen wollen, hätte sie sich wohl kaum neu eingekleidet, oder? Sie hat mit Freunden eine Hütte bei Garmisch gebucht, wollte auch einen Skikurs machen und freute sich schon riesig. Die depressive Julia hab ich zur Genüge erlebt. Glauben Sie mir, die war ganz anders drauf."

„Tja, das ergibt wenig Sinn", sage ich und seufze. „Aber wer sollte denn Grund haben, Julia zu töten?"

Karen zuckt mit vielsagendem Blick die Achseln und schweigt. Sie weiß mehr, als sie sagen möchte, da bin ich mir sicher.

„Sie sind wahrscheinlich auf dem Laufenden, dass Julia und ich seit Jahren keinen Kontakt mehr miteinander gehabt haben."

Langsam werde ich ungeduldig. Sie nickt nur und schmiert sich ein Brot mit Butter, das sie mitgroßzügigen Scheiben Emmentaler belegt. Ich folge ihrem Beispiel, um den Effekt des Rotweins etwas abzuschwächen. Vollkornbrot ist eines der wenigen Dinge, die ich in England vermisse, und dieses hier ist köstlich.

„Ich habe also keine Ahnung von Julias jetzigem Leben." Ich verzehre einige Bissen von meiner Schnitte. „Sie müssen mich schon auf den neuesten Stand bringen, wenn ich von Nutzen sein soll."

Ich trinke den letzten Schluck aus meinem Glas und lehne mich zurück.

Sie betrachtet mich lange, sagt aber kein Wort. Dann atmet sie tief ein und schenkt uns beiden Wein nach.

„Also gut ... ich werde versuchen, Sie zu updaten. Und ... am Besten gebe ich Ihnen als kleine Nachtlektüre ihr Tagebuch zu lesen."

Um ihre Lippen kräuselt sich die Andeutung eines Lächelns. Viel Schlaf werde ich hier vermutlich nicht bekommen.

10

„Julia ist Montag früh zur Uni gegangen. Sie hat Kunst studiert, müssen Sie wissen. Schwerpunkt Freie Malerei. Am Nachmittag hatte sie vor, im Bioladen zu arbeiten. Da hat sie seit längerem einen Job. Aber sie ist dort nicht erschienen, wie Basti, der Boss, mir versichert hat. Seit Montag Morgen hat sie niemand mehr gesehen."

Karens kindliches Gesicht mit den roten Flecken glüht, als habe sie Fieber. Die Kerze flackert und wirft wirre Schatten an die Wand.

„Zuerst dachte ich mir nichts Schlimmes. Vielleicht hatte sie ja jemanden kennengelernt. Sowas ist ihr schon mal passiert. Wenn es auch nicht unbedingt typisch für Julia ist, einfach so über Nacht fortzubleiben. Trotzdem machte ich mir Sorgen.

Am Dienstag hatte ich ab Mittags Dienst im Krankenhaus – ich bin Krankengymnastin. Ich war gerade dabei, aus der Wohnung zu gehen, als zwei Polizisten auftauchten. Der Hund eines Spaziergängers hatte Julia gefunden."

Sie fährt sich aufstöhnend durch die Haare, dann schüttelt sie verzweifelt den Kopf.

„In meinem Job habe ich schon so manche Tote gesehen", sagt sie. „Aber Julia ist die erste, die mir nahesteht. Das geht mir verdammt an die Nieren. Ich hätte es besser wissen müssen ...".

„Sie haben Julia gestern identifiziert?"

Das klingt wie eine Zeile aus einem Krimi. Schon wieder ist mein Glas leer. Die Küche schwankt leise wie ein Ruderboot. Kein Wunder, der Flug war ein wenig turbulent. Langsamer trinken wäre sinnvoll.

Karen nickt nur und nimmt einen nächsten kräftigen Schluck. Wenn wir uns nicht bremsen, werden wir bald beide unter dem Tisch liegen. Ich schaue mich verstohlen um und entdecke eine weitere Weinflasche der gleichen Marke neben dem Kühlschrank. Vermutlich ist diese Situation nur in angetrunkenem Zustand zu bewältigen, tröste ich mich. Die Fähigkeit, klar zu denken, mag zwar beeinträchtigt werden, aber die Zunge löst sich.

Ich verzehre genießerisch ein weiteres mit Käse belegtes Stück Brot. Es ist saftig und frisch, mit einer Spur Fenchel und Anis, typisch Bioladen.

Unser Gespräch ist ins Stocken geraten. Was weiß Karen, und warum rückt sie es nicht heraus? Wenn Julias Tod nicht Selbstmord war, wie sie andeutet, könnte es für mich gefährlich werden? War es blauäugig von mir, mich von ihr überreden zu lassen, so überstürzt nach München zu kommen? Es reicht, das hier ist kein Ratespiel.

„Jetzt mal Klartext, Karen: Was wissen Sie? Verdächtigen Sie jemanden, an Julias Tod Schuld zu sein? Wozu haben Sie mich hergeholt? Nun reden Sie schon!"

Ich spüre, dass sie mir gleich etwas sagen wird. Aber als ich mich zu ihr über den Tisch beuge und ihre Hand ergreife, entzieht sie sie mir. Ich versuche, mich erneut in Geduld zu üben, und nippe an meinem Glas. Ihre Pupillen glänzen wie schwarze Murmeln. Verschwörerisch neigt sie sich zu mir.

„Ich habe meine Vermutungen, und Sie werden sie erfahren. Ganz bestimmt morgen. Aber bevor ich mit Ihnen darüber spreche, muss ich noch ein kleines bisschen mehr Gewissheit bekommen. Ich will ja niemanden fälschlich beschuldigen."

Sie verzieht die Lippen zu einem Lächeln. Plötzlich steht ein junger Mann in der Küche. Er muss sich herangeschlichen und gelauscht haben. Wir schrecken beide zusammen.

„Kommst du endlich ins Bett, Karen", herrscht er sie an. „Du quatschst mal wieder zuviel."

Sie springt schwankend auf, geht zu ihm und streicht ihm beruhigend durch das Haar. Er versucht, sie mit sich zu ziehen, doch sie löst sich aus seinem Griff. Sein Gesicht ist zerknautscht, als habe er auf dem Bauch geschlafen.

„Das ist Tobias, mein Freund", stellt sie ihn vor.

Er nickt mir knapp und unfreundlich zu.

„Noch ein paar Minuten, Tobi. Muss Julias Tante nur noch ihr Zimmer zeigen."

Grollend verschwindet er.

„Er ist in letzter Zeit ein wenig gestresst. Ignorieren Sie ihn einfach", murmelt sie.

Ich lehne mich zurück und schaue sie erwartungsvoll an.

Karen brütet und schweigt. Sie sitzt zusammengesunken auf ihrem Stuhl, ein Bein unter den Körper geschoben, und knetet mit ihren langen Fingern an dem weichen Wachsrand der Kerze.

„Ich habe Julia vor über drei Jahren als Patientin kennengelernt. Als ihre Krankengymnastin. Zu dem Zeitpunkt lag sie nach einem Autounfall bei uns im Krankenhaus, im Klinikum rechts der Isar. Sie hatte die Kontrolle über ihr Auto verloren und war frontal in einen Bus hineingefahren. Zum Glück nur mit dreißig Stundenkilometern, aber trotzdem – Gehirnerschütterung und ein gebrochenes Becken sind kein Zuckerschlecken."

Vor meinem inneren Auge spielen sich blutige Unfallszenen ab. Ich schüttele den Kopf. Arme Julia, das muss schrecklich für sie gewesen sein.

„Sie konnten sie erst nach Stunden aus dem Wrack herausschneiden. Obwohl sie davon wohl nicht viel mitbekommen hat, muss sie doch unbewusst Todesängste ausgestanden haben. Jedenfalls hat sie sich zwar körperlich nach und nach berappelt, aber dann, als sie entlassen wurde, haben die Panikanfälle angefangen. Und die haben ihr Leben so richtig zur Hölle gemacht."

„War denn ihre Mutter zur Stelle, als der Unfall geschah?"

Karen schnaubt und sieht mich verächtlich an.

„Julias Mutter ist der egoistischste Mensch, dem ich je begegnet bin. Denkt nur an sich und den Weg zur Erleuchtung. Als Julia den Unfall hatte, lebte ihre Mutter schon seit Monaten in Indien, bei irgendeinem Guru. Unmöglich zu erreichen. Julia wohnte allein hier. Deshalb hat sie mich dann gefragt, ob ich nicht Lust hätte, bei ihr einzuziehen. Wir hatten uns im Krankenhaus angefreundet, Julia ist ... war so lebenslustig, eine richtige Stimmungsbombe, wenn es ihr gutging."

Erneute Tränen. Sie steht auf, holt sich eine Rolle Küchenpapier von der Anrichte und schnaubt sich die Nase.

„Diese Angstzustände nach dem Unfall waren ein Horror. PTSD, also Post traumatic stress disorder heißt das heute so schön. Im Lauf der Monate verschlimmerten sie sich. Zeitweise traute sie sich nicht mehr auf die Straße, aus Angst, ohnmächtig zu werden und zu sterben. Oft wollte sie mich nicht fortlassen, konnte nicht in der Wohnung allein sein. Sie hätten sie sehen sollen - ein zitterndes Bündel, das nach Luft schnappte und zu ersticken drohte."

Ich schüttele den Kopf. Julia, gefangen in ihren Alpträumen. Und niemand außer Karen, der ihr zur Seite stand. Auch ich war unerreichbar, obwohl wir uns früher so nahegestanden hatten. Ein Klumpen sitzt in meinem Hals, den ich vergeblich herunterzuschlucken versuche.

Karen zuckt mit den Achseln. „Ja, zu der Zeit sprach sie manchmal davon, sich umzubringen, weil sie die Ängste nicht mehr aushielt. Damals ließ sie sich Beruhigungstabletten verschreiben, die sie, wie sie sagte, regelrecht zum Zombie machten. Oder sie trank sich Mut zu ... Manchmal hatte sie eine richtige Fahne; sie schleppte für den Notfall immer einen Flachmann mit Schnaps mit sich herum. Ihr Leben nach dem Unfall war eine Katastrophe."

In der Wohnung über uns hat Musik eingesetzt, deren wummernder Rhythmus die Decke zum Schwingen bringt. Karen presst die Lippen zusammen und betrachtet ihre Hände. Ihre Finger sind von Tinte verfärbt, als hätte sie mit einem undichten Stift geschrieben.

„Klingt so, als hätte Julia dringend therapeutische Hilfe gebraucht", sage ich nach einer Weile.

„Genau die hat sie dann auch bekommen. Ihr Hausarzt hat sie nach ein paar Monaten, als es für sie nicht mehr zum Aushalten war, an eine Psychotherapeutin überwiesen. Eine Frau Ambusch."

Sie schaut mich bedeutungsvoll an, als müsste mir der Name geläufig sein.

„Hat das geholfen?"

„Schon. Ich habe Julia ein paarmal zur Therapie gefahren, wenn ihr die U-Bahn zuviel Angst machte. Hab dann im Wartezimmer gessen, bis die Ambusch sie wieder entließ. Sie hat es schließlich geschafft, Julia so einigermaßen wieder auf die Beine zu bringen. Eine Zeitlang ging es ihr wieder gut. Sie konnte wieder ausgehen, jobben, ihre Kunstseminare besuchen. Und natürlich Cello spielen."

Karen deutet hinüber ins Wohnzimmer, wo ich das Instrument habe stehen sehen.

Fast hatte ich Julias Begeisterung für Cello vergessen. Dabei galt sie schon im Alter von acht Jahren als eine Art Wunderkind. Ich erinnere mich an einen Konzertabend mit jungen Musikern im Gasteig, an dem meine zehnjährige Nichte auftrat.

Sie saß in einem himmelblauen bodenlangen Samtkleid auf der Bühne und erinnerte mit ihren zu Locken gestylten langen Haaren an einen Rauschgoldengel. Die Prelude von Bachs Cello Suite Nummer eins zählt seitdem zu meinen Lieblingsstücken. Ihr Körper verschmolz sich mit dem Instrument. Die wellenartigen Bewegungen, mit denen sie den Bogen über die Saiten führte, ihre geschlossenen Augen und der Fluss der Melodie fügten sich zu einem so intensiven Eindruck zusammen, dass ich nur noch aus Gänsehaut bestand.

Karen steht auf, öffnet die zweite Weinflasche und füllt unsere Gläser, obwohl ich meines mit der Hand abzudecken versuche. Sie nimmt ein paar Schlucke, belegt eine weitere Scheibe Brot mit einem Stück Käse und Tomatenscheiben und verschlingt sie.

„Allerdings verschlimmerte sich alles wieder, als sie dann schwanger wurde," nuschelt sie mit halbvollem Mund. Sie lässt sich zurück auf ihren Stuhl fallen und sieht mich schräg an.

Ich erstarre. Habe ich mich verhört?

„Julia hat nämlich vor zwei Jahren ein Baby bekommen. Von ihrem verheirateten Liebhaber." Triumphierend stellt Karen ihr Glas zurück auf den Tisch.

„Aber wo ist ... Was ist denn mit dem Kind geschehen? Ist es etwa ...?".

Meine Stimme versagt. Hier in der Wohnung habe ich nichts gesehen, was auf die Anwesenheit eines Kleinkindes hinweisen würde. Keine Plüschtiere, kein Spielzeug, keine Bilderbücher. Kein Geruch nach Windeln oder Kindercreme.

„Oh Gott! Ist das Baby ... gestorben?", frage ich heiser.

„Nein nein, das Kind lebt", lächelt Karen jetzt und tätschelt beruhigend meine Hand. „Der Kleinen geht es vermutlich ganz gut. Julia hat sie gleich nach der Geburt zur Adoption freigegeben."

11

"Ich war dabei", fährt sie fort, "ein Kaiserschnitt. Das Baby war gesund, hatte aber eine Lippenspalte, oder, wie man früher sagte, eine Hasenscharte. Ich habe Julia nichts davon erzählt. Sie hätte es wahrscheinlich auch gar nicht wissen wollen."

"Wie stark ausgeprägt war das denn?"

"Nicht sehr schlimm. Die Hebamme meinte, das wäre heutzutage schon in den ersten Lebensjahren des Kindes operativ meist gut zu beheben."

Ich warte, weil ich spüre, dass da noch etwas kommt.

"Julia hat also die Kleine, wie vereinbart, nicht gesehen. Nachdem alles körperlich gut überstanden war, ist sie zuerst richtig gut drauf gewesen, aber das änderte sich dann schnell. Nach ein paar Tagen wurde sie immer bedrückter und lethargischer. Schließlich hatte ich Bedenken, morgens aus dem Haus zu gehen und sie allein zu lassen. Ich kannte ja die Anzeichen und ahnte, dass sich eine postnatale Depression anbahnte."

"Sie hatten Angst, sie könnte ... Also war Julia schon damals selbstmordgefährdet?"

Karen nickt und spitzt die Lippen.

"Sie hat die Therapiestunden abgesagt, ist gar nicht mehr aus dem Haus gegangen. Wie ich später erfahren habe, ist sie in den Tagen nach der Entlassung aus dem Krankenhaus zu ihrem Hausarzt und zu einem Internisten marschiert, um sich Schlaftabletten verschreiben lassen. In mehreren Apotheken besorgte sie sich außerdem ein Sammelsurium rezeptfreier Beruhigungs- und Schlafmittel. Und wir hatten ja auch noch Hustentropfen mit Codein in unserer Hausapotheke."

"Tolle Mischung", murmele ich.

"Ich weiß das Datum noch ganz genau. Es war am zehnten Oktober 2010. Wäre ich nicht früher nach Hause gekommen, weil zwei meiner Patienten vorzeitig entlassen worden waren, wer weiß ...".

Karen verstummt. Schweigen senkt sich über uns.

"Unnötig zu sagen, dass ich Ihnen sehr dankbar dafür bin, wie Sie Julia die ganze Zeit über unterstützt haben. Das kann nicht einfach für Sie gewesen sein, mit einer so labilen Freundin zusammenzuleben."

Ich lehne mich zu Karen hinüber und lege meine Hand auf ihre. Sie ist überraschend heiß und feucht. Karens Augen glänzen, als habe sie Fieber.

"Julia hätte dasselbe für mich getan", sagt sie wegwerfend und entzieht mir die Hand, um sich damit über die Nase zu wischen.

"Sie hatte enorm viel eingeworfen. Und ich fand sie beinahe zu spät, so dass sie es um ein Haar nicht geschafft hätte. Erst nach vier Tagen im Koma kam sie wieder zu Bewusstsein. Zu ihrem Glück sie ist dann zwei Monate lang in einer großartigen psychotherapeutischen Klinik in der Nähe von München behandelt worden."

"Und wo war ihre Mutter in dieser ganzen Zeit? Wusste die überhaupt von der Schwangerschaft und den Konflikten, in denen Julia sich befand? Und dass sie jetzt eine Enkeltochter hat?"

"Julia wollte auf keinen Fall, dass ihre Mutter von der Schwangerschaft erfuhr. Es sei allein ihre Angelegenheit, meinte sie. Womöglich fürchtete sie, ihre Mutter könnte sie umstimmen und dazu bewegen, das Kind nach der Geburt zu behalten."

Das wäre gut möglich gewesen. Sicher ist Julia die Entscheidung nicht leicht gefallen.

"Auf alle Fälle gelang es den Therapeuten in der Klinik, dass Julia endlich ihre Panikanfälle in den Griff bekam. Phantastische Psychotherapeuten, Ärzte und Meditationslehrer arbeiten dort. Außerdem verschrieben sie Julia ein Medikament, das sie zusätzlich unterstützte. Also keine analytische Psycho-therapie mehr mit drei Stunden die Woche, die Julia auch noch selbst bezahlen musste. Die haben doch nur einen Haufen Geld verschlungen und sie in totale Abhängigkeit von Frau Ambusch gebracht."

Meine zittrige Hand versucht das Weinglas zu greifen und stößt es vom Tisch. Es zerschellt in winzige Glassplitter auf dem Fliesenboden. Die Frau mir gegenüber reagiert gar nicht. Sie spricht, aber ich höre nichts. Dann endlich schalten meine Ohren wieder auf Verstehen.

„ ... insgesamt eine verdammt harte Zeit für Julia. Zuerst diese ständigen Panikattacken nach dem Autounfall. Das hat sie echt mürbe gemacht. Sie war ein Wrack. Und als es ihr dank Therapie bei der Ambusch langsam, ganz langsam besser geht, verknallt sie sich. Nein, nicht in die Therapeutin – obwohl mich das auch nicht gewundert hätte. Und natürlich nicht etwa in einen Gleichaltrigen, das wäre ja viel zu banal für Julia gewesen.“

Karen schüttelt resigniert den Kopf. Sie hat Probleme, deutlich zu sprechen.

„Er musste gleich doppelt so alt sein wie sie – und noch dazu verheiratet. Aber egal. Julia hatte sich unsterblich verliebt. Und dieser Marius - so hieß der Typ - , nachdem er ihr in den ersten Wochen weisgemacht hatte, dass er sich scheiden lassen würde, beendete die Affäre von einem Tag auf den anderen. Er schaffe es doch nicht, seine Frau zu verlassen, das übliche Blabla."

Sie seufzt und verdreht die Augen. Ihre Finger wischen unsichtbare Krümel vom Tisch. Wut steigt in mir auf.

"Und? Wie kam Julia damit zurecht?"

„Was glauben Sie? Die Welt brach für sie zusammen. Dieser Kerl verschwand sang- und klanglos aus ihrem Leben, hatte wahrscheinlich sein Spezial-Handy für Julia entsorgt. Aber zum Glück ging sie brav weiter zur Therapie und hangelte sich wieder an die Oberfläche. Bis sie nach ein paar Wochen feststellte, dass sie von dem Typen schwanger war."

Sie verstummt, stützt den Kopf in die Hand und blickt mich an. Das rechte Augenlid hängt schlaff über dem Auge, wohl durch den Wein, und gibt ihr etwas Schelmisches. Ich lasse das Gehörte Revue passieren. Zu viele Informationen auf einmal. Sie drücken wie ein Kissen auf meine Brust. Ich stehe auf, um mich zu bewegen und durchzuatmen.

„Gibt es hier irgendwo Handfeger und Kehrblech?"

Ich laufe suchend in der Küche herum. Glassplitter knirschen unter meinen Socken.

„Nebenan im Gästeclo."

Karen deutet mit einer Handbewegung vage eine Richtung an. Vorsichtig tappe ich um die Scherben herum. Die Gästetoilette ist für überschlanke und gelenkige Benutzer konzipiert. Hinter Waschbecken und Toilette steht ein Eimer mit Putzutensilien. In der Küche hocke ich mich hin, um Tausende winziger Scherben aufzufegen. Ich werfe sie in den Abfalleimer unter dem Spülbecken.

„Ich glaube, ich bin langsam bettreif", murmelt Karen, während sie mir zusieht, macht aber keinerlei Anstalten, sich zu erheben.

Mit einem Seufzer setze ich mich zurück an den Tisch. Fragen wirbeln mir durch den Kopf; unmöglich, sie festzuhalten und zu formulieren. Ein dumpfes Gefühl von Sinnlosigkeit breitet sich in mir aus. Joachim hat recht: wozu in der Vergangenheit herumstochern, jetzt, wo Julia nicht mehr lebt?

„Hat sie damals denn nicht überlegt abzutreiben?" frage ich.

„Doch, schon. Aber sie meinte, das wäre für sie noch viel schwieriger, als das Kind auszutragen und dann wegzugeben. Hatte irgendwas mit ihrer Vergangenheit zu tun. Ein totes Brüderchen, wenn ich sie recht verstanden habe. Sie wollte nicht darüber sprechen. Und auch die Therapeutin hat sie sehr darin bestärkt, nicht abzutreiben."

12

September 1989, REGINE

Julia war knapp zwei Jahre alt, als ich sie zum ersten Mal sah. Vater mit seiner ewigen Drängelei hatte mich schließlich herumgekriegt, in den Schoß der Familie für eine Stippvisite zurückzukehren. Ein unverbesserlicher Idealist, dem die Familie über allem stand. Missstimmungen und Streitereien fand er unerträglich.

„Warum seid ihr Weiber bloß so nachtragend und macht euch das Leben schwer", sagte er am Telefon. „Jetzt zieh endlich einen Strich unter das Vergangene. Du bist eine hübsche junge Frau, die Welt steht dir offen! Zum Teufel mit deinem Stolz. Immerhin ist sie deine Schwester. Du kannst dir doch so viele Männer angeln. Also gönn ihn ihr!"

Wäre ich zu dem Zeitpunkt nicht schon mit Georg zusammen gewesen, ich hätte sie alle weiter schmoren lassen. Aber dank meines Vorzeigelovers fühlte ich mich gewappnet, Mona, Joachim und auch Mutter gegenüberzutreten. Und was für einen Mann hatte ich mir geangelt! Einen bekannten, redegewandten und charmanten Politiker, der in den Augen meiner Eltern zwar nicht der richtigen Partei angehörte, aber trotzdem nicht zu extrem links war. Allerdings missbilligten sie, dass er fast doppelt so alt wie ich und verheiratet war, weswegen unser Auftauchen in Wolfing streng geheimen Charakter hatte. Doch ich vertraute auf Georgs Charisma und erkannte sofort, wie er meine Familie um den kleinen Finger wickelte. Sie hatten sich alle für ihn in Schale geworfen.

„Eine großartige Tierarztpraxis haben Sie hier. Alles selbst aufgebaut?" Georg blickte bewundernd auf das Anwesen hinaus. Er verstand es, den Leuten zu schmeicheln.

„Der Laden war ziemlich heruntergekommen, als wir ihn vor rund vierzig Jahren übernommen haben, was, Beate?"

Vater platzte nahezu vor Stolz. Als Nächstes würde er Georg eine Sightseeing-Tour durch die Praxis anbieten. Doch Mutter, überraschend smart in eng anliegendem Leinenkleid und Stiletto-Sandalen, ergriff dessen Arm und schob ihn sanft ins Wohnzimmer. An diesem warmen Sommertag hatten sie die Glasschiebetüren, die sich über die ganze Außenwand erstreckten, geöffnet. Eine mir unbekannte großzügige Sitzecke mit zwei cremefarbenen Sofas lud dazu ein, den Blick auf eine große Terrasse mit Palmen und Oleander in Terrakottakübeln und blühenden Ziersträuchern zu genießen. Dahinter erstreckte sich der kleine Weiher, über den eine geschwungene Holzbrücke zu einer Miniaturpagode führte. Mediterrane Atmosphäre, gemischt mit einem Schuss japanischem Zen. Und im Hintergrund ein Blick auf das Alpenpanorama. Mutter liebte ihre Gartengestaltung. Ich sah Georg an, dass er beeindruckt war.

„Ja, wir haben damals viel investieren müssen, aber es hat sich gelohnt", sagte sie. „Und jetzt haben wir eine gut laufende Praxis für Klein- und Haustiere mit angeschlossener Großtierpraxis. Manchmal wissen wir gar nicht, wo uns der Kopf steht."

Sie lächelte Georg mit leicht geneigtem Kopf an und blickte zu ihm auf, eine Eigenart, die mir für eine Frau ihres Alters unpassend kokett erschien. Es verlieh ihr ein liebenswürdiges, weiches Flair. Zu meinem Ärger ertappte auch ich mich oft bei dieser Art zu lächeln.

Sowieso stellte ich, während ich Mutter nun beobachtete, verblüfft fest, dass ich ihr in den letzten Jahren äußerlich immer ähnlicher geworden war. Beinahe schien es mir, wenn ich sie anschaute, als blickte ich in mein gealtertes Spiegelbild. Diese volle, etwas vorgewölbte Unterlippe zum Beispiel hatte ich früher bei Mutter nie bemerkt, kannte sie von mir selbst aber gut, vor allem, weil Georg mich häufig wegen ihr neckte. Und das Zusammenspiel der hohen Wangenknochen, mandelförmigen braunen Augen mit den geschwungenen Augenbrauen ... Ich blickte zu Georg hinüber, und er zwinkerte mir unmerklich zu. Ob er die Ähnlichkeit auch bemerkt hatte?

Julia stahl an diesem Nachmittag allen die Show, sogar dem Novum Georg. Ihr ständiges Plappern mit Mikeymouse-Stimme brachte alle zum Lachen. Ich wunderte mich, dass eine Zweijährige bereits so wortgewandt war und in ganzen Sätzen sprach. Wie eine Aufziehpuppe tapste sie im Wohnzimmer herum und schleppte Puppen und Teddybären herein, um sie uns vorzustellen. Kaum saß ich auf dem Sofa, krabbelte sie mir auf den Schoß, als wären wir alte Freunde, und untersuchte mit warmen kleinen Fingern meine Creolen-Ohrringe, während ihr heißer Atem wohlig in meinem Ohr kitzelte. Dann kuschelte sie sich gemütlich an mich, blickte ab und zu lächelnd hinauf zu mir und seufzte zufrieden.

Ich konnte es kaum fassen, dass dieses bezaubernde Wesen ausgerechnet mich als Ruheplatz auserkoren hatte, und legte zögernd meine Hände um sie. Ihre Wuschellocken streiften wie Seidenfäden mein Gesicht, wann immer sie den Kopf bewegte. Verstohlen schnupperte ich an ihrem Haar, das entfernt nach Frühlingswiese duftete.

Als ich die Augen hob, traf mich Monas Blick wie ein Eisregen. Wenn es nach ihr gegangen wäre, hätten wir uns wohl nie wieder gesehen. Sie hatte den Raum betont langsam, mit in schwarzen Stretchjeans sanft schwingenden Hüften durchquert und strahlte betörende Sinnlichkeit aus. Georg verfolgte mit unverhohlenem Gefallen jede ihrer Bewegungen. Wahrscheinlich glaubte er, das müsse er nicht verbergen, weil es ja nur meine Schwester war. Er hatte wirklich keine Ahnung.

Jetzt saß sie mir schräg gegenüber, auf dem Sofa neben ihrem Mann. Mit halb geschlossenen Augen und Schmollmund musterte sie ihre Tochter und mich. Sie fuhr sich über das kunstvoll verwuschelte blonde Haar, dessen blonde Strähnen sich in ihr Dekolleté schlängelten. Aus der weißen, tief aufgeknöpften Bluse lugte ein Stück Spitzenbesatz ihres BHs heraus, was ihr das Flair eines verführerischen und gleichzeitig unschuldigen Schulmädchens verlieh. Die Rolle der Lolita hatte sie schon immer bestens beherrscht.

Ich senkte meine Nase tief in Julias Haar und visierte Mona herausfordernd an. Nach einigen Augenblicken lehnte sie sich mit einem Räuspern zurück. Lächelnd wandte sie sich Joachim zu, den Georg in ein Gespräch über künstliche Besamung bei Kühen verwickelt hatte, und legte eine Hand auf seinen Oberschenkel.

Als wir uns verabschiedeten, zog Mona mich zur Seite.

„Interessanter Mann." Ihre schwarz geschminkten Augen verengten sich. „Aber hättest du nicht einen finden können, der ungebunden ist und mit dem du dich öffentlich zeigen kannst? Einen, von dem nicht alle denken, der sei dein Vater?"

Sie grinste schräg. „Oder vielleicht reizt dich das Heimliche ja besonders? Das Verbotene? Vögeln mit dem Papa?" Schmerzhaft knuffte sie mich in die Taille.

„Und Joachim ist und bleibt tabu, das ist dir doch hoffentlich klar", fuhr sie leise fort.

Wut schoss in mir hoch. Sie besaß diese Wirkung auf mich, nichts konnte es verhindern. Am Liebsten hätte ich mich auf sie gestürzt. Ich wich vor ihr zurück und atmete tief durch. Zum Glück trat in diesem Moment Georg zu mir und legte den Arm um mich.

„Wirklich aufregend, Regines so lange unter Verschluss gehaltene Schwester endlich einmal kennenzulernen", schnurrte er mit seiner attraktiven

Frauen vorbehaltenen Stimme. „Ich hoffe, wir sehen uns bald wieder!"

Es haute mich um, wie schnell es Mona gelang, ihre Mimik von gehässig auf anhimmelnd umzuschalten. Sie schob sich an Georg heran, wobei sie mich zur Seite drängte, und hauchte ihm links und rechts einen Kuss auf die Wangen.

Joachim ... Ich vermied es an diesem Tag, ihn anzusehen. Besonders weil ich merkte, wie er mich immer wieder verstohlen betrachtete. Statt dessen schmiegte ich mich wie ein verliebter Teenager an Georg, als wir schließlich die unvermeidliche Praxistour unternahmen.

„Du bist heute ja richtig liebevoll, meine Wildkatze." Erfreut ging er auf meine so offen bekundeten Zärtlichkeiten ein. Wahrscheinlich glaubte er, ich sei überwältigt davon, ihn endlich meiner Familie vorstellen zu können. Überwältigt vor Stolz auf ihn. Umso gekränkter reagierte er, als ich mich, kaum dass wir wieder im Auto saßen, in meinem Sitz vergrub und in Schweigen versank.

„Habe ich irgendwas falsch gemacht? Auf einmal bist du so abweisend." Mit einem Seitenblick musterte ich sein volles Gesicht, die Haselnussaugen hinter der rahmenlosen Brille, seine schimmernde Kopfhaut. Dass er keine Haare mehr besaß, traf ihn schwer in seiner Eitelkeit. Ich streichelte ihn sanft über die Wange.

„Nein, mein Schatz, du warst phantastisch. Sie lieben dich jetzt schon."

Ich konnte eine Spur Zynismus nicht vermeiden, obwohl ich mich bemühte, friedfertig zu klingen. Plötzlich war meine Fassade zusammengebrochen, die ich den Tag über mit aller Kraft aufrechterhalten hatte. Ich fühlte mich so erschöpft wie nach einem Marathon.

Vielleicht war es falsch gewesen, nach Wolfing zu fahren. Falsch, Georg als den Neuen einzuführen, obwohl ich ihn gar nicht ernsthaft als Lebenspartner in Erwägung zog. Falsch, meiner Mutter gegenüberzutreten, deren für mich reservierte Kälte mich jedes Mal frösteln ließ. Besonders, wenn ich es mit ihrem zuckersüßen Beturteln Monas verglich. Ihr abweisendes Verhalten mir gegenüber fraß an mir. Vermutlich übte sie einen gesundheitsschädlichen Einfluss auf mich aus, der über kurz oder lang zu bösartigen Zellveränderungen führen würde. Ich nahm mir zum Xten Male vor, meine Mutter in Zukunft zu meiden.

Und mein Vater? Für ihn existierten zwischenmenschliche Probleme einfach nicht. Spannungen waren Weiberkram, die ihn daran zu hindern versuchten, sein Leben zu genießen. Alle Komplikationen unter Menschen konnten nach seiner Ansicht bei einer Flasche Wein oder einem guten Obstler gelöst werden. Mit dieser Zuversicht war er schon als Siebzehnjähriger in einer wahrhaft idyllischen Kriegsgefangenschaft gelandet, als eine Art Pflegesohn eines Bauern auf einer Insel vor Dubrovnik. Und seine Jovialität hatte ihm zur Seite gestanden, als er die heruntergekommene Praxis erwarb und zum Blühen brachte.

Mir imponierte, wie mühelos er seine Haudegen-Philosophie umzusetzen verstand, während die Frauen meiner Familie sich gegenseitig an die Gurgel gingen. Als Hund wäre er ein Golden Retriever gewesen, der selbst im größten Chaos noch versuchte, schwanzwedelnd herumzulaufen und Harmonie zu stiften.

Der einzige Lichtblick des Tages war Julia gewesen. Vielleicht täuschte ich mich ja, aber sie schien besonders meine Nähe zu suchen. Eine Woge von Zärtlichkeit brandete in mir auf, als ich mich an ihren feingliedrigen Körper erinnerte, den ich immer noch in meinen Armen, auf meinem Schoß spürte. Gott sei Dank, dass sie Mona nicht ähnelte. Vielmehr hatte ich in ihrem Gesicht deutliche Ähnlichkeit mit Joachim zu entdecken gemeint, vor allem in der Augenpartie. Schelmisch, liebevoll, unverblümt flirtend. Fühlte ich mich deshalb so zu ihr hingezogen?

„Und du, liebst du mich auch?"

Georg zeigte sich trotz seines Selbstbewusstseins, das er in Talkshows oder auf Parteitagen so überzeugend zur Schau stellte, mir gegenüber oft verletzlich, was mir nicht sonderlich gefiel. Ich hatte mich in seine kompetente Art verliebt, mit der er in der Öffentlichkeit Probleme des Tagesgeschehens anpackte. In seine Redegewandtheit und Intelligenz, die in Diskussionen aufleuchtete und Gegner nach Worten ringen ließ. Keinen Weichling, der sich an meiner Schulter ausweinen wollte. Ich war mir oft nicht sicher, was ich für ihn empfand, aber im Grunde spielte das keine Rolle. Nach der großen Liebe zu suchen hatte ich längst aufgegeben.

„Natürlich liebe ich dich." Ich lehnte mich an seine Schulter und legte eine Hand in seine Leistengegend.

Der BMW verlangsamte. Georg stöhnte leise auf. „Hey, ich sitze am Lenkrad ... Aber mach ruhig weiter."

Ich lachte und zog die Hand wieder fort. Er gab einen Seufzer der Enttäuschung von sich.

„Deine Eltern sind sehr sympathisch", sagte er. „Du hast mir nie erzählt, wie ähnlich du deiner Mutter bist. Sie könnte glatt als deine ältere Schwester durchgehen. Zwei sehr aparte Frauen ... Während Mona dir eigentlich überhaupt nicht ähnelt."

„Eigentlich?" Ich wusste genau, was er meinte.

„Na ja ... Sie scheint eine interessante Frau zu sein. Joachim hat ein großes Los gezogen."

Ich atmete scharf ein.

„Zwei Fliegen mit einer Klappe", murmelte ich. „Mit Mona hat er sich auch in die Praxis eingeheiratet, eine Goldgrube. Irgendwann wird er sie übernehmen und Papa ausbezahlen. Finanziell hat er ausgesorgt."

Ich versuchte, den bitteren Ton in meiner Stimme zu besänftigen. Georg sah überrascht zu mir herüber, dann fixierte er wieder die Autobahn. Es war mittlerweile finster, und ich wusste, wie ungern er nach Einbruch der Dunkelheit fuhr. Er wirkte angespannt.

„Aber du, mein Schatz, bist die Tollste überhaupt. Nur leider mit einem verheirateten Mann liiert. Ist es das, warum du so wortkarg bist?"

Er tastete nach meiner Hand und legte sie zurück an seine Leiste.

„Ginchen, ich verspreche dir, die Scheidung noch energischer voranzutreiben. Waltraud bremst natürlich, wo immer es geht. Und du weißt ja, wie gierig sich die Medienhaie auf einen Rosenkrieg stürzen würden. Deshalb bitte ich dich um ein klein wenig Geduld, mein Kätzchen ... ".

Lächelnd nickte ich und schloss die Augen. Doch ich hatte nur mit halbem Ohr zugehört. In Wirklichkeit dachte ich an Joachim. In aller Ruhe ließ ich sein Bild vor meinem inneren Auge entstehen, so wie ich ihn an diesem Nachmittag in unbemerkten Momenten in mich aufgesogen hatte.

Er war wenig verändert. Das kürzer geschnittene dunkle Haar und der gestutzte Bart gaben ihm ein erwachseneres Aussehen, was mich unglaublich anzog. Er schien gereift, aber sein Lächeln, in dem die grünen Augen aufblitzten, war nach wie vor spitzbübisch. Neue Fältchen gaben ihm ein männlicheres Flair. Sein Körper schien gestrafft, hagerer und schlaksiger. Und war er schon immer so groß gewesen? Ich lauschte seiner heiseren Stimme nach, die mich wie früher elektrisiert hatte. Eine Stimme aus Whiskey und Rauch.

Vergeblich versuchte ich, aufsteigende Sehnsucht und Tränen herunterzuschlucken. Hoffentlich bemerkte Georg nichts. Eigentlich wollte ich jetzt nur allein sein, um diesen inneren Tumult zu beschwichtigen.

„Wärest du sehr enttäuscht, wenn du heute Abend nicht mit hochkommst? Du könntest mich einfach an der Leopoldstraße absetzen." Ich schaute in die Nacht hinaus.

Er schwieg. Aber ich hatte den Eindruck, dass er im Grunde erleichtert über meinen Wunsch war. Wahrscheinlich, weil er nach Hause wollte, um sich Waltraud und seiner Teenagertochter zu widmen. Sicher quälte ihn ein schlechtes Gewissen. Heute hatte er sich meinen Eltern als möglicher Schwiegersohn vorgestellt, während seine Gattin nichts von meiner Existenz ahnte. Wie er mir manchmal eingestand, kostete ihn sein Doppelleben einige Kraft. Es vertrug sich nicht mit seinem Selbstbild als integrer Mensch, der nichts zu verbergen hatte.

Der offizielle und in den Medien verbreitete Grund, warum er und Waltraud gelegentlich Ehekrisen hatten, war, dass für ihn seine politische Tätigkeit hundertprozentig an erster Stelle stand, weswegen er Frau und Tochter vernachlässigte. Insgeheim dankte ich ihr dafür, dass sie eine Scheidung immer wieder hinauszögerte. Als Geliebter war Georg ein Traum - zuvorkommend, von umwerfendem Humor und sprühender Intelligenz, zärtlich.

Meine Bedürfnisse wurden auf liebevollste Weise erfüllt.

Es störte mich kaum, dass wir uns als Paar nicht öffentlich zeigen konnten. Diese Art von Rampenlicht reizte mich nicht. Im Alltag, als Ehemann, wäre Georg wahrscheinlich ein Alptraum gewesen. Keineswegs beneidete ich Waltraud darum, mit einem Mann zu leben, dessen Herz der Politik und seiner Geliebten gehörten.

13

Karen senkt den Blick und betrachtet mit Interesse meinen Halsschmuck, den silbernen Tumi, der sich aus dem Pulliausschnitt gestohlen hat. Sie streckt eine Hand über den Tisch zu mir aus.

„Hübsch!" Sie fährt mit dem Finger über den Anhänger, seine halbmondförmige Ziselierung und die eingelassenen Türkissteine. „Das sieht wie alter Schmuck aus – ein Original?"

„Ein Amulett aus Peru." Ich schiebe den Tumi in meinen Ausschnitt zurück. „Aber nur eine Kopie. Das Original wäre unerschwinglich und liegt in irgendeinem Museum."

„Amulett? Klingt nach Schamanismus."

Ich lächele.

„Wenn man daran glaubt."

Nach einem kleinen Schweigen greife ich den Gesprächsfaden wieder auf.

"Was Sie mir gerade erzählt haben, klingt so, als wäre Julia in den letzten Jahren wirklich durch die Hölle gegangen!"

Karen nickt langsam und räuspert sich.

„Das Schlimmste war, dass ihr eineinhalb Jahre nach der Adoption klargeworden ist, dass sie niemals in den Deal hätte einwilligen sollen. Sie fing an, sich wegen dem Kind verrückt zu machen. Ob es ihm gutging, wie es wohl aussah, warum sie es bloß nicht behalten hatte. "

„Wie schrecklich! So geht es wahrscheinlich vielen Frauen, die ein Kind weggeben." Ich schaue sie nachdenklich an. „Der Gedanke an ihr unbekanntes Kind verfolgt manche ein Leben lang."

„Tja, leider war es zu spät, um noch etwas daran ändern zu können. Gone baby gone."

„Zu spät? Was heißt das?"

„Dieses Kind lebt seit seiner Geburt bei Adoptiveltern. Eine Adoption jetzt noch rückgängig zu machen, ist praktisch unmöglich." Sie breitet die Arme aus und zuckt die Schultern, als handele es sich um die Rücksendung eines defekten Gerätes, dessen Garantiezeit abgelaufen ist.

Ich stütze den Kopf in die Hände und verdecke mein Gesicht. Wann habe ich das letzte Mal geweint? Es schmerzt, als würde hinter meinen Augen ein Wall durchstoßen.

Wäre ich bloß zur Stelle gewesen, als Julia jemanden brauchte. Aber wahrscheinlich hätte sie meine Hilfe abgewehrt. Sie war so eine störrische Person, wenn sie sich etwas in den Kopf gesetzt hatte. Wie entschieden sie mich aus ihrem Leben gestrichen hatte, damals schon, als Dreizehnjährige.

Aber um ehrlich zu sein – ich habe ja auch nie wieder versucht, sie anzusprechen. Ihre Wut auf mich zu besänftigen. Zu sehen, ob ich irgendetwas von unserer Zuneigung retten konnte. Ich, die Erwachsene, war ein verächtlicher Feigling, nur darauf aus, meine eigene Haut zu schützen. Keine Abfuhr zu erhalten, keine Kränkung. Lieber mit geschlossenen Augen alle Verantwortung abstreifen und fliehen. Selbst wenn Julia es gewollt hätte – wie hätte sie mich erreichen können?

„Hat sie eigentlich jemals versucht, mich zu kontaktieren?" Meine Stimme klingt bange.

Karen schüttelt den Kopf.

„Nicht dass ich wüsste. Sie hat Sie niemals auch nur erwähnt. Dass Sie überhaupt existieren, weiß ich nur, weil es in Julias Zimmer ein Familienfoto gibt, aus dem eine Person herausgeschnitten ist. Ich habe sie gefragt, wer das sei. *Tante Regine, die Schwester meiner Mutter. Eine Frau, die über Leichen geht*, hat sie geantwortet."

Ich erstarre und schnappe nach Luft. Das sitzt.

„Sie machen sich Vorwürfe, Julia im Stich gelassen zu haben, stimmt's?" Sie betrachtet mich mit zusammengekniffenen Augen. „Da sind Sie nicht die

Einzige. Aber ... vielleicht könnten Sie Ihr schlechtes Gewissen ja ein bisschen besänftigen."

„Ach ja? Julia ist tot! Was könnte ich denn jetzt noch für sie tun?" In meiner Verzweiflung bin ich laut geworden, und Karen hält beschwichtigend den Zeigefinger vor den Mund. Ihr Freund kocht bestimmt inzwischen, weil sie nicht ins Bett kommt.

„Also mal angenommen, sie wurde umgebracht ... würde sie es nicht verdienen, dass der Schuldige gefunden und bestraft wird? Die Polizei will ihren Tod als Selbstmord abtun!"

Ich starre sie ungläubig an. „Ich bin keine Hobbydetektivin! Oder schwebt Ihnen so etwas wie Rache vor? Lynchjustiz vielleicht?"

„Warum nicht?" In ihren Augen blitzen verrückte Funken, und auf ihren Wangen flammt erneut hektische Röte auf. Sie schnippt ein Kügelchen Kerzenwachs zu mir herüber. Dann steht sie schwerfällig auf und schlurft aus der Küche. Gleich darauf kehrt sie zurück und legt etwas vor mich auf den Tisch.

„Julias Tagebuch. Das ist schon mal ein hochinteressanter Einstieg in unser Projekt. Habe ich gestern beim Herumstöbern in ihrem Schreibtisch gefunden. Eine hervorragende Nachtlektüre, wirklich zu empfehlen. Lesen Sie das, dann muss ich nicht so viel erklären."

Ich nehme das zerfledderte dicke Buch in die Hand und betrachte es. Der schwarze Stoff mit purpurfarbenen Blumen, in den es eingefasst ist, kommt mir merkwürdig bekannt vor. Und schon fällt es mir wieder ein; er stammt von dem Seidenkimono meiner Mutter, um den ich sie als Kind immer so beneidet habe.

„Ich gehe jetzt schlafen, muss morgen früh raus. Mein Dienst fängt um acht Uhr an."

„Hören Sie, Karen." Ich halte sie am Arm zurück. „Sie müssen mir schon noch ein paar Informationen geben, wenn ich mich nützlich machen soll. Ich würde morgen gerne mit Leuten reden, mit denen Julia zu tun hatte. Den Leuten im Bioladen vielleicht, wo sie gearbeitet hat. Oder sie hatte doch sicher ein paar gute Freunde ..."

Ratlos breite ich die Arme aus. Insgeheim frage ich mich, was das alles noch nützen soll. Ich werde morgen Karen zuliebe Miss Marple spielen und ein paar Nachforschungen anstellen. Anschließend die Beerdigung organisieren und in vier Tagen, am Donnerstag, wie geplant nach England zurückfliegen. Zur Bestattung oder eher, wie es mir lieber wäre, Einäscherung kann ich noch einmal kommen, und vielleicht lässt Joe sich sogar erweichen, mich zu begleiten.

„Wenn ich Ihren düsteren Andeutungen glauben soll, muss ich wissen, wer Ihrer Meinung nach Julia etwas Böses wollte. Oder glauben Sie, sie wurde umgebracht, weil sie ganz einfach der falschen Person zum falschen Zeitpunkt begegnet ist? Dass ihr Tod Zufall ist?"

Karen schüttelt langsam den Kopf.

„Sie glauben mir nicht, was?", murmelt sie und nickt vor sich hin. Dann sieht sie mir verschwörerisch in die Augen und deutet mit dem Zeigefinger auf mich. „Mein Gefühl sagt mir, dass sie ihren Mörder kannte."

Ich schaue zu, wie sie etwas auf einen Notizzettel kritzelt. Sie schiebt ihn zu mir herüber.

„Hier haben Sie ein paar Namen und Adressen. Der Bioladen heißt Breitwegerich und ist zu Fuß nicht weit entfernt, am Elisabethplatz. Sie öffnen um zehn Uhr. Aber Sie wollten ja sowieso als Erstes in die Rechtsmedizin, um sie zu sehen, oder?"

Ich nicke stumm und schlucke.

„Und vielleicht könnten Sie mal bei Mihail und Gabi anrufen und die beiden treffen." Sie deutet auf Namen und Telefonnummern auf dem Zettel. „Ich schätze, die zwei waren Julias beste Freunde. Musiker. Julia spielte mit ihnen in einem Ensemble namens ‚Alpentango'. Sie sind total zusammengebrochen, als ich ihnen gestern von Julias Tod erzählte."

Ich überlege einen Moment. „Ach ja, die Nummer dieses Klosters in Frankreich bräuchte ich auch."

„Hängt an Julias Pinnwand."

Ich überlege einen Moment. „Und die Therapeutin? Wo könnte ich die erreichen?"

Karen sieht mich abwägend an. Dann notiert sie einen weiteren Namen auf ihre Liste.

„Frau Ambusch. Hat eine Praxis im Stadtzentrum. Adresse und Telefonnummer finden Sie im Telefonbuch. Allerdings hat Julia schon vor zwei Jahren mit der Therapie bei ihr aufgehört."

„Dann glauben Sie also, es lohnt sich nicht, mit der Frau zu sprechen?"

„Es kann nicht schaden." Karens Wangen haben eine dunkelrote Färbung angenommen. „Die Ambusch kennt Julia sicher besser als irgend jemand sonst."

Sie bläst die Kerze aus.

„Sie schlafen in Julias Zimmer. Kommen Sie."
Im Flur greife ich nach meiner Reisetasche. Das Zimmer liegt neben dem Bad. Eine gelbe Stofflampe aus einem Dritte-Welt-Shop baumelt von der Decke und taucht den sparsam möblierten Raum in honig-

farbenes Licht. Ein vollgepfropftes Bücherregal, ein hoher Kleiderschrank aus Kiefernholz, dessen Türen halb offen stehen, ein Doppelbett mit indischem Baumwollüberwurf. Der Duft von Patschuli hängt schwer in der Luft.

Den antiken Schreibtisch mit Einlegearbeiten am Fenster erkenne ich sofort; Mona hat ihn sicher nach Mutters Tod übernommen. Ein Glück, dass ich nicht zur Stelle war. Um dieses Möbel hätte es sonst Mord und Totschlag zwischen uns gegeben.

„Irgendwo im Schrank werden Sie ein Handtuch finden. Das Bett ist frisch bezogen."

„Danke." Ich bin erleichtert. Unvorstellbar, in Bettwäsche zu schlafen, an der noch Julias Duft haftet.

„Den Wohnungsschlüssel lasse ich innen in der Tür stecken; Sie können ihn mitnehmen, wenn Sie morgen hinausgehen. Ich haben einen zweiten."

Sie zögert einen Moment. „Falls Sie ein Auto brauchen – gleich unten vor dem Haus ist mein dunkelblauer Fiat Punto geparkt." Sie grinst. „Sie werden ihn gleich erkennen. Die Fahrerseite hat ein paar böse Dellen und Kratzer, ich bin eine Niete im Rückwärtsfahren. Schlüssel hängen am Brett im Flur. Gute Nacht."

Wie sie da in der Türe steht, wirkt sie herzerweichend kindlich und schutzbedürftig. In einem plötzlichen Impuls trete ihr zu ihr und umarme sie. Die Knochen ihrer Schultern und Rippen fühlen sich zerbrechlich wie die eines Vogelbabys an, das aus dem Nest gefallen ist. Einen Moment lang halten wir uns beide und bewegen uns nicht, bis ich merke, dass sie vor leisem Schluchzen bebt. Da steigen auch in mir wieder Tränen auf, und für eine kurze Zeit sind wir in diesem warmen, klammen Universum der Trauer vereint.

„Passen Sie gut auf sich auf." Sanft umfasst sie mein Gesicht und blickt mir durchdringend in die Augen. Ihr weingetränkter Atem dringt in meine Nase.

Behutsam löse ich mich von ihr. Beim Hinausgehen winkt sie mir zu und schließt leise die Tür hinter sich.

14

Ich fühle mich wie ein Eindringling. Das hier ist Julias Welt, zu der sie mir niemals Zugang gewährt hätte. Beklommen stehe ich eine Weile da und schaue mich um. Wie ordentlich das Zimmer ist. Schon als kleines Kind legte sie immer Wert darauf, dass ihre Kleidung sorgfältig gefaltet im Schrank gestapelt wurde. Das war mir damals gleichzeitig beunruhigend und anrührend erschienen. Als wollte sie zumindest in ihrer eigenen Welt Ordnung schaffen.

Obwohl ich übermüdet bin, kann ich mich nicht dazu überwinden, ins Bett zu gehen. Und höchste Zeit, Joe eine Textnachricht zu senden.

"Gut angekommen. Sehr traurig hier. Werde morgen anrufen. Bei dir alles ok? Love you, Regine."

Merkwürdig, dass ich von ihm nichts gehört habe. Normalerweise nimmt er alle paar Stunden Kontakt mit mir auf, wenn einer von uns unterwegs ist. Flüchtig streift mich der Gedanke an das Paar am Robbenstrand, doch rasch schiebe ich das Bild wieder fort. Elmhill, Joe, das Bed and Breakfast und sogar Poppy und Ruby könnten genauso gut in einem parallelen Universum existieren, so fern scheint mein Leben in Norfolk.

Eine Weile sitze ich auf dem Bett, bevor ich Julias Tagebuch öffne. Es ist prall gefüllt mit Einträgen und quillt über vor eingeklebten Fotos, Zeichnungen, Zeitungsartikeln und aus Illustrierten ausgeschnittenen Bildern.

Auf der Pinnwand über dem Schreibtisch überlagern sich Zettel, Fotos und Notizen, so dass alles auf den ersten Blick völlig unübersichtlich wirkt. Aber bei näherer Betrachtung erkenne ich ein gewisses System. Die linke Seite scheint Musik und Konzerten vorbehalten zu sein. Oben entdecke ich eine aus dem vorigen September stammende Ankündigung der Gruppe ‚Alpentango‘, die für einen Gig im Pöschl wirbt. Sie zeigt Julia, wie sie hinter ihrem Cello steht, eine hoch aufgeschossene Akkordeonspielerin und einen Kontrabassisten mit zerzaustem Haar.

Wie Julia sich verändert hat. Das Zeitungsfoto im gestrigen ‚Tageblatt‘ war unscharf. Zum ersten Mal sehe ich auf der Annonce die erwachsene Frau, mit gelockter Mähne und strahlendem Lächeln. Weit auseinanderstehende Augen, herzförmiges Gesicht, ein voller, dunkelrot geschminkter Mund. Die Art, wie sie das Cello präsentiert, drückt verhaltenen

Stolz aus. Sie trägt ein korallenfarbenes tief ausgeschnittenes Kleid, ärmellos und mit weitem Rock, der ihr über die Knie reicht. Wie für einen Flamenco-Abend gekleidet, denke ich. Aber ‚Alpentango' lässt auf Tangomusik schließen; ich muss unbedingt eine Aufnahme ihrer Musik ergattern.

Die junge Akkordeon-Spielerin neben ihr, vermutlich Gabi, wirkt mit ihren langen Beinen, die das schwarze Minikleid bestens zur Geltung bringt, und dem dunklen Bubikopf wie eine französische Chansonniere. Das Aussehen des stoppelbärtigen Kontrabassisten steht trotz seines Fracks in krassem Gegensatz zu dem der beiden Frauen. Er erinnert mich ein wenig an Charlie Chaplins Figur des Tramps - liebenswert und nicht ganz salonfähig. Aber sein charmantes Grinsen bringt etwaige Vorbehalte zum Schweigen.

In der Mitte der Pinnwand hängt ein mit Vorlesungen und Werkstätten angefüllter Stundenplan, umgeben von Skizzenblättern, Zeichnungen, Notizzetteln mit Telefonnummern und Adressen. "Jardin de Lotus" steht auf einem durchgerissenen Kuvert, darunter "Mama" und eine Nummer mit französischer Vorwahl.

Die rechte Seite ist mit Fotos gepflastert. Aufnahmen mit ausgelassenen und eindeutig betrunkenen jungen Leuten. Wanderer mit Rucksäcken auf Bergtour, Julia irgendwo dazwischen. Fotos von Ausstellungen. Julia auf Skiern, wie sie von einem Unbekannten auf die Wange geküsst wird, von dem sie sich unmerklich fortbiegt. Julia noch einmal mit demselben Mann, diesmal gemeinsam mit Freunden in einem Restaurant, und wieder wirkt sie etwas steif, obwohl er sich ihr lächelnd zuneigt. Selfies von Julia und Karen beim Grimassenschneiden.

Dann sehe ich es. Mein Magen verkrampft sich. Familie Winterfels auf einer Sommerwiese, in der Mitte die pummelige, vielleicht fünfjährige Julia, mit Zahnlücken und schüchternem Lächeln, rechts Mona, links Joachim, einen Arm um die beiden gelegt. Aber bei der Figur neben Mona fehlt der Kopf. Wie ich schon von Karen weiß, hat Julia mein Gesicht aus dem Foto herausgeschnitten.

15

JULIAS TAGEBUCH

Dienstag, 18. August 2009

Gestern war meine erste Probe-Therapiestunde bei Frau Ambusch. Danach habe ich mir gleich dieses Tagebuch zugelegt, denn sie meint, es könnte eine wichtige Unterstützung der Therapie sein, und ich soll aufschreiben, was mich beschäftigt. Vor allem natürlich, was mir Angst macht. Die Angst konfrontieren, sagt sie, statt vor ihr wegzulaufen. Dann würde ich merken, dass alles nur in meinem Kopf existiert. Aber dass es nichtsdestotrotz sehr real für mich sei.

Wir würden gemeinsam die Ursachen für meine Ängste herausfinden und mich von ihnen befreien. Hat sie das so gesagt, oder wünsche ich es mir nur?

Fünf Probesitzungen bietet sie mir an, wonach entschieden wird (von wem?), ob ich eine Therapie bei ihr mache. Kommt mir vor wie eine Bewährungsprobe, nach der ich wieder vor die Tür gesetzt werden kann, falls ich den Test nicht bestehe. Natürlich gilt das auch umgekehrt: Ich könnte sagen, "Nein danke, Ihr Stil gefällt mir nicht", oder so was, nur stünde ich dann wieder nackt im Regen mit meiner Panik. Also keine Angst, Frau A., ich lasse Sie nicht fallen.

Als sie mir allerdings sagte, was die Stunde (oder vielmehr fünfzig Minuten!) bei ihr kostet, wurde mir doch etwas schummerig. So einen saftigen Stundenlohn von 180 Euro möchte ich auch später mal verdienen. Gut, dass ich meine kleine Erbschaft von Opa habe, aber zu viel davon will ich nicht für eine Seelenklempnerin hinlegen ... Sogar eine versäumte Sitzung lässt sie sich erstatten! Angeblich muss es richtig wehtun (finanziell), damit ich den Wert der zur Verfügung gestellten Therapiezeit begreife.

Viel redet sie nicht für die großzügige Bezahlung, und ich sehe auch noch nicht recht, was meine Faselei nutzen soll. Ich sitze ihr fast eine Stunde lang gegenüber und labere, und sie verzieht keine Miene.

Aber was für eine Wahl habe ich schon. Ich kann und will so nicht mehr weiterleben. Also – Selbstmord oder Therapie. Es wird ständig schlimmer mit diesen idiotischen Panikanfällen. Sie kommen in immer kürzeren Abständen.

Heute in der überfüllten U-Bahn, als sich die Türen schlossen und ich wusste, jetzt gibt es kein Zurück mehr, war ich sicher, ich würde auf der Stelle sterben. Komisch, dass kein Mensch etwas davon zu merken schien. Mein Herz trommelte bis in den Hals, und ich spürte, dass ich gleich umkippen würde. Alles passierte gleichzeitig, dieses Rauschen in den Ohren, mein Hals in einer Schraubzwinge, keine Luft zum Atmen. Die Muskeln versteiften sich, mein Körper war wie ein Brett. Schweiß brach aus allen Poren aus. Vor meinen Augen flimmerten schwarze Punkte, und wirre Gedanken zuckten mir durchs Hirn. Sowas wie, jetzt kriege ich einen Anfall oder einen Herzinfarkt. Gleich werde ich bewusstlos, mit Schaum vor dem Mund. Verliere die Kontrolle, bepinkle mich, und Leute starren mich an - unerträglich!

Wenn es möglich gewesen wäre, hätte ich während der Fahrt die Türen aufgerissen und wäre hinausgesprungen. Mit letzter Kraft klammerte ich mich mit beiden Händen an einen Schlaufengriff, der von der Decke hing, und hielt durch bis zur nächsten Haltestelle. Es kam mir wie eine Ewigkeit vor.

Dann stürzte ich raus auf den Bahnsteig. Ich wäre fast hingefallen, weil meine Beine so steif und taub waren und mir noch nicht wieder gehorchten. Wie eine Marionette stolperte ich die Treppen hoch, stieß Andere aus dem Weg, Hauptsache Bewegung, nur nicht stillstehen. Rolltreppe kam nicht in Frage, wo mich all die Leute einkeilen und mir die Luft abschneiden würden. Endlich sah ich den Himmel und weinte und lachte vor Erleichterung. Passanten stierten mich an, als wäre ich verrückt, und wichen mir aus. Zuerst war es mir egal. Aber nach ein paar Minuten verflog die Euphorie und ich wurde von Enttäuschung überflutet, dass ich wieder einmal geflüchtet bin.

Das Irre ist, dass kein Mensch mir äußerlich etwas anmerkt, wenn ich mich innerlich auflöse. Natürlich tue ich alles, um unauffällig zu bleiben, damit ich um jeden Preis normal wirke. Dabei drängt es mich zu schreien, herumzurennen, Arme und Beine herumzuschleudern, um sie wieder zum Leben zu erwecken. Peinlich!

Vielleicht werde ich ja wirklich wahnsinnig. Welche Erklärung gibt es denn sonst für diese Zustände? Niemand kann mir helfen, zumindest bis jetzt nicht. Frau A. schien allerdings heute nicht sonderlich alarmiert zu sein von meinen Beschreibungen. Jedenfalls rannte sie nicht gleich zum Telefon, um mich in die Psychiatrie einzuweisen. Das hat mich ein bisschen beruhigt; schließlich ist sie vom Fach. Wie cool sie dasaß! Mit ernstem Gesicht machte sie sich immer wieder Notizen und schwieg, während ich meine Ängste möglichst detailgetreu schilderte.

Eine Therapeutin habe ich mir ganz anders vorgestellt. Vielleicht mit kurzgeschnittenem grauen Haar, Mitte bis Ende fünfzig, eine strenge Brille im faltigen Gesicht, gedeckte Kleidung wie etwa einen anthrazitfarbenen Faltenrock, rosa Seidenbluse, Perlenkette und Pumps. In anderen Worten, gediegen bis nichtssagend.

Frau A. trug heute ein ziemlich kurzes, enganliegendes grünes Stretchkleid über ihrem gertenschlanken Körper. Sehr sexy! Oder sogar zu sexy? Dazu Sandaletten, das honigfarbene Haar hochgesteckt – ein echter Hingucker! Warum arbeitet sie nicht als Model oder Schauspielerin, statt sich mit Verrückten wie mir abzurackern? Ich meine, ein Mann, der da als Patient vor ihr sitzt, könnte vermutlich auf abwegige Gedanken kommen. Müsste sie sich in ihrem Job nicht ein bisschen neutraler kleiden? Aber vielleicht ist das ihr wurscht, weil sie ganz einfach mit jeder Situation fertig wird.

Ihre Augen sind hellbraun und warm, wie Bernstein. Sie beobachtete mich die ganze Stunde lang, mit der Konsequenz, dass ich mich immer mehr verkrampfte. Was ich ihr natürlich nicht eingestand. Immer schön die Fassung wahren. Wie idiotisch, denn wenn ich meiner Therapeutin keine Schwächen zeigen kann, wem dann? Aber nein, anscheinend muss ich auch vor ihr die Fassade der perfekt funktionierenden Julia aufrechterhalten. Dabei habe ich solche Angst, auszuflippen.

Aber ehrlich gesagt könnte ich mir fast vorstellen, dass sie mich wieder auf die Beine bringt. Ich traue ihr zu, dass sie sich nicht besonders aufregen würde, sollte ich in einer Therapiestunde mal durchdrehen. Schade, dass sie nicht mehr zu mir sagt. Ich könnte ein paar gute Ratschläge gebrauchen! Aber das gehört wohl zu der Technik, mit der sie arbeitet. Analytische Psychotherapie.

Am Schluss meiner Litanei liefen mir Tränen übers Gesicht. Da sah sie mich auf einmal erwartungsvoll an, wohl weil sie hoffte, dass ich jeden Moment zusammenbrechen würde. Nachdem ich mich ausgeheult hatte, fragte sie:

"Was geht jetzt in Ihnen vor? Was fällt Ihnen zu Ihrem Weinen ein?"

Ich saß eine Weile verbissen da, um nicht weiterzuheulen. Das ging in mir vor: Ich fühlte mich bloßgestellt, aus der Reserve gelockt. Keine Ahnung, wofür ich mich eigentlich schäme. Vielleicht, dass ich nicht so cool bin, wie ich vorgebe? Ich sagte nichts mehr, und dann war die Stunde zu Ende.

16

JULIAS TAGEBUCH

Donnerstag, 20. August 2009

Anscheinend bin ich körperlich völlig in Ordnung. Keine Ahnung, wie viele Ärzte ich in den letzten Monaten gesehen habe. Ich wurde von Kopf bis Fuß getestet, alles, was nur geht. Schilddrüse, Hormone, Hirnströme, Herz, Lunge, Blutbild, Urinproben, Testen auf multiple Sklerose, Hirntumor ... mein Zustand ist super, alles ohne Befund - zum Glück. Die Erleichterung dauert aber jedes Mal leider nur kurz an. Wie gut, dass ich privat versichert bin.

Für die Kassen der Mediziner bin ich ein Lotteriegewinn. Sie überschlagen sich regelrecht, mir so viele Untersuchungen wie möglich anzubieten. Die Tage lief mir der Kardiologe sogar hinterher, um mir noch eine abschließende Röntgenaufnahme meines Herzens anzubieten. Was ich aber dankend ablehnte. Er sah aus wie ein fetter Waldschrat und hätte den EKG-Belastungstest, den ich gerade mit Bravour abgeschlossen hatte, wohl kaum ohne Infarkt überlebt.

Die Panikanfälle haben sich vor einigen Wochen ganz langsam bei mir eingeschlichen. Es fing an mit

Herzklopfen in der Mensa, Atemnot und Schweiß-
ausbrüchen in der U-Bahn, dann bei einem Auftritt
in einer Kneipe. Ein anderes Mal musste ich aus
Karstadt hinausrasen, weil mir mit einem Mal
schwindelig wurde. Ich war immer öfter auf der
Flucht, weil die Welt vor meinen Augen zu flackern
anfing oder weil der Fußboden schwankte. Erst als
diese Zustände immer öfter auftauchten und stär-
ker wurden, fing ich an, mich mehr damit zu beschäftigen. Das konnte doch nicht alles mit meinem
niedrigen Blutdruck zu tun haben, wie Doktor Liebig
zuerst meinte!

Mittlerweile fühle ich mich richtig gelähmt oder in
ständiger Alarmbereitschaft. Ich warte nur noch auf
die nächste Attacke, bin bange, wann sie als Nächstes zuschlagen wird. Die ganze Zeit beobachte ich
meinen Körper, um kleinste Anzeichen von auf-
kommenden Symptomen zu unterdrücken. Was mir
natürlich meist nicht gelingt. Es ist zum Kotzen, wie
meine Gedanken um nichts Anderes mehr kreisen.
Über nichts kann ich mich freuen.

Ich sage Verabredungen im letzten Moment ab,
finde faule Ausreden, um nicht zu meinen Kursen
zu gehen oder mich mit Kommilitonen zu treffen.
Kein Aktzeichnen mehr bei Geli, keine Musikproben

bei Mikhail. Gefangen hocke ich in der Wohnung, heule und beschimpfe mich als Feigling.

Und besonders krass: Bevor ich rausgehe, nehme ich jetzt oft einen Schluck Wodka oder Fernet Branca, was so grade zur Hand ist. Wodka am liebsten, weil man den ja nicht riechen kann. Dann ein Kaugummi oder Pfefferminzbonbon, damit ich bloß keine Fahne habe. So was von peinlich. Ich hab sogar einen kleinen Flachmann bei mir im Rucksack, falls alle Stricke reißen.

Karen sagt, auf die Tour werde ich noch zum Alki, aber das glaube ich nicht. Ich bin ja nie wirklich betrunken, nur etwas entspannter, damit ich vor die Tür treten kann. Die hat gut reden. Kein Mensch kann sich vorstellen, wie schrecklich diese Panik ist. Wie viele Male am Tag ich spüre, dass ich gleich sterbe. Alles in deinem Kopf, sagt Karen. Ich wünschte, ich könnte sie mal in so einen Zustand versetzen. Dann wüsste sie, wie sich Todesangst anfühlt.

Samstag, 22. August 2009

Mama hatte immer schon nur sich selbst im Kopf, mit ihr konnte ich nie etwas besprechen. Und jetzt hab ich gar keine Ahnung, wo genau sie im Moment ist. Von Indien aus ist sie vor Wochen direkt nach

Frankreich geflogen. Da lebt sie jetzt, in einem buddhistischen Kloster, das ihr der indische Guru empfohlen hat. ‚Fleur de Lotus' heißt es und liegt irgendwo in der Nähe von Bordeaux. Ab und zu telefonieren wir. Oder besser gesagt, sie redet, ohne Luft zu holen und ohne mich zu Wort kommen zu lassen, und ich höre zu.

Nur gut, dass Karen bei mir wohnt. Sonst wäre ich schon längst durchgedreht, allein in dieser Wohnung. Manchmal hilft es, wenn sie barsch wird und mich anmosert, ich sollte mich nicht so verrückt machen. Wenn ich dann vor Wut losheule, löst das die Panik und ich fühle mich für eine Weile wunderbar normal.

Mit Karen kann ich gut über meine Ängste reden. Eine echte Freundin. Vielleicht will sie mir auch etwas zurückgeben, denn ich verlange nur wenig Miete von ihr. Sie hat Schulden, weil sie ihrem Freund vor einiger Zeit eine Menge Geld geliehen und noch nicht zurückbekommen hat. Dieser Tobias ist mir deshalb nicht gerade sympathisch, und das beruht auf Gegenseitigkeit. Ich glaube fast, er ist eifersüchtig auf mich. Weil Karen und ich uns so super verstehen. Zum Glück bleibt er meist nicht über Nacht bei ihr.

Karen meint, genau wie Frau A., mein Autounfall wäre schuld an meinen Ängsten, weil ich ein paar Stunden lang im Wrack eingequetscht war. Als ich im Krankenhaus zu mir kam, erlebte ich zuerst einen richtigen Horror. All diese piependen Geräte und Schläuche, die mir an Armen, Brust und Hals befestigt waren!

Beckenbruch und Gehirnerschütterung – aber es hätte noch viel schlimmer sein können. Ich bin frontal in einen Bus auf der anderen Fahrbahn hineingefahren, mitten in der Stadt, Gott sei Dank nicht zu schnell. Vielleicht, weil ich einen kurzen Moment im Handschuhfach gekramt oder mich nach etwas gebückt habe. Mein Smart war Totalschaden. Keine Ahnung, wohin ich unterwegs war. Ich habe nicht die Spur einer Erinnerung an den Unfall oder wie sie mich aus dem Auto geholt haben. Zum Glück ist niemand sonst verletzt worden. Nicht auszudenken, ich hätte jemanden auf dem Gewissen!

17

30. Januar 2012, REGINE

Als ich wach werde, ist es sieben Uhr morgens. Verkehrsgeräusche dringen von der Leopoldstraße herüber, gedämpft vom Schnee. Ich habe leise Stimmen im Flur gehört, dann ist die Wohnungstür ins Schloss gefallen. Jetzt hallen Schritte im Treppenhaus. Das müssen Karen und Tobias sein. In der Nacht habe ich sie noch streiten oder jedenfalls sehr laut miteinander sprechen hören.

Ich fühle mich zerschlagen. Mein ganzer Körper schmerzt wie nach einem Marathon. Neben dem Bett liegt das aufgeschlagene Tagebuch, das mir wohl gestern Nacht beim Lesen aus der Hand gefallen ist, erschöpft wie ich war. Höllisch, was Julia nach dem Unfall durchgemacht hat. Viel mehr als die ersten Seiten habe ich aber nicht geschafft.

Auf dem Bett sitzend dehne mich vorsichtig in alle Richtungen. Julias Matratze ist wesentlich härter als meine zu Hause. Mein Körper knackt wie ein alter Motor, der vergeblich anzuspringen versucht.

Im Bad durchforste ich den Spiegelschrank über dem Waschbecken. Die beiden Frauen sind recht bescheiden mit ihren Kosmetika, jedenfalls verglichen mit manchen unserer Gäste, die mit mehreren Kosmetikköfferchen anreisen. Ab und zu gestatte ich mir einen kleinen Einblick in das Universum von lächerlich teuren Antifaltencremes, Wässerchen, Parfums und Make-up. Dazu hätte ich morgens gar keine Zeit, weil ich immer in letzter Sekunde aus dem Bett springe. Und ehrlich gesagt auch keine Lust.

Als ich mich im Spiegel betrachte, finde ich ausnahmsweise, dass ich für mein Alter und die frühe Stunde ganz präsentabel aussehe. Trotz der erschlaffenden Oberlider, die mir einen etwas verhangenen Blick verleihen. Und meinem rotbraunen Haar könnten mal wieder ein paar Aufheller und ein stufiger Rückschnitt auf Kinnlänge guttun. Ich bin mittlerweile für die meisten interessanten Männer meines Alters mehr oder weniger unsichtbar geworden. Jetzt zwinkern mir manchmal Typen zu, die wie mein Großvater ausschauen. Aber zu meiner Überraschung fühle ich Erleichterung über diese Entwicklung. Es heißt ja, im Alter werde man gelassener. Hauptsache, Joe findet mich noch attraktiv. Ich werde gleich mal schauen, ob er mir einen Morgengruß geschickt hat. Aber vielleicht ist er immer noch wütend und lässt mich schmoren. Das würde ihm ähnlich sehen.

Der Spiegel sagt mir: Ein paar Jahre habe ich, bevor ich Hängebäckchen bekomme. Außerdem ich sollte meine Brauen weniger runzeln, weil das die steilen Falten zwischen ihnen verstärkt. Nicht mehr pfeifen, weil sich sonst die senkrechten Linien um die Oberlippe vertiefen ... Wie unwichtig das alles ist, in Anbetracht von Julias Tod.

Karen nimmt die Pille, sehe ich, und dann finde ich ein verschreibungspflichtiges Medikament, das auf Julias Namen ausgestellt ist. Ich studiere den Waschzettel. Ein Antidepressivum, das gleichzeitig gegen Panikattacken wirkt.

Nach dem Duschen setze ich mich mit einer Schale Haferflocken und Milch, einer Tasse Schnellkaffee, Julias Tagebuch und Notizpapier von Julias Schreibtisch an den Küchentisch. Zwei Löffel voll, dann vergeht mir der Appetit.

Julia hat ihre Tochter nie in den Armen gehalten.

Ein Baby, das sie nicht wollte. Warum wohl? Heutzutage ist es kein Problem mehr, ein Kind alleine großzuziehen. Finanziell stand Julia nicht schlecht da, mit der Erbschaft von ihren Großeltern. Abgesehen davon wird auch Mona sie unterstützt haben. Sie hätte problemlos ein Luxusleben als alleinerziehende Künstlerin ohne regelmäßige Einkünfte führen können. Also wieso hat sie das Baby nicht behalten?

Mir kommen Miras Worte in den Sinn. Der mütterliche Instinkt werde drastisch überbewertet, meinte sie.

„Nicht alle Frauen besitzen ihn. In unserer Zeit sollte es eher eine moralische Überlegung sein, ob eine Frau ein Kind in die Welt setzt oder nicht. Wir sind zu viele auf dieser Welt. Aber der gesellschaftliche Druck ist übermächtig. Als stimmte etwas nicht mit einer Frau, die sich gegen das Kinderkriegen entscheidet."

Und gern zitierte Mira den Gemahl von Königin Elizabeth, Prinz Philip, der es liebt, Leute mit seinem schwarzen Humor zu schocken. Gefragt, in welcher Gestalt er sich vorstellen könnte, wiedergeboren zu werden, sagte er: „Als tödliches Virus, das die Menschheit dezimiert."

So radikal sah Mira die Lösung des Problems einer stetig ansteigenden Weltpopulation nicht. Aber ihre Kinderlosigkeit war selbstgewählt. Kein Mann, kein Kind, nur ihre Wissenschaft und Forschungen. Für ein Privatleben mit Familie blieb kein Raum.

Ich schalte um auf die Gegenwart. Was muss ich heute erledigen? Zuerst werde ich in Monas Kloster anrufen; mal sehen, ob sie ausnahmsweise zu sprechen ist. Dann will ich Julia in der Pathologie sehen. Das Wort Leichnam verursacht mir Übelkeit.

Bin ich dieser Situation überhaupt gewachsen? Was für eine blöde Idee, die Detektivin spielen zu wollen. Die Polizei meint, es sei Selbstmord gewesen. Ich überlasse es lieber Karen, zu anderen Schlüssen zu kommen und herumzuschnüffeln. Meine Lust auf Abenteuer liegt hinter mir. Ich liebe mein geruhsames Leben, den absehbaren Rhythmus, den man auch langweilig nennen könnte.

Aber gut – wo ich schon einmal hier bin, fühle eine Art moralischer Verpflichtung, ein wenig mehr über das offenbar komplizierte Leben meiner Nichte zu erfahren und ihr wieder etwas näher zu kommen, wenn auch erst im Nachhinein.

Karen hat außerdem gestern Abend einen winzigen Zweifel an der offiziellen Selbstmord-Theorie in mir gesät. Wieso hat Julia beispielsweise Pläne für einen Skiurlaub geschmiedet, wenn sie sich töten wollte? Ich schiebe diese Zweifel für den Moment zur Seite.

Vor allem muss ich eine ordentliche Beerdigung für sie organisieren. Mit einem Bestattungsunternehmen sprechen, einen Sarg aussuchen. Ihre Freunde ausfindig machen und Todesanzeigen verschicken. Herausfinden, wer mit Erinnerungen oder einem Gedicht zu der Trauerfeier beitragen könnte.

Ich male mir ein gemeinsames Treffen nach der Bestattung aus, in Julias Stammkneipe – falls sie eine hatte. Ein großes Buffet, Getränke, eine entspannt-melancholische Atmosphäre. Alles Neuland für mich, denn bisher habe ich mich immer aus der Affäre gezogen. Ich bin weder zur Beerdigung meiner Mutter noch meines Vaters nach München gekommen. Zwar hat Mutters Schwester, Tante Ingrid, mich jeweils über deren Hinscheiden informiert, doch sah ich für mich keinen Anlass, dabei zu sein.

Unbedingt möchte ich mit den Leuten in diesem Bioladen sprechen und möglichst auch mit Julias Musiker-Freunden. Mein Energielevel steigt, Planung ist meine Stärke. Man muss mir bloß etwas zu organisieren geben, und ich bin in meinem Element. Deshalb sind in meinem Lehrerinnendasein immer die Klassen- und Schulaustauschfahrten an mir hängengeblieben.

Und was ist mit der Therapeutin, dieser Frau Ambusch? Lohnt es sich überhaupt, mit ihr zu reden? Wahrscheinlich erinnert sie sich nur noch dunkel an Julia. Die Therapie liegt schon eine Weile zurück.

Aber schaden kann es trotzdem nicht, sie anzusprechen.

Welch ein Zynismus, dass Julia erst sterben muss, damit ich endlich für sie da bin.

Unvermittelt schäumt in mir Wut auf Mona hoch. Wieso hat sie bis jetzt nicht auf Karens Nachricht reagiert? Es geht um ihre Tochter! Doch dann überlege ich, dass die Leute in Monas Kloster vermutlich nur französisch sprechen und Karen bei ihrem Anruf vielleicht gar nicht verstanden haben.

Welche Sprache hat Karen überhaupt benutzt? Wahrscheinlich Englisch. Viele Franzosen schneiden sich eher die Zunge ab, als dass ihnen ein Wort in der Sprache ihres Erzfeindes über die Lippen kommt.

Was bedeutet, dass meine Schwester noch nichts von dem Tod ihrer Tochter weiß. Ich greife zum Telefon. Mein Französisch ist zwar eingerostet, aber dafür wird es gerade reichen.

„Sa fille est morte", sage ich. „Mona doit venir a Munich!"

„Oh mon dieu!" Die Frau am anderen Ende reagiert entsetzt und versichert mir, sie werde Mona über den Tod ihrer Tochter informieren. Erleichtert, nicht mit meiner Schwester selbst sprechen zu müssen, lege ich auf.

Bei einer zweiten Tasse Kaffee überfliege ich weitere Einträge des Tagebuches, bis ich unversehens stocke, weil ich meinen Namen lese.

18

JULIAS TAGEBUCH

Sonntag, 30. August 2009

Wie ich oft habe ich mir gewünscht, ich wäre an dem Tag später aus der Schule nach Hause gekommen. Hätte wie üblich am Bach herumgetrödelt, einen Umweg durch den Wald gemacht oder mit Hanno Blindschleichen gesucht. Aber nein.

So klar wie damals sehe ich jetzt die beiden Körper vor mir, wie sie sich nackt auf dem Bett meiner Eltern wälzen. Ich starre mit angehaltenem Atem durch den Türspalt. Diese verdammte Tür, die immer wieder aufspringt, obwohl sie verschlossen bleiben sollte.

Zuerst denke ich, das sind zwei Fremde, was haben die denn hier zu suchen. Mama ist in München beim Frauenarzt, wegen dem Baby, und Papa hat Praxis. Und ich müsste eigentlich in der Schule sein, aber Fräulein Lehmann ist krank, deshalb hat man uns früher nach Hause geschickt.

Ich überlege aufgeregt, ob ich schnell in die Praxis laufen soll, um Papa zu holen, aber in dem Moment schreit der Mann auf und wirft den Kopf zurück, und ich erkenne Papa. Die Frau unter ihm kichert und streichelt sein Gesicht. Im nächsten Moment schaut sie langsam zur Tür herüber, direkt in meine Augen, als hätte sie meine Anwesenheit gespürt, und ihr Lachen erstirbt.

Zuerst bin ich wie gelähmt. Doch gleich darauf renne ich davon, über den Korridor in mein Zimmer. Zitternd presse ich die Tür hinter mir zu. Dann rolle ich mich in einer Ecke zu einer Kugel zusammen, den Kopf in den Armen versteckt, mit zugekniffenen Augen, als könnte ich so das Gesehene ungeschehen machen. Nach einer Ewigkeit öffnet sich die Tür.

"Julia?", sagt Papa. Nicht Juli. Oder Julchen. Seine Stimme ist heiser, und Julia nennt er mich nur, wenn er etwas Ernsthaftes mit mir besprechen muss. Ich spüre, wie er näherkommt. Warum ist er nicht in seiner Praxis? Warum nicht mit Mama beim Arzt in München? Die er ja angeblich wegen der Sprechstunde nicht hat begleiten können? Sie musste mit ihrem dicken Bauch ganz allein fahren, wo sie als Schwangere doch so ungern Auto fährt. Jetzt setzt Papa sich vor mich auf den Boden und berührt meine Schulter. Es durchschneidet mich wie ein glühendes Messer. Ich weiche aufschreiend zurück.

"Julchen, hör mir gut zu. Tante Regine und ich haben etwas ganz Blödes gemacht, aber es ist nichts Schlimmes. Und es wird nicht wieder passieren. Versuch, es zu vergessen. Und versprich mir, dass du Mama nichts davon sagst, ja?"

Ich rühre mich nicht. Ich lasse es zu, dass Papa mich in die Arme nimmt und langsam hin und her wiegt. Nach einer Weile steht er auf und verlässt mein Zimmer. Ich bekomme mit, wie er im Korridor leise mit Tante Regine spricht, und schwöre mir, ich werde sie beißen und kratzen, sollte sie versuchen, mich anzufassen. Ich will sie nie wieder sehen und nie wieder mit ihr sprechen. Am besten, sie wäre tot. Sie geht mit Papa die Treppen hinunter. Später höre ich ein Auto fortfahren.

Als Mama am Nachmittag zurückkommt, hat Papa längst für sich entschieden, reinen Tisch zu machen. Vielleicht war es ihm zu riskant, sich auf das Schweigegelübde einer Dreizehnjährigen zu verlassen. Er redet lange hinter verschlossener Tür in der Küche mit meiner Mutter, während ich im Flur auf der Truhe sitze und versuche, etwas von dem undeutlichen Gemurmel zu verstehen.

Dann springt die Türe plötzlich auf, und Mama hetzt blindlings an mir vorbei ins Wohnzimmer. Ich folge ihr, beobachte, wie sie sich mit geschlossenen

Augen und sehr bleich auf das Sofa fallen lässt, sich krümmt und ihren riesigen Bauch umklammert, als hätte sie Schmerzen.

Ich habe ihr doch gar nichts gesagt, habe meine sonst so vorlaute Klappe gehalten, so wie ich es Papa versprochen habe. Trotzdem weiß ich, dass alles, was hier passiert, meine Schuld ist, und das schnürt mir die Brust zusammen. Mama nimmt mich nicht einmal wahr und keucht, als wäre sie kurz vor dem Ersticken. Ihre langen Haare fallen wie ein Schleier über ihr Gesicht. Sie kommt mir vor wie ein Tier, das in die Enge gejagt worden ist und versucht sich zu verstecken.

Ich stürme hinauf in mein Zimmer, werfe mich aufs Bett, starre an die Decke und warte. Ekelhaft, was ich im Schlafzimmer meiner Eltern gesehen habe. Hass auf Tante Regine und Papa erfüllt mich so sehr, dass ich platzen könnte. Und ich hatte den beiden vertraut, liebte beide insgeheim mehr als Mama, die wenig auf mich einging.

Irgendwann höre ich sie im Wohnzimmer telefonieren. Erleichtert, ihre Stimme zu hören, husche ich auf Zehenspitzen auf den dunklen Flur hinaus und erhasche ihre schrille Stimme: "... dich nie wieder bei uns sehen ... für mich gestorben."

Ich ahne, dass sie mit Tante Regine spricht. Ich schleiche in mein Zimmer zurück, liege stundenlang wach auf dem Bett und versuche, an nichts zu denken. Mir fällt kein Mensch ein, mit dem ich über das Erlebte sprechen könnte. Eine „beste Freundin" hab ich zu der Zeit sowieso nicht. In Notsituationen hatte ich oft Tante Regine angerufen, oder ich bin übers Wochenende zu ihr nach München gefahren. Sie war immer für mich da, wie eine große Schwester. Dabei hat sie sich hinter meinem Rücken nur an Papa ranmachen wollen. Wie blöd war ich doch gewesen ...

Niemand kommt herauf zu mir, sie haben mich vergessen. Irgendwann schlafe ich ein. Zwei Wochen später bekommt Mama Wehen und wird von Papa ins Perlacher Krankenhaus gebracht. Mein Brüderchen Malte wird drei Monate zu früh geboren und stirbt nach wenigen Stunden.

"Es war wohl besser so", erklärt Papa mir mit vernünftiger Stimme und wischt sich die Augen, als er nachts von der Klinik nach Hause kommt.

In seinem Gesicht haben sich um den Mund und auf der Stirn tiefe Falten eingegraben, die nie wieder verschwinden werden. Er erscheint mir auf einmal schrecklich fremd und alt, wie er vornübergebeugt neben mir auf meinem Bett sitzt. Ich drehe mich zur Wand und weine in mein Kissen, und er streichelt meine Haare. Ich hatte mich unwahrscheinlich auf Malte gefreut, mindestens so sehr wie Mama.

"Weißt du, er hat, nachdem er geboren war, eine Weile nicht geatmet. Wenn er gelebt hätte, wäre er schwer behindert gewesen."

Ich weiß, was das bedeutet, weil meine Schulfreundin Elena eine kleine Schwester hat, mit der das Gleiche passiert ist. Elena hat mir im Detail erklärt, was "schwerstbehindert" sein kann. Das hätte ich Malte sicher nicht gewünscht.

Nachdem ich heute Frau A. das alles erzählt hatte, herrschte längere Zeit Schweigen. Sie beobachtete mich wie üblich, aber diesmal fühlte ich mich weniger unter Druck.

"Die Zeit ist um", sagte sie dann, als hätte ich sie nach der Uhrzeit gefragt und ihr nicht die Kurzfassung meiner Familientragödie serviert.

19

Wie betäubt schließe ich das Tagebuch. Als ob die Leichen, die in meinem Keller vergraben sind, plötzlich auferstanden wären. Damals habe ich auch gelitten, und wie. Aber habe ich mir jemals wirklich überlegt, was das alles für den Teenager Julia bedeuten musste? Und dabei wusste sie ja nicht mal die Hälfte der Wahrheit. Schade, jetzt ist es zu spät, ihr den Rest zu erzählen. Die wahre Geschichte.

Ich werfe einen Blick in die anderen Zimmer der Wohnung, bevor ich mich aufmache. In Karens Raum herrscht Chaos und, dem Geruch nach zu urteilen, ist hier schon länger nicht mehr gelüftet worden. Wollte ich ihr Reich näher inspizieren, müsste ich durch die am Boden verstreuten Klamotten und Zeitschriften waten.

Auf dem Nachttisch liegen ein Reisemagazin über Brasilien und ein Buch mit dem Titel "Traumstadt Rio de Janeiro". Außerdem sehe ich dort einen schmalen, länglichen Umschlag mit dem Aufdruck "Fernweh - Ihr Fernreise-Spezialist". Flugtickets vermutlich. Sie scheint eine größere Reise zu planen.

Neben dem Doppelbett mit einem Berg aus Kissen und Federbetten in dunkelroten Satinbezügen lehnt an der Wand ein kleines Trampolin, über dem ein überdimensionaler Flachbildschirmfernseher schwebt. Aus dem Kleiderschrank quellen Tücher und Schals, Hosen und Unterwäsche. Hoffentlich ist sie in ihrem Job im Krankenhaus besser organisiert.

Ich betrete das Zimmer gegenüber, und mir bleibt fast das Herz stehen. Julias Atelier ist winzig, mit einem Fenster nach Norden. Ich habe Fotos von Francis Bacons Malstudio gesehen. Doch das hier übertrifft alles.

In dieser Müllhalde kann nur jemand arbeiten, dem der Gestank von Terpentin und Lösungsmitteln ein High verschafft oder den der Rausch seiner Phantasien alles andere vergessen lässt. Immerhin war Julia besonnen genug, den Teppichboden mit Schutzfolie auszulegen. Unverschlossene Tuben mit Ölmalfarben, Plastikeimer voller Acrylfarben, Dosen, in denen Pinsel in Spiritus aufweichen, farbver-schmierte Papiere und Wischlappen türmen sich zu beiden Seiten eines Pfades durch den Raum. An die Wände sind Styroporplatten genagelt, wohl um die Tapete zu schonen. Weiter hinten lehnt eine leere Staffelei, neben der sich neue Keilrahmen stapeln.

Nach dem anfänglichen Schock erkenne ich Strukturen im Chaos. Eine ganze Wand ist bedeckt von Gemälden auf verschieden großen Spannrahmen. Ihre einheitlich hellen Farben, die Darstellung von immer denselben leuchtend bunten Gegenständen und Figuren legen den Schluss nahe, dass sie thematisch zusammengehören.

Auf den ersten Blick wirken diese Bilder naiv, wie von einem Kind gemalt. Ein lärmendes, ausuferndes Durcheinander wie auf einem Rockfestival. Nach und nach erkenne ich tierartige Wesen mit menschlichen Köpfen, die sich in einer Arena tummeln, auf Rädern herumfahren oder durch die blaue Luft segeln wie in einer fröhlichen Alptraumlandschaft, erdacht von einem modernen Hieronymus Bosch. Unter einem Bild lese ich auf dem mit Klebefilm befestigten Zettel, "There's method in my madness".

Ich verstehe zu wenig von zeitgenössischer Kunst, um die Qualität von Julias Werken zu beurteilen. Originell sind sie, aber mich würde interessieren, was meine Freundin Mira, die so bewandert in ausgeflippter Kunst war, zu ihnen gesagt hätte. Ich sehe sie vor mir. „Hm ...", mit einem tiefen Zug an ihrem Zigarillo, den Rauch versonnen ausatmend, „I wonder if she's taken too much Ayahuasca", wäre vermutlich ihr Kommentar gewesen, und ich hätte ihr grinsend zugestimmt.

Kälte und blendendes Weiß schlagen mir entgegen, als ich aus der Haustür trete. Der Neuschnee knirscht unter den etwas zu engen kniehohen Stiefeln, die ich mir aus Karens oder Julias Schuhregalen ausgesucht habe, weil meine eigenen immer noch feucht sind.

Die Luft duftet rein und unschuldig, wie ein frischgewaschenes Laken. Es verspricht ein sonniger Tag zu werden. Perfektes Wetter zum Langlaufen. Stattdessen stapfe ich durch das Häusermeer von Schwabing, mit einem Ziehen in Brust und Kehle, wie ich es seit vielen Jahren nicht mehr gespürt habe und das ich widerstrebend als Sehnsucht einstufe. Scharf atme ich ein und stelle mir vor, auf glitzernder Loipe durch die Landschaft zu gleiten.

In dem hohen, hellen Raum des Pathologischen Instituts ist es kühl, und es riecht nach Chemikalien, vermutlich Formaldehyd. Die junge Frau vor mir scheint zu schlafen. Mein Blick wandert über Julias wächserne Gesichtszüge, und ich fröstele. Ihr angedeutetes Lächeln strahlt Frieden aus. Unter dem Laken zeichnet sich ein schlanker Körper ab. Keine Verunstaltung oder Narben, wie sie eine Obduktion hinterlassen mag, sind an Gesicht und Hals erkennbar.

Ich schlucke einen bitteren Geschmack hinunter, zwinge mich, noch einen Moment an der Metallbahre zu verweilen und schließe die Augen, um den Schwindel zu beruhigen. Meine Kehle ist eng, und Übelkeit steigt in mir auf. Ich nicke, wende mich ab und werde von dem Angestellten hinausbegleitet.

„Geht es?" Er berührt meinen Ellbogen und mustert mich.

„Danke." Ich warte einige Momente lang mit geschlossenen Augen. Dann blicke ich ihn an.

„Können Sie mir sagen, wann Julias Leichnam zur Beerdigung freigegeben wird? Ich bin derzeit die einzig verfügbare Angehörige, die sich darum kümmern könnte, und ich lebe in England. Voraussichtlich fliege ich am Donnerstag zurück."

Seine Augen schimmern voller Mitgefühl hinter dicken Brillengläsern. Er zuckt die Schultern.

„Dazu kann ich Ihnen leider keine Auskunft geben. Rufen Sie morgen bei uns an. In der Regel dauert es zwei bis fünf Tage, wenn Fremdverschulden ausgeschlossen werden kann, wie wohl im Falle Ihrer Nichte."

Er verabschiedet sich und schaut mir nach, als wolle er sich vergewissern, dass ich allein zurechtkomme. Meine Beine scheinen aus Gummi zu bestehen. Gespenstisch hallen meine Schritte in den menschenleeren Fluren wider. Ein Weinkrampf überfällt mich unvermittelt, und ich lasse ihm freien Lauf. Für einige Momente sinke ich auf eine Bank nahe dem Ausgang.

Draußen vor dem Portal, geblendet von der Wintersonne, scheint mir die soeben erlebte Szene irreal, wie der Nachhall eines Traumes. Einige Augenblicke lang kneife ich die Augen zu, an die Wand des Gebäudes gelehnt, und atme tief durch. Beim Ausatmen bis fünf zählen, erinnere ich mich. Julias kindliches Gesicht hat sich mir eingebrannt.

Passanten mustern mich, eilen an mir vorbei. Ein paar Tupfer auf die Nasenlöcher aus einem Flakon mit Miss Dior, den ich aus der Handtasche ausgrabe, überlagern notdürftig den Geruch, den ich aus dem Kühlraum mitgenommen habe.

20

VIKTORIA

Die Frau ihr gegenüber seufzt und streicht sich das Haar aus der Stirn. Sie schlägt die Beine übereinander, senkt den Blick und schweigt. Als sie wieder aufblickt, stehen ihre Augen voller Tränen. Viktoria schaut sie an, ohne etwas zu sagen. Dies ist ihre neutrale Miene, ein Gesicht, in das die Patienten alles hineininterpretieren können. Sie weiß, dass Irene auch ohne ihre Aufforderung gleich anfangen wird zu sprechen, noch bevor ihre Augen überschwappen.

"Mein Vater hat vorgestern einen Platz im Heim bekommen", sagt Irene. "Endlich ist er einigermaßen untergebracht. Er selbst versteht überhaupt nicht mehr, was mit ihm geschieht. Als Mama und ich uns von ihm verabschiedeten, wurde er ganz hektisch und schnappte seine Jacke, um mitzukommen. Wir haben versucht, ihm zu erklären, dass dies nun sein Zuhause ist. Da drehte er durch. Er fing an zu toben und begann, mit seinem Gehstock auf Möbel und Fenster einzuschlagen."

Viktorias neuer Magen schmerzt. Sie hat es immer noch nicht ganz im Griff, wieviel sie jeweils essen kann, ohne gleich Krämpfe zu bekommen. Es werde eine Weile dauern, bis der neugeformte Magen seinen Aufgaben gewachsen sei, hat der Chirurg ihr erklärt.

Viktoria ist es satt, sich ständig mit gut verdaulicher, vollwertiger Nahrung und den angemessenen Portionen zu beschäftigen. Und dann irritiert sie seit Kurzem dieser hartnäckige Hustenreiz. Ob sie sich eine Erkältung gefangen hat? Sie meidet, wann immer möglich, alle öffentlichen Verkehrsmittel, diese Bakterienschleudern, um ihr Immunsystem nicht zu überstrapazieren. Ja, sie muss gut auf sich aufpassen, sonst war's das ... Das hat ihr der Onkologe eingeschärft.

Sie beobachtet Irene, wie diese sich bückt, um ein Taschentuch aus ihrer Handtasche zu kramen. Die Patientin schnaubt sich die Nase, dann presst sie die Handballen gegen ihre Augen. Ein paar Momente lang schluchzt sie, bis es ihr gelingt, sich wieder zu beruhigen.

"Es muss sehr schmerzhaft für Sie sein, die Verzweiflung Ihres Vaters mitzuerleben, ohne dass Sie ihm erklären können, was geschieht", sagt Viktoria sanft.

Sie schafft es nur mit erheblichen Schwierigkeiten, sich auf Irenes Worte zu konzentrieren. Aber das ist nicht weiter von Bedeutung. Über die Jahre hat sie als Therapeutin Techniken entwickelt, die es ihr erlauben, nur mit halbem Ohr zuzuhören und gleichzeitig an andere Dinge zu denken. Bei relevanten Äußerungen ist sie dann gleich wieder hundertprozentig präsent.

Während einem Großteil der Sitzungen herrscht ohnehin Schweigen. Der Rest besteht zu achtzig Prozent aus ewigen Wiederholungen, was es ihr leicht macht, abzuschalten. Und wenn sie doch einmal dabei ertappt wird, dass sie eine zentrale Frage nicht mitbekommen hat und der Patient sie abwartend anschaut, setzt sie ihren prüfenden Blick und eine der Standardfragen ein.

Was geht jetzt in Ihnen vor? Oder: Warum fragen Sie das? Was fällt Ihnen dazu ein? Das lässt die meisten Patienten verstummen und wieder in Gedanken versinken.

Viktoria weiß, dass sie eine kompetente Therapeutin und ist; sie kann auf eine stattliche Anzahl von erfolgreichen Behandlungen zurückblicken. Zuverlässig ist sie, treffsicher in ihren Diagnosen, und sie genießt große Anerkennung unter ihren Kollegen in der Supervisionsgruppe. Ihr eilt der Ruf voraus, über eine sichere Einfühlung zu verfügen und ein besonderes Händchen für depressive Patienten zu besitzen. Die Leute fühlen sich bei ihr gut aufgehoben.

Irene streckt den Hals zur Decke und atmet tief durch, um die Kehle zu befreien. Sie seufzt.

"Gestern erkannte Papa mich auf einmal nicht mehr, sondern schrie Mama an, sie solle diesen frechen Kerl da hinausschicken. Damit meinte er mich. Er hätte mich beinahe auch mit seinem Gehstock geschlagen, hätte eine Pflegerin ihm den nicht entreißen können. Ich kann gar nicht wiederholen, mit welchen schrecklichen Ausdrücken er mich beschimpfte. Es war ... es war so demütigend. Für ihn und für mich."

"Wie reagierte denn Ihre Mutter?", fragt Viktoria. Sie hustet und hält sich ein Taschentuch vor den Mund. Irene wartet höflich, bis der Anfall vorüber ist.

Viktoria hasst es generell, unter Druck gesetzt zu werden. Ihre momentane Situation behagt ihr überhaupt nicht, aber sie wird sie bewältigen, Schritt für Schritt. Da ist sie sich absolut sicher. So wie sie auch den Magenkrebs in den Griff bekommen wird. Ständig werden ihr Steine in den Weg gelegt. Zuerst der jahrelange Kampf darum, endlich schwanger zu werden. Kaum war das gelöst, kam diese Magengeschichte. Und jetzt versucht irgendein Besserwisser und Moralapostel, alles von ihr Erreichte zu zerstören. Aber nicht mit ihr. Ein selbstzufriedenes, bitteres Lächeln stiehlt sich auf ihr Gesicht, was Irene als Ermutigung zu eingehenderer Schilderung auffasst.

"Mama? Die stand nur daneben, mit unbewegtem Gesichtsausdruck, als ginge sie das Ganze überhaupt nichts an. Es ist, als hätte sie abgeschaltet, seitdem mein Vater seniler wurde. Als wäre sie nicht seit über fünfzig Jahren mit diesem Mann verheiratet. Sie stand einfach nur da, wie eine Puppe, und irgendwann fragte sie in spitzem Ton, ob wir jetzt gehen könnten. Verstehen Sie das?" Aufgewühlt wendet sich Irene direkt an ihre Therapeutin.

"Es ist, als ob eigentlich Sie die Ehefrau sind und Ihre Mutter das Kind", schlägt Viktoria mit neutraler Stimme vor.

"Oder schlimmer noch: Ich bin die Mutter, und alle beiden sind die Kinder!" Irene schüttelt verzweifelt den Kopf. Sie wischt mit dem Taschentuch unter den Augen entlang, wo ihr Mascara sich in schwarze Schlieren aufgelöst hat.

"Was, glauben Sie, erwartet Ihre Mutter von Ihnen?"

"Witzigerweise scheint sie gleichzeitig alles und nichts von mir zu erwarten. Die Antwort ist, ich habe keine Ahnung, was sie von mir will. Sie bedankt sich niemals, mit nicht einem Wort. Und meine Hilfsvorschläge wehrt sie ab wie lästige Fliegen. Aber was ich für sie und Papa tue, wird ganz selbstverständlich angenommen."

Versonnen mustert Viktoria die stämmige Frau. Irene ist fünfzig, wird jedoch sicher um zehn Jahre jünger geschätzt. Sie kämpft offensichtlich mit Gewichtsproblemen, die hier noch nicht zur Sprache gekommen sind. Ihre Trümpfe sind Witz und Schlagfertigkeit, ein zarter Teint und eine beneidenswerte Mähne, die bei jeder kleinsten Bewegung zu wippen scheint, als sei eine Federung eingebaut. Wobei Viktoria sich damit abgefunden hat, dass sie für ihr eigenes dünnes Haar niemals einen geeigneten Schnitt finden wird, der ihm Fülle verleihen könnte.

Sie räuspert sich. "Das muss einen starken Ärger bei Ihnen auslösen."

Irene schnaubt und kreuzt die Arme vor der Brust.

"Das können Sie wohl sagen. Ich meine, ich habe eine phantastische Stelle in einem Rechtsanwaltsbüro gekündigt, um mich um die beiden Oldies zu kümmern. Das war ganz allein meine Entscheidung, stimmt. Aber wenn ich mich nicht gekümmert hätte, wer sonst? Der Prinz, mein lieber Bruder in den USA? Den beschäftigt ausschließlich seine Karriere in Silicon Valley. Dabei war er immer das Lieblingskind. Sie sollten einmal sehen, wie das Gesicht meiner Mutter erstrahlt, wenn er anruft."

Nach dieser Stunde hat ein Patient abgesagt. Gott sei Dank. Viktoria benötigt Zeit, um sich auf den restlichen Tag ein wenig vorzubereiten. Sie wird alles ganz ruhig angehen. Es kann gar nichts schiefgehen. Und vor allem darf sie die regelmäßigen kleinen Mahlzeiten nicht vergessen, um bei Kräften zu bleiben. Sie hat sich Tupperbehälter voller Schonkost mitgebracht – köstlich!

Irene beginnt wieder zu weinen, schüttelt dabei den Kopf und blickt lange aus dem Fenster, vor dem die schneebedeckten Äste einer Eiche wie verknöcherte Arme in den Himmel ragten. Dann bläst sie sich erneut die Nase, tupft sich mit einem Zipfel des Taschentuchs die Augen ab und wendet sich Viktoria zu.

"Also - dies ist mein neuer Vollzeitjob. All meine Zeit und Energie opfere ich dafür, das Leben meiner Eltern wieder erträglich zu machen. Ich bin in ihre Wohnung mit eingezogen, um immer vor Ort zu sein, und habe mich um meinen doppelt inkontinenten Vater gekümmert, der den Haushalt auf den

Kopf stellte. Der in seiner Verwirrtheit glaubte, er ist im Krieg und muss alles verpacken und verstecken. Sie würden nicht glauben, was meine Mutter und ich in den letzten Wochen gesucht, ausgewickelt und zurückgeräumt haben!"

Irene lächelt unter Tränen. Es wirkt wie eine Grimasse.

21

REGINE

Eine Viertelstunde später betrete ich in den "Breitwegerich". Der Duft nach frischem Vollkornbrot und Sauerteig schwebt in der Luft. Es herrscht dichter Betrieb. Kunden in dicken Mänteln, Daunenanoraks und Fellstiefeln drängeln sich um die Theke, wo in den Vitrinen eine große Auswahl an Kuchen und Torten, eingelegten Vorspeisen und Käsesorten angeboten wird. Andere schlürfen an Stehtischen ihren Kaffee oder Tee und vernaschen dazu eine Zimtschnecke oder eine belegte Semmel. Emsige Angestellte huschen herum. Der Laden dampft, es ist warm und feucht wie in einem tropischen Gewächshaus.

"Kann ich Ihnen helfen?"

Eine Frau mit dünnem blonden Pferdeschwanz ist zu mir getreten und schaut mich erwartungsvoll lächelnd an. Ich lächele zurück und fühle mich gleich zu ihr hingezogen. In England würde man sie als "English Rose" bezeichnen. Rosige Wangen auf seidiger, blasser Haut wie der eines Mädchens, das auf dem Land aufgewachsen ist. Ich würde auf eine Alm tippen, wäre da nicht der sächsische Tonfall.

"Ja, also ... Mein Name ist Regine Bonewitz. Ich bin die Tante von Julia Winterfels."

"Oh mein Gott... " Ihr Gesicht fällt in sich zusammen und wird fast durchsichtig. Das Lächeln erstarrt. Sie wischt sich langsam die Hände an der trendigen bodenlangen Halbschürze ab und schaut sich im Geschäft um.

"Da wollen Sie bestimmt mit dem Basti sprechen, unserem Chef. Warten Sie, ich sage ihm Bescheid."

Als wäre ich der Todesengel persönlich, kann sie gar nicht schnell genug von mir fortkommen. Sie verschwindet hinter der Theke und tuschelt mit einem Mann, dessen dunkle Augen mich scharf mustern. Er bemerkt, dass ich zu ihm hinüberschaue, und gibt mir ein Zeichen, zu ihm zu kommen.

Hinter dem Verkaufsraum befindet sich ein Aufenthaltsraum mit Sofa, Sesseln, Kaffeemaschine und Kühlschrank, der durch einen Vorhang von dem Geschäft getrennt ist. Wir setzen uns an den mit schmutzigen Tassen und Tellern bedeckten Tisch.

"Entschuldigung, aber das mit dem Aufräumen klappt bei uns nicht so gut." Er schiebt achtlos das Geschirr zur Seite. Sein müder Blick und das fahle Gesicht lassen auf zu wenig Schlaf schließen. Auf der Stirn haben sich kreuz und quer Falten eingegraben, obwohl ich ihn auf höchstens Mitte dreißig schätze. Ich spüre seine Schwermütigkeit wie Blei auf ihm lasten.

"Ich bin Sebastian Bauer, der Manager dieses Ladens. Sie sind also Julias Tante?"

Ich nicke und öffne die obersten Knöpfe meines Steppmantels. Die Hitze im Raum erstickt mich. Sein Blick tastet mein Gesicht ab, als suche er nach Ähnlichkeiten zwischen mir und Julia.

"Eine schreckliche Sache!" Er seufzt und reibt sich ein Auge, als sei Schmutz hineingeraten. "Ich kann es einfach nicht glauben. Julia ... sie war so lebendig, so lebenslustig!"

Seine Stimme zittert merklich. Er räuspert sich und fährt sich mit beiden Händen durch den Lockenkopf. Ich schweige und konzentriere mich auf die Maserung der Tischfläche, um meine Tränen zu unterdrücken. Wenn er wüsste, dass ich Julia vor weniger als einer Stunde gesehen habe, kalt und starr, unwiederbringlich verloren. Meine Übelkeit ist noch nicht ganz verflogen, und mich überläuft ein Schauer.

"Wir standen uns sehr nahe. Waren, wie man so sagt, ein Paar."

Seine Stimme klingt wie Katzenschnurren. Mit ihr schafft er es sicher, so manche Frau um den Finger zu wickeln. Seltsam - dass Julia und er zusammen waren, hat Karen gar nicht erwähnt. Aber warum sollte sie über alles Bescheid wissen. Julia wird auch ihre Geheimnisse gehabt haben. Aber Sebastian Bauer macht aus seiner Beziehung zu Julia gar keinen Hehl. Warum also hätte sie es Karen gegenüber verschweigen sollen? War es eher Wunschdenken von seiner Seite?

"Das wusste ich nicht." Ich schaue ihn mitfühlend an.

Er lächelt schmerzlich. Ich würde wetten, dass er bei einer Modellagentur eine Menge Geld verdienen könnte, mit seinem kantigen Gesicht und den blauen Augen. Nach seiner Kleidung zu urteilen ordnet er sich der alternativen Szene zu. Weitgeschnittenes Leinenhemd und Leinenhose, trotz winterlicher Temperaturen. Ein mit indischem Muster bedrucktes Halstuch vervollständigt den Look.

Ich komme zur Sache. "Die Polizei meint, Julias Tod sei Selbstmord. Ist Ihnen in letzter Zeit an ihr etwas aufgefallen? Wirkte sie bedrückt, depressiv?"

Er schüttelt heftig den Kopf und richtet sich in seinem Stuhl auf.

"So einen Blödsinn kann ich nicht glauben. Wie auch immer sie gestorben ist – getötet hat sie sich auf gar keinen Fall!"

"Naja, es spricht aber doch alles dafür. Die hohe Dosis an Beruhigungsmitteln, die sie eingenommen hat, und sich dann bei diesen Temperaturen an die Isar zu legen, wo niemand in der Nacht vorbeikommen würde ..."

"Glauben Sie mir, da hat jemand Anderer die Finger im Spiel gehabt." Er beugt sich zu mir herüber. Sein Tonfall ist auf einmal verschwörerisch. "Wir waren verliebt und glücklich! Wollten mit Freunden übernächstes Wochenende zum Skifahren. Julia konnte es kaum erwarten ...".

"Wer sollte sie denn Ihrer Meinung nach so hassen, dass er sie umbringt?"

Sebastian ist nach Karen jetzt schon die zweite Person, die Julias Selbstmord anzweifelt. Und beide kannten sie vermutlich gut.

"Keine Ahnung." Er schüttelt den Kopf und fegt ein paar Krümel auf dem Tisch zusammen. „Vielleicht war es eine Verwechslung. Ich weiß, das hört sich nicht gerade realistisch an, aber ich kenne niemanden, der Julia nicht gemocht hat! Abgesehen von kleinen Eifersüchteleien wegen uns beiden", fügt er hinzu.

"Eifersüchteleien? Meinen Sie einen anderen Mann?"

"Nein, keinen Mann." Er macht eine wegwerfende Geste. "Ich weiß nicht, warum ich das überhaupt erwähne, aber gut ... die Geli ist anscheinend sehr eifersüchtig auf Julia. Sie haben sie im Laden gesehen. Die zierliche Blonde mit dem Pferdeschwanz."

"Ist sie in Sie verliebt?" Meine Kopfhaut beginnt zu kribbeln.

Er zuckt die Schultern. "Ist eigentlich schon längst passé, dachte ich."

Seine Miene verschließt sich, und er schaut an mir vorbei ins Leere. Dann sinkt er in sich zusammen, die langen Beine wie ein Steckinsekt übereinandergeschlagen. Er hat etwas Jungenhaftes an sich, das mich an Joe erinnert. Ich widerstehe der Versuchung, seine Hand zu ergreifen, um ihn zu trösten.

"Es ist unfassbar, das Ganze. Wissen Sie eigentlich, wie viele Morde unentdeckt bleiben? Hoffentlich finden sie ihn – oder sie, wer auch immer das getan hat. Ich kann an nichts anderes mehr denken." Wieder fährt er sich wieder durch das Haar, das mittlerweile in Büscheln vom Kopf absteht. Schließlich steht er auf.

"Tut mir leid, aber ich muss zurück ins Geschäft. Halten Sie mich bitte auf dem Laufenden. Auch, was Julias Beerdigung angeht."

Er wendet sich ab. Ich gehe zu ihm und berühre vorsichtig seine Schulter. Sein Körper bebt vor unterdrückten Schluchzern. Nach einigen Momenten zieht er ein Taschentuch aus der Hosentasche und schnaubt sich lautstark die Nase.

"Lassen Sie uns in Kontakt bleiben, egal, was die nächsten Tage ergeben", sage ich.

Er nickt und wendet sich zu mir um. Unerwartet umarmt er mich.

"Danke, das wäre schön."

Jetzt fällt es mir wieder ein, wieso er mir bekannt vorkommt. Er ist der Mann neben Julia, auf dem Foto an ihrer Pinnwand. Der Mann, von dem sie sich abzuwenden versucht.

22

VIKTORIA

Etwas an Irene erinnert Viktoria an jemanden. Sie durchforstet ihr Gedächtnis, um es zu fassen. Jetzt weiß sie es: ihr Parfum muss es sein. Jasmin, mit einer dunken Herznote, die noch lange im Raum schwebt, nachdem Irene gegangen ist. Julia benutzte denselben Duft.

Wie im täglichen Leben zählt in der Psychotherapie der erste Eindruck. In der ersten Therapiesitzung hatte Julia verschüchtert im Sessel ihr gegenüber Platz genommen. Oft spiegelt sich in den Augen neuer Patienten Begeisterung oder Staunen über den hohen hellen Raum wider, den Viktoria so geschmackvoll mit Rattanmöbeln, Palmengewächsen und einer Chaiselongue möbliert hat. Aber Julia betrat den Raum zögernd, mit gesenkten Augen, ohne sich umzusehen. Sie trug eine Jeans, die an ihren Beinen schlotterte, und ein abgetragenes Sweatshirt, in dem sie versank.

Das Haar machte die nichtssagende Kleidung wieder wett. Eine honigblonde Mähne, die ihr über die Schultern fiel. Sie könnte viel aus sich machen, dachte Viktoria, aber sie versucht sich zu verstecken. Julia sprach mit leiser Stimme, manchmal so unhörbar, dass Viktoria Mühe hatte, sie zu verstehen, und nachfragen musste. Das löste eine Mischung aus Ärger und Mitgefühl bei ihr aus, ebenso wie diese Gesten der Hilflosigkeit. Während der ganzen 50 Minuten wanden sich Julias Hände um einen Seidenschal, zerknitterten und glätteten ihn wieder. Beine und Knie wippten, um ihrer Nervosität ein Ventil zu geben.

Bei vielen Frauen hätte dieses Verhalten mütterliche Gefühle ausgelöst, wusste Viktoria. Und bei Männern das Bedürfnis, diese Kindfrau zu schützen. Ihre Ängste hatten Julia im Griff, das war eindeutig. Sie berichtete stockend von dem Autounfall vor einigen Wochen, der ihre Panikanfälle verursacht hatte. Wie ihr Leben mittlerweile völlig im Bann der Panik stand, nichts anderes mehr zählte. Viktoria fühlte die Verzweiflung, die Julia wie ein schwerer Mantel umgab. Die Panikanfälle waren zwar erst kürzlich aufgetreten, doch lag deren Ursache in Julias Kindheit. Wo genau, das würden sie in den kommenden Stunden herausfinden. Julia erwähnte die seit einiger Zeit unerreichbare Mutter, aber Viktoria ahnte, dass diese von Anfang an nicht wirklich für ihre Tochter da gewesen war. Von dem Vater war gar keine Rede, was Viktorias Alarmglocken schrillen ließ.

Tief sitzende Konflikte, die in der Kindheit wurzelten, waren ihr Hauptinteresse; deshalb hatte sie sich für die analytische Ausbildung entschieden. Auf Gesprächs- oder Verhaltenstherapie schaute sie bloß verächtlich herab. Pures Kratzen an der Oberfläche der Probleme, ein Überdecken der wahren Traumata, ein Herumdoktern an Symptomen. So war keine Heilung möglich. Man musste den Konflikten auf den Grund gehen, um sie zu lösen.

Und Julia war ein vielversprechender Fall, mit dem sie sich gern beschäftigen würde. Außerdem schien der beachtliche Stundentarif diese Patientin nicht sonderlich einzuschüchtern, was auf einen gewissen finanziellen Rückhalt schließen ließ.

Viktoria blickt Irene mit vorgetäuschter Aufmerksamkeit an, nickt ermutigend und schielt auf ihre Armbanduhr. Noch zwanzig Minuten, vielleicht weniger.

"Wenn ich nicht bei den Oldies eingezogen wäre, hätte ich vermutlich auch Mama bald im Heim unterbringen müssen. Als Papa noch zu Hause lebte, hatte sie längst aufgegeben, ihn herumzukommandieren." Irene schüttelt den Kopf und seufzt.

„Während er wie eine Aufziehpuppe ununterbrochen durch die Wohnung schlurfte und Dinge herumschleppte, sie ab und zu anschrie oder vor sich hin brabbelte, verbrachte sie ihre Tage stumm auf dem Sofa, las eine Tageszeitung oder sah fern."

Irene unterbricht ihren Redestrom, um sich mit einem Papiertaschentuch die Nase zu putzen.

„Um Punkt zwölf Uhr setzte sie Kartoffeln auf, briet Würstchen oder Spiegeleier, kochte etwas Gemüse. Nach dem Essen nickten die beiden für mehrere Stunden auf dem Sofa ein, und dann war es Zeit zum Abendessen. Nicht dass sie viel aßen, aber sie hielten an diesen Ritualen fest."

Sie stößt ein verzweifeltes Lachen aus.

"Rituale sind wichtig zum Überleben", bestätigt Viktoria. Sie überlegt einen Moment. "Haben Sie denn keine Angst, dass Ihre Karriere unter diesem Ausstieg leiden könnte?"

Irene schließt die Augen. "Daran darf ich im Moment nicht denken. Meine Eltern sind jetzt das Dringendste. Danach werde ich weitersehen."

"Was meinen Sie mit "danach"?

Die Patientin zögert und knetet das Taschentuch in ihren Händen. Wieder eine Geste, die an Julia erinnert.

"Wer weiß, wie Mama mit der neuen Situation fertigwird. Mit ihr scheint es in letzter Zeit körperlich und auch geistig ziemlich bergab zu gehen." Sie spitzt die Lippen und überlegt.

Viktorias Gedanken schweifen erneut ab. Ihre kleine Ella ist so ein Schatz! Verschmust, neugierig und intelligent. Mit ihren zwei Jahren ist sie eine richtige Quasselstrippe und stellt aberwitzige Fragen. Wie soll man ihr erklären, warum eine Brennnessel ihr wehtut? Woher Papas Bart kommt? Oder wie das Bild in den Fernseher gelangt? Warum Mama zum Arbeiten wegfährt und Papa zu Hause bleibt?

Sie würde alles, wirklich alles für ihre Tochter tun. Würde vor nichts zurückschrecken, um Ella zu schützen, ihren kostbarsten Besitz. Denn das ist Ella für sie: ihr Eigentum. Ihr Projekt. Sie wird aus diesem Kind eine brillante, unabhängige Frau machen, ohne dass Ella die Bindung an ihre Mutter jemals in Frage stellen wird. Und später werden sie beide beste Freundinnen sein. Ein Bund fürs Leben. Keine Bindung ist so stark wie die zwischen Mutter und Tochter, oder?

Viktoria unterdrückt einen Seufzer. Welche Erleichterung, ein so zuverlässiges Kindermädchen wie Jennifer gefunden zu haben. Einfach gestrickt,

aber gewissenhaft, und stammt aus einer alteinge-
sessenen Murnauer Gasthausfamilie. Denn Viktorias
Mann, der angebliche Hausmann ... obwohl er Ella
über alles liebt, besitzt er für ihren Geschmack zu
wenig Verantwortungsgefühl. Im Grunde genommen weiß sie nie so genau, woran sie mit ihm ist.
Aber welchem Mann sollte man schon vertrauen?

23

Viktoria hat sich, soweit sie sich erinnern kann, immer nur auf sich selbst verlassen. Vielleicht, weil sie als Kind so herumgestoßen worden ist. Zuerst die Trennung ihrer Eltern, wobei die Mutter das Sorgerecht über die achtjährige Tochter „gewann". Wie anders wäre Viktorias Leben verlaufen, wenn sie bei ihrem zuverlässigen, liebevollen Vater hätte bleiben dürfen! Die Mutter steckte sie mit zehn Jahren in ein teures Internat, weil sie im Grunde nichts mit Kindern anfangen konnte.

Sie schielt erneut auf ihre Uhr. Noch zehn Minuten. In einer Stunde wird Wilbert kommen, ein Couchpatient, dessen Depression wieder aufgeflammt ist. Wilbert ist bipolar, und seit Jahren schon hat Viktoria ihn mehr oder weniger erfolgreich durch seine Höhen und Tiefen begleitet. Immerhin hat er nie versucht, seine Selbstmordphantasien in die Tat umzusetzen. Zum Glück hat sie das in ihrer Laufbahn auch sonst nie erlebt, aber man weiß nie.

Obwohl, ein Mal beinahe ... mit Julia. Allerdings ist die gleich darauf aus der Therapie ausgestiegen. Oder vielmehr, ihr Suizidversuch hat das Ende der

Therapie bedeutet. Und ganz sicher trug Viktoria damals keine Schuld an dieser Entwicklung.

Eine so labile Frau wie Julia wäre immer selbstmordgefährdet gewesen, sinniert Viktoria - egal ob auf Grund von Schuldgefühlen wegen einer Abtreibung, wie Julia es zunächst vorhatte, nachdem sie festgestellt hatte, dass sie in der achten Woche schwanger war. Oder eben weil die Hormone nach der Geburt verrückt spielten, also wegen einer postnatalen Depression, unter der Julia dann litt.

Eins steht für Viktoria fest: Eine Abtreibung hätte diese junge Frau bei ihrer familiären Vorgeschichte psychisch niemals verkraftet. Nachdem Julias Mutter vor einigen Jahren ihr Baby unter so dramatischen Umständen verloren hatte. Julia selbst litt seitdem unter kolossalen Schuldgefühlen, als sei sie an der Frühgeburt schuld gewesen. Was natürlich Blödsinn war.

Wenn überhaupt, dann hatte die Affäre zwischen Julias Vater und ihrer Tante Regine das Malheur verursacht. Leider erwischte ausgerechnet Julia die beiden in flagranti, und der Papa hatte dann nichts Besseres zu tun, als seiner hochschwangeren Frau reinen Wein einzuschenken. Solch ein Schock mag durchaus zu einer Frühgeburt führen, überlegt Viktoria.

Wegen Julias irrationalen Schuldgefühlen am Tod ihres Bruders Malte hat sie Julia so dringend zum Austragen der Schwangerschaft geraten. Eine rein professionelle Überlegung. Obwohl die Schwangerschaft für die Patientin auf Grund ihrer ausgeprägten Angststörung zu einer höllischen Zeit wurde, war Viktorias Beeinflussung der Patientin korrekt gewesen. Einschließlich ihrer Bemühungen, Julia zur Adoptionsfreigabe des Kindes zu überreden.

Es lag doch auf der Hand, dass diese junge Frau in ihrer labilen Verfassung die Mutterrolle niemals hätte übernehmen können. Ihre Angststörung hätte nicht nur sie selbst, sondern vermutlich auch das arme Würmchen zerstört. Was da möglicherweise alles passiert wäre, nicht auszudenken! Angefangen bei schwerer Vernachlässigung bis hin zu einer möglichen Tötung des Kindes. Viktoria ist durch ihr Studium und ihre jahrelange Arbeit in der Psychiatrie nur zu vertraut mit Fällen, in denen junge Mütter mit postnataler Depression dekompensierten und ihr Baby umbrachten. Sie schaudert und taucht aus ihren Überlegungen auf. Irene schaut sie fragend an, weil sie offenbar eine Frage gestellt hat.

"Bitte?", fragt Viktoria etwas verwirrt.

Irene wiederholt ihre Frage. "Wie kann ich meine Mutter gegen ihren Willen untersuchen lassen?"

"Das ... dürfte kaum möglich sein, außer wenn zum Beispiel ein Unfall geschieht und Ihre Mutter ins Krankenhaus muss."

Viktoria schaut auf ihre Uhr.

"Tja, die Zeit ist um. Wir sehen uns nächsten Dienstag zur selben Zeit."

Irene hat sich bereits erhoben, schiebt das Haar mit einer Sonnenbrille aus der Stirn zurück und schlingt sich einen Angoraschal mehrfach um den Hals. Mühelos schlüpft sie wieder in die Rolle der dynamischen Rechtsanwältin, der man ohne zu überlegen eine schmutzige Scheidung anvertrauen würde. Viktoria steht auf und reicht ihr die Hand.

24

REGINE

Aus dem Geschäftsraum ist fast alle Kundschaft verschwunden. Nur große Wasserlachen auf dem Fliesenboden zeugen von dem Ansturm der Kunden. Als ich eine Visitenkarte mit der Telefonnummer des "Breitwegerich" von der Theke nehme und in meine Handtasche stecke, spüre ich, dass die Pferdeschwanz-Frau mich von den Stehtischen her beobachtet. Diesmal lächelt sie nicht zurück, als ich hinausgehe, sondern wendet sich abrupt ab.

Wie ich gehofft habe, existiert meine frühere Lieblingseinkehr noch, das "Alte Gasthaus". Allerdings ist es jetzt einen ganzen Touch eleganter als damals mit seiner rustikalen Einrichtung. In der Art eines Pariser Bistros ist der Raum mit kleinen runden Glastischen auf Metallgestellen gefüllt. Es herrscht betriebsame Atmosphäre; leises Klirren von Besteck auf Keramik, das Zischen der Espressomaschine, gedämpfte Gesprächsfetzen wie in einem Bienenstock. Junge Baristas schweben wie dunkle Engel zwischen den Tischen umher, anthrazitfarbene lange Schürzen um schmale Taillen geschlungen. Norah Jones' Schokoladenstimme singt von Little Broken Hearts.

Ich setze mich auf einen der Bugholzstühle am Fenster, mit Blick auf die Franz-Joseph-Straße, und überfliege die handbeschriebenen Schiefertafeln an den Wänden. Eine komplette Tafel ist den raffiniertesten Kaffeespezialitäten vorbehalten. Was ist zum Beispiel ein Caffè doppio, ein Ciocolaccino oder ein Marocchino?

Ein schwarzgelocktes Mädchen, das ich auf höchstens sechszehn schätze, gleitet an meinen Tisch und lächelt mich an, Notizblock und Stift gezückt.

"Was kann ich Ihnen bringen?"

Ich habe keine Lust auf Experimente.

„Einen Cappuccino bitte. Und", mir fällt ein, dass ich etwas essen sollte, „ein Stück Ihrer Spinatquiche mit Gorgonzola. Das klingt verlockend"

Ihre Locken wippen, als sie nickt.

„Himmlisch ist die!"

Sie gleitet davon zur Theke. Meine Verspannungen lockern sich in der betörenden Duftmischung aus Kaffee, getoasteten Sandwiches und teuren Parfums.

In Gedanken versunken lasse ich das Großstadttreiben draußen vorübergleiten. Wie edel die Leute hier gekleidet sind. Teure Anoraks, elegante Stiefel und gewalkte Mäntel in minimalistischem Stil, dazwischen exklusive Lodenmodelle – solch verschwenderisches Modebewusstsein findet man dort, wo ich jetzt lebe, selten. Widerwillig gestehe ich mir ein, dass ich mich in dieser Stadt trotz ihrer Arroganz immer noch verwurzelt fühle. Ein Gefühl von Zugehörigkeit, das ich niemals abschütteln kann. Merkwürdig, dass es das Wort "Heimat" im Englischen nicht gibt. Vielleicht ist es etwas Urdeutsches.

In diesem Moment sehe ich einen wippenden Pferdeschwanz draußen vorübereilen. Geli. Was läuft zwischen ihr und Sebastian Bauer? Hat er ihr wegen Julia den Laufpass gegeben? Und wenn schon: Wäre das ein Grund, die Konkurrentin umzubringen? Diese Geli ist doch ein Federgewicht, sicher kann sie nicht einmal eine Kiste Bananen heben. Ich schüttele amüsiert den Kopf. Auf was für blöde Gedanken ich komme!

Der Lockenkopf heißt Mara, wie ihr Namensschild auf der Brust verrät. Sie serviert mir Cappuccino und Quiche. Ich probiere eine Gabel voll und lasse den cremigen Käsegeschmack im Mund zergehen. Zwischen einzelnen Bissen wähle ich die Nummer von Mihail Constantinescu, erreiche aber nur den Anrufbeantworter. Ich hinterlasse keine Nachricht und werde es später wieder versuchen.

Der Cappuccino schmeckt köstlich, fast wie in Italien. So etwas bekomme ich in Norfolk kaum, höchstens in meinem Stammcafé in einer Seitengasse nahe dem Markt in Norwich. Dorthin gelange ich leider nur selten. Hunde sowie Bed and Breakfast binden mich an, was ich hin und wieder bedaure.

Einer spontanen Eingebung folgend, suche ich online auf meinem Smartphone nach einer weiteren Nummer. Praxis Dr. Ambusch, psychoanalytisch orientierte Psychotherapie. Sie befindet sich irgendwo in der Nähe der Fußgängerzone beim Marienplatz. Das klingt nach einer kleinen Praxis ohne Sprechstundenhilfe, die Anrufe entgegennehmen würde. Vermutlich würde sich auch hier nur ein Anrufbeantworter melden, weil Frau Ambusch meist mit Patienten beschäftigt sein wird. Ich beschließe, unangemeldet dort aufkreuzen. Mehr als von der Therapeutin abgewimmelt zu werden, kann mir nicht passieren.

Jetzt ist es elf Uhr dreißig. Eine Verschnaufpause werde ich mir gönnen. Ich brenne darauf, das Tagebuch weiterzulesen. Julia ist mir in den vergangenen Stunden so nahe gekommen, als stünde sie neben mir. Wie ein Mosaik setzen sich in meinem Kopf immer mehr Teile zusammen, in denen sie greifbar wird. Unvermittelt taucht in diesem Moment ihr wächsernes Gesicht vor mir auf und ein Stich durchfährt mich. Ich winke Mara zu und bestelle mir einen zweiten Cappuccino.

25

JULIAS TAGEBUCH

18. Oktober 2009

Morgen Abend werde ich ihn wiedersehen. Meinen Traummann. Ich kann es kaum erwarten. Alle meine Ängste haben sich wie durch Zauberhand in Luft aufgelöst. Ich schwebe durch die Stadt, lache fremde Menschen an, und mein ganzer Körper kribbelt vor Sehnsucht. Prickelnd wie Brausebonbons. In meinem Bauch flattern Tausende kleiner Zitronenfalter, glitzernd weiß. Ich küsse meinen Mund im Spiegel und versuche, mich mit seinen Augen zu betrachten. Wie soll ich es nur bis morgen ohne ihn aushalten?

Beim Aktzeichnen heute lag vor uns wir ein korpulentes männliches Modell mit Bierbauch und Hüftgold auf dem Podest. Speckrollen und Falten sind viel interessanter als ein schlanker, perfekter Körper, pflegt unser Prof zu sagen. Kaum war ich fertig, schaute er mir über die Schulter und kommentierte grinsend: Was geht denn in deinem Kopf vor, Julia? An welchen Adonis denkst du wohl gerade?

Die anderen kamen dazu und lachten sich kaputt. Das Modell kam ebenfalls an (er hatte zum Glück seinen Morgenmantel übergeworfen!) und fühlte sich geschmeichelt. Aber ich wusste, wen ich gezeichnet hatte, ohne es zu wollen ...

Frau A. scheint sich mit mir zu freuen, obwohl sie gleichzeitig davor warnt, mich nicht so total zu verlieren. Eine gute Prise Vorsicht sei in meiner Situation angebracht, meint sie. Weil ich doch recht dünnhäutig sei. Was schert es mich.

20. Oktober 2009

Mein Cellospiel hat ihn verführt. Ich hätte auf der Bühne so umwerfend sexy ausgesehen. Vor allem, wie ich das Instrument zwischen den Beinen gehalten habe (oh Mann, was für ein Klischee ...) und weil ich so leidenschaftlich gespielt hätte. Er fühlte sich wie ein Voyeur, sagte er ... Gott, war mir das peinlich zu hören! Er selbst hat nichts mit Musik oder Kunst am Hut. Er ist Webdesigner. Davon verstehe ich wieder nicht die Bohne. Tolle Ergänzung!

Ich glaube nicht, dass ich schon einmal so etwas empfunden habe. Mein ganzer Körper brennt vor so starker Sehnsucht nach ihm, dass es wehtut. Zwischen Jubeln und Heulen, Luftsprüngen und Haareausreißen bin ich hin- und hergerissen. Wie kann ich bloß seinen Duft in eine Dose füllen? Damit ich den ganzen Tag daran schnuppern kann, bis ich ihn wiederhabe. Und wie hält er es ohne mich aus?

24. Oktober 2009

Er ist ein winziges bisschen älter als ich. Genauer gesagt 20 Jahre, glaube ich. Na und? Was spielt das für eine Rolle! Marius kann verrückt und verspielt wie ein kleiner Bub sein, und ich lache mich oft über ihn kaputt. Er ist so was von witzig und selbstironisch. Und der Sex mit ihm ... Das ist sicher der Vorteil eines älteren Lovers. Ich muss ihm nicht erst sagen, was mir gefällt. Er streichelt mich, bis ich verrückt werde. Ist behutsam und liebevoll, bis ich zerfließe. Noch nie habe ich so etwas erlebt. Ich bin süchtig nach ihm!

Ich muss gestehen, dass ich zu gern seine Wohnung sehen würde. Warum lädt er mich nicht einmal zu sich ein? Immer treffen wir uns bei mir, gehen nur in Schwabinger Restaurants, meist zum Olympus, dem Griechen bei mir um die Ecke. Er behauptet, dass er sich schämt, weil seine Wohnung so unordentlich ist. Ob er sich eher schämt, eine so junge Freundin zu haben? Ob ich ihm peinlich bin?

Und er will noch nicht über Nacht bei mir bleiben. Meint, wir sollten es langsam angehen. Schade! Ich träume davon, mich im Schlaf an ihn zu kuscheln und morgens mit ihm aufzuwachen.

Sein Familienname wäre so eine klangvolle Ergänzung zu meinem Namen: Julia Ankermann ... Bescheuert, ich weiß, jetzt schon an so etwas zu denken.

Karen könnte ich auf den Mond schießen. Sie meint, ich sollte vorsichtiger sein. Ältere Männer wären meist beschädigte Ware, hätten Scheidungen hinter sich, befänden sich in einer Midlifecrisis. Hätten Kinder und Alimente am Bein und suchten sich eine junge Geliebte als Beweis für ihre Potenz. Immerhin gesteht sie ein, dass sie ihn sexy findet, obwohl er ihr zu kräftig gebaut ist.

„Zu viele Muskeln", meinte sie gestern. „Der verbringt sicher eine Menge Zeit im Fitnesscenter."

Das glaube ich zwar nicht. Aber ich stehe auf Muckis und Fitness. Obwohl ich selber nicht im Traum so eine Einrichtung betreten würde.

Karen sagte: „Ich hab gesehen, der nimmt trotz seines Alters zwei Stufen auf einmal, wenn er zu uns heraufkommt. Und dass, ohne hier oben nach Luft zu schnappen."

Wahrscheinlich ist sie bloß neidisch. Um ihre Bohnenstange Tobi muss sie sich keine Sorgen machen. Dieses blässliche Würstchen wird ihr keine Frau wegnehmen. Dagegen habe ich bemerkt, dass Marius sehnsüchtige Blicke auf sich zieht, wenn wir in eine Gaststätte gehen. Ich muss gut auf ihn aufpassen, glaube ich!

31. Oktober 2009

Ich hatte schon geahnt, dass er mir nicht die ganze Wahrheit über sich gesagt hat. Jetzt weiß ich es: Er ist verheiratet. Wie konnte ich nur so abgrundtief bescheuert sein? Ich bin in die typische Falle getappt, in der sich unzählige Frauen befinden, doch was hilft mir das?

Wäre alles anders gelaufen, wenn er es mir von Anfang an gestanden hätte? Wohl kaum. Ich weiß nur, ich will ihn ganz für mich haben. Jetzt mehr noch als vorher. Der Kampf ist angesagt!

Bekloppter Anfängerfehler vermutlich. Ich bin im Umgang mit älteren Liebhabern eben nicht erfahren. Meine erste Reaktion: Am Liebsten hätte ich ihn gleich rausgeschmissen. Aber dann kniete er sich vor mich hin wie ein Büßer.

"Bitte bitte bitte, du musst mir glauben, was ich dir jetzt sage. Meine Ehe ist eine Farce. Sie funktioniert schon lange nicht mehr. Wir leben seit Ewigkeiten wie Bruder und Schwester miteinander."

Ich fragte, warum sie denn überhaupt noch zusammen wären, und er behauptete, nur aus steuerlichen Gründen. Ich bombardierte ihn mit Fragen. Wie heißt sie? Wie alt ist sie? Was macht sie beruflich? Habt ihr Kinder? Alles auf einmal wollte ich wissen, aber er schüttelte nur den Kopf. Er meinte, es brächte mir doch nichts, wenn ich diese Dinge wüsste. Sie haben keine Kinder - zum Glück!

Er sagte: "Je weniger du dir meine Noch-Ehefrau vorstellst, desto einfacher ist es für dich. Für uns beide!"

Ich habe ihm gesagt, dass ich jetzt erst mal Zeit brauche, diese Neuigkeit zu verdauen. So schwer es mir fällt, ich werde ihn ein paar Tage schmoren lassen. Dafür hat mich Frau A. sogar gelobt.

Ihre weisen Worte: "Auch wenn Ehen in Routine erstarrt sind, können sie meist erstaunlich schwierig zu lösen sein. Wir geben alle nur ungern unsere Gewohnheiten und Sicherheiten auf. Glauben Sie ihm bloß nicht jedes Wort und schon gar nicht, was er verspricht."

Aber egal was sie meint, ich bin mir hundertprozentig sicher, dass er sich von seiner Frau trennen wird. Habe ich klar gespürt.

26

JULIAS TAGEBUCH

15. November 2009

Da ist ein neues Gefühl bei mir aufgetaucht, eine Traurigkeit, die mich dauernd würgt. Und auch bei ihm hat sich etwas verändert. Er schaut mich anders an, verzweifelter. Seine ständigen Liebesbeteuerungen klingen künstlich, irgendwie einstudiert, obwohl ich ihm so gern glauben würde. Plötzlich weiß ich nicht mehr, ob ich ihm wirklich vertrauen kann oder ob er mich ausnutzt. Karens Warnungen tragen Früchte ...

Gestern hat er wie nebenbei fallenlassen, er könnte sich vorstellen, mit mir zusammenzuleben. Vor ein paar Tagen noch hätte mich das vom Hocker gerissen. Aber jetzt ging ich nicht darauf ein, sondern dachte nur, und wann lässt du dich scheiden?

Zugegeben, wir sind ja noch nicht lange zusammen (genauer gesagt einen Monat!). Aber er behauptet doch, seine Ehe läuft schon eine ganze Weile nicht mehr. Würde ich bei einem Partner bleiben, den ich nicht mehr liebe? Kann ich mir nicht vorstellen. Das Leben ist zu kurz, um es zu vertrödeln.

Jede Nacht verbringt er zu Hause, bei ihr. Ob er vielleicht doch noch mit ihr schläft? Er hat mir versichert, dass sie seit langem getrennte Schlafzimmer haben. Kann ich ihm das glauben? Ich bin ihm gegenüber misstrauisch geworden, aber will ihn trotzdem nicht aufgeben. Unsere Anfangszeit war so paradiesisch ...

Weise Worte von Frau A.: "Verheiratete Liebhaber sind viel zu feige, ihre Frau zu verlassen. Die sind alle Gewohnheitstiere. Eine Affäre geht gut, solange die Geliebte sich fügt. Sobald Sie ihn unter Druck setzen, wird er Sie fallenlassen."

Wie ermutigend. Aber so schnell gebe ich nicht auf. Ich weiß doch, dass er mich liebt. Lieber ihn behalten und leiden, als jemals wieder auf ihn zu verzichten. Oder?

20. November 2009

Er will sich von seiner Frau trennen! Endlich hat er ihr reinen Wein eingeschenkt, und sie scheint ganz gelassen darauf zu reagieren, dass er eine Geliebte hat. Sie hätte es gewusst, meint er. Jedenfalls wird einer Trennung nichts mehr im Wege stehen. Ich kann mein Glück noch gar nicht fassen.

Wir haben schon angefangen, Pläne zu schmieden. Vielleicht könnte er hier bei mir einziehen. Denn in seiner jetzigen Wohnung bleibt bestimmt seine Frau. Ich habe das Thema sogar schon vorsichtig mit Karen angeschnitten. Die ist natürlich weniger begeistert und findet wie üblich, dass ich alles gewaltig überstürze. Aber sie hat eingewilligt, zur Not vorübergehend zu Tobi zu ziehen.

Mit Marius zusammenleben. Das wäre ein Traum! Wir hätten endlich Zeit füreinander. Zeit, uns besser kennenzulernen. Ich will alles über ihn wissen, ihn meinen Freunden vorstellen, mit ihm kochen, stundenlang mit ihm schlafen und morgens mit ihm aufwachen. In seinen grauen Augen ertrinken ...

Frau A. schien mir heute etwas strenger, wenn nicht sogar ungeduldig und ärgerlich. Dabei könnte sie sich doch mit mir freuen. Ihre weisen Worte: Ich wäre leichtsinnig und naiv. Das klang so richtig aufbauend. Ich war zu perplex, um darauf zu antworten. Manchmal finde ich sie ein wenig zu direkt. Ich dachte, Analytiker sollten sich mit ihrer Meinung zurückhalten. Sie machte außerdem überpünktlich Schluss, fünf Minuten zu früh. Wenn das passiert, fühle ich mich übers Ohr gehauen. Schließlich zahle ich nicht gerade wenig.

27. November 2009

Komisch, Marius ist seit drei Tagen auf seinem Handy nicht erreichbar. Immer erwische ich nur den AB. Ich habe schon unzählige Nachrichten hinterlassen, und wenn ich nicht bald mit ihm sprechen kann, werde ich verrückt! Ich wüsste auch gar nicht, wie ich ihn sonst erreichen könnte, denn er steht ja nicht im Telefonbuch. Wer weiß, vielleicht ist ihm etwas zugestoßen? Vielleicht hat seine Frau ihm etwas angetan? Oje, ich fürchte, meine Phantasie ufert jetzt ein bisschen zu sehr aus. Aber irgendetwas stimmt nicht, das ist klar.

1. Dezember 2009

DAS ENDE. Es ist vorbei. Er wird bei seiner Frau bleiben. Ich fühle mich seit gestern wie eine Eissäule. Ich spüre nichts mehr, mein Körper ist gefroren.

2. Dezember 2009

Seine Frau wäre durchgedreht, sagte er mir am Telefon, als er mich gestern anrief, um mir mitzuteilen, dass wir uns nicht mehr sehen würden. Am Telefon! Er hat nicht mal das Format, mir gegenüberzutreten, um mir das persönlich zu erklären. Was für ein erbärmlicher Feigling. Sie hinge mehr an ihm, als er das jemals für möglich gehalten hätte. Ihm wäre klargeworden, dass er ihr eine Trennung einfach nicht antun könnte. Weil sie zu labil wäre und sich etwas antun könnte.

Zuerst war ich sprachlos, aber im nächsten Moment überkam mich eine Riesenwut. Ich würde nur hoffen, ihn niemals wiederzusehen, sagte ich. Dann hängte ich auf, ohne seine Antwort abzuwarten. Ich hasse hasse hasse ihn!

Freitag, 4. Dezember 2009

In der heutigen Sitzung habe ich so richtig Dampf über M. abgelassen. Frau A. sagte die ganze Stunde lang keinen Ton. Dann und wann kratzte ihr Stift über den Notizblock. Zum Schluss der Sitzung reichte sie mir mit ernstem Gesicht die Hand, sah mich mitfühlend an und meinte, dass mein Zorn eine gesunde Reaktion wäre. Am liebsten hätte ich mich in ihre Arme geworfen und losgeheult.

Samstag, 5. Dezember 2009

Es schmerzt immer noch wie verrückt, aber ich gewöhne mich allmählich daran. Den ganzen Tag liege ich im Bett, die Rollladen runtergelassen, und kann einfach nicht aufhören zu grübeln und zu heulen. Es erinnert mich an die schreckliche Zeit, als Papa uns verlassen hat. Sehen Sie, höre ich Frau A.

sagen, ich habe Sie gewarnt. Sie und Ihre Vaterfiguren.

So muss es sich anfühlen, wenn jemand gestorben ist, den man sehr gemocht hat. Eine kaum zu ertragende Trostlosigkeit macht sich in mir breit. Ich will mich nie wieder verlieben. Und das Schlimmste ist, auch wenn ich es mir im Moment nicht vorstellen kann – irgendwann wird M. für mich nur noch eine ferne Erinnerung sein.

Freitag, 11. Dezember 2009

Heute hat Frau A. mich darauf aufmerksam gemacht, dass meine Ängste und Panik in letzter Zeit total in den Hintergrund getreten sind. Stimmt. Wahrscheinlich bin ich so sehr mit Traurigkeit und Liebeskummer (und vorher Verliebtsein!) beschäftigt, dass es für nichts anderes Platz gibt. Dann hat dieser Zustand wenigstens etwas Gutes.

Nur wenn ich Cello spiele, vibriert mein Körper und erwacht für eine Weile wieder zum Leben. Sogar die Lust aufs Malen ist mir vergangen. Dabei war die Leinwand immer das beste Mittel, um mich abzulenken und auszutoben.

Freitag, 22. Januar 2010

Ich glaube, ich habe mir den Magen verdorben. Karen hatte gestern die Kotzerei, und heute früh bin ich prompt auch mit Übelkeit aufgewacht und musste mich ein paarmal übergeben. Karen sagt, in der Klinik wäre das Norovirus ausgebrochen. Einige Stationen mussten geschlossen werden. Na super! Bestimmt hat sie den Mist mit nach Hause geschleppt.

Donnerstag, 28. Januar 2010
Puh! Diese Übelkeit und Kotzerei hat mich seit fast einer Woche ganz schön im Griff. Manchmal ist mir in letzter Zeit auch richtig schwindelig. Frau A. meint, ich sollte unbedingt mal zum Arzt gehen und eine Blutuntersuchung machen lassen.

27

JULIAS TAGEBUCH

Montag, 1. Februar 2010
Von wegen Norovirus. Ich bin schwanger.
SCHWANGER.

Mittwoch, 3. Februar 2010
Immer noch unfassbar, aber leider wahr. Ich war bei einer Gynäkologin in der Herzogstraße und habe es im Ultraschall gesehen.
Der Bluttest am Montag bei Dr. Liebig war der erste Schock.
„Sie sind schwanger, Julia. Darf man gratulieren?"
Sein Strahlen wurde schnell wieder ernst, als er meinen Schrecken sah. Mein Herz hörte auf zu schlagen. Er saß mir in seinem steifen weißen Kittel an seinem sterilen Schreibtisch im Sprechzimmer gegenüber, das weißblonde Haar kunstvoll nach hinten gegelt. Ich mag ihn, obwohl er etwas zu eitel ist.
„Das kann nicht sein!", war meine erste Reaktion.
„Tja, eindeutiges Resultat. Sie sollten eine Ultraschalluntersuchung bei einer Frauenärztin machen lassen. Ich kann Ihnen eine gute Kollegin empfeh-

len, kann auch gleich einen Termin für Sie machen."

Diese Vorzugsbehandlung, nur weil ich Privatpatientin bin.

Die Gynäkologin war streng und unpersönlich. Sie untersuchte mich, als ob ich ein Auto beim TÜV wäre, schob wortlos ihre vorgewärmten Instrumente in mich hinein und kommentierte sachlich das winzige Etwas in mir. Ein Miniwesen, ein kleiner Schatten, sogar seinen Herzschlag konnte ich hören. Wenn es möglich gewesen wäre, wäre ich vom Untersuchungsstuhl gefallen.

Gleich darauf war nach Wochen zum ersten Mal wieder ein Panikanfall im Anmarsch. Ich fing an zu schwitzen, und mein Herz raste. Zitternd stieg ich vom Stuhl und stolperte zur Umkleideecke, wo mir schwarz vor Augen wurde. Ich ließ mich auf den Hocker fallen und kippte beinahe mit ihm um. Die Ärztin war gleich zur Stelle.

„Geht schon wieder", sagte ich durch den Vorhang.

Im Gespräch danach löcherte sie mich, warum ich so geschockt war.

„Ich kann das Kind nicht behalten", sagte ich ihr. „Ich will keine Alleinerziehende sein."

„Was ist denn mit dem Vater?", fragte sie.

„Wir sind getrennt." Das laut auszusprechen, brannte wie Jod in einer offenen Wunde.

Sie brummelte mißmutig etwas von Schwangerschaftskonfliktberatung vor sich hin und drückte mir ein Informationsblatt in die Hand. Ich weiß kaum mehr, wie ich nach Hause gekommen bin.

Karen wurde ganz hektisch und fing an, mir zu erklären, warum ich so schnell wie möglich einen Schwangerschaftsabbruch vornehmen lassen müsste. Bis zur zwölften Schwangerschaftswoche kann ich es ohne ärztliche Indikation machen lassen. Als ich sagte, ich wollte das erst mal überlegen, flippte sie aus. Ob ich denn ein Kind alleine großziehen wollte. Dass ich mir mein Leben ruinieren würde. Und Kinder könnte ich später immer noch in die Welt setzen, wenn's unbedingt sein müsste.

Mihail und Gabi verhielten sich nicht ganz so krass, obwohl sie wohl auch eher eine Abtreibung für besser halten.

Aber dann Frau A. Die regte sich heute vielleicht auf! Sie - mein Fels in der Brandung! Ob ich denn nicht verhütet hätte? Naja, ich nahm zwar zu der Zeit die Pille, habe sie allerdings zweimal vergessen. Künstlerpech.

Ich habe nicht den blassesten Schimmer, was nun passieren soll. Schließlich hat auch Frau A. mir

dringend geraten, nichts zu überstürzen. Keine vor-
eiligen Entscheidungen zu treffen, die ich nicht
mehr rückgängig machen kann. Ihre Hände waren
richtig feucht, als sie mir zum Abschied wie üblich
die Hand reichte. Womöglich schiebt sie sich selbst
die Schuld für dieses "Malheur" zu. Vielleicht meint
sie, sie hätte mich besser über Kontrazeptiva auf-
klären oder mich allgemein von Männern fernhalten
müssen.

Also, auch wenn in meinem Kopf manches durch-
einandergehen mag, weiß ich über Verhütung doch
ganz gut Bescheid. Vielleicht habe ich es sogar unbewusst darauf angelegt, schwanger zu werden,
weil ich glaubte, Marius würde sich über ein Kind
freuen. Weil er doch mit seiner Frau keins hat. Und
weil es uns zusammenschweißen würde.

Ich merke, dass ich mich schon ein wenig an
meinen kleinen Schatten gewöhnt habe. Auch wenn
er mich nach wie vor zum Kotzen bringt. Wenn Marius das wüsste ... Wie er wohl reagieren würde?

15. Februar 2010

Wenn Abtreibung, dann müsste es bald geschehen. Aber ich will es mir einfach nicht vorstellen. In
meinen Gedanken bin ich ständig bei diesem Wesen, das jetzt in mir wächst und das ich beschützen

möchte. Genau das ist es: Ich fühle mich schon für diesen Embryo verantwortlich. Ich glaube, ich kann ihn nicht zerstören.

Natürlich muss ich oft an Malte denken. Irgendwie verweben sich die beiden miteinander, Brüderchen Malte und mein Mini-Schatten. Mag sein, dass es Malte ist, der sich in mir ein neues Zuhause gesucht hat (ok, jetzt fange ich an zu spinnen). Ein zweiter Versuch, auf die Welt zu kommen – wer könnte ihm das verübeln? Ich bin es ihm schuldig, dass er es diesmal schafft.

19. Februar 2010

Ich bin jetzt in der zwölften Woche und habe beschlossen, das Kind auszutragen. Wir haben in der Therapie lang und breit darüber gesprochen. Ich bin stattdessen mit Frau A. zu dem Schluss gekommen, dass ich es nicht behalten, sondern zur Adoption freigeben werde. Mein Baby soll die Chance haben, phantastische Eltern zu finden, die keine Kinder bekommen können und sich schon lange danach sehnen. Auf ein Neugeborenes warten Paare oft jahrelang, sagt Frau A. Und ich könnte sicher sein, dass die Adoptiveltern sehr sorgfältig ausgesucht würden.

Natürlich habe ich überlegt, das Baby selbst groß-zuziehen. Doch leider weiß ich schon jetzt, dass ich eine miserable Mutter wäre. Meine Ängste sind wieder voll aufgeblüht. Ich kann ja schon froh sein, wenn ich diese Schwangerschaft trotz Panikatta-cken einigermaßen hinter mich bringe.

Nur mit Hilfe von Frau A. ist das überhaupt vor-stellbar. Ich gehe mittlerweile dreimal, manchmal sogar viermal die Woche zu ihr. Sie ist wahnsinnig entgegenkommend und hat mir wegen dieser Notsi-tuation einen "Sondertarif" eingeräumt. Meine Fi-nanzen sind nämlich ganz schön geschrumpft, seit ich die Therapie begonnen habe.

Hoffentlich leidet das Baby nicht zu sehr unter meinen Ängsten. Könnte ich mich doch bloß bis zur Geburt in ein künstliches Koma versetzen lassen! Und wenn ich aufwache, ist das Kind fort und ich kann endlich wieder zu leben beginnen.

28

VIKTORIA

Eigentlich hat sich damals alles fast von selbst so ergeben, ganz ohne ihr Zutun. Die Patientin Julia Winterfels war ungewollt schwanger geworden. Nach dem ersten Schock begann Viktoria fieberhaft zu überlegen. Sie erinnert sich verbittert, wie sie in den letzten fünf Jahren gelitten hatte. Und daran, wie ihr schließlich der renommierteste Münchner Facharzt für künstliche Befruchtung, der an ihr ein Vermögen verdient hatte, den Laufpass gab. Und das nach den unzähligen Versuchen, mit seiner Hilfe bei ihr eine Schwangerschaft zu erzeugen. Ihre Eierstöcke seien erschöpft, sagte er. Weitere Behandlungen könne er allein aus medizinischen Gründen nicht verantworten. In Wirklichkeit vermieste wohl jemand wie sie seine Erfolgsstatistik.

Jedenfalls befand sie sich mit sechsundvierzig wegen der vielen Hormonbehandlungen in verfrühten Wechseljahren. Gut, natürlich gab es noch andere Strategien. Eine Eizellspende würde sie im europäischen Ausland ohne Umstände erhalten. Oder besser noch, man konnte eine Leihmutter engagieren – auch das wiederum nur im Ausland. Es bestand außerdem die Möglichkeit, sich in Ländern wie Italien, Rumänien oder Spanien bis oben hin mit Hormonen vollpumpen zu lassen, um den "erschöpften" Eierstöcken noch mal so richtig auf die Sprünge zu helfen.

Aber Viktoria fühlte sich erschöpft. Das unaufhörliche Auf und Ab der IVF-Zyklen über fünf Jahre hatte sie mürbe gemacht. Am Anfang jedes Zyklus stand die Hoffnung. Zuerst nach der Eizellentnahme, vorausgesetzt, es hatten sich dank der täglichen Hormonspritzen eine oder sogar mehrere Eizellen gebildet.

Die Entnahme selbst hatte sie immer unter Sedierung über sich ergehen lassen, um die Stiche oder besser Schüsse in ihre Eierstöcke nicht zu spüren. Womöglich hätte sie gezuckt, und der Eingriff wäre danebengegangen.

In der zweiten Phase kam das Hoch, wenn vielleicht zwei Eizellen erfolgreich hatten befruchtet werden können. In ihrem Fall klappte das sogar meistens. Doch war es wohl wegen ihres Alters nie zu dem vom Arzt angestrebten Blastozystenstadium der Embryos gekommen. Ein größeres Embryo hätte, wie er ihr erklärte, eher eine Chance gehabt, sich in ihrer Gebärmutter einzunisten.

Insgeheim vermutete Viktoria, dass ihre Eizellen von vornherein minderwertig und ohne Chance auf Wachstum gewesen waren, der Arzt es ihr bloß verschwiegen hatte, um sie bei Laune zu halten. Schließlich war sie eine Goldgrube für ihn.

Das letzte Glied in der IVF-Kette war der Embryotransfer. Wenn er es einrichten konnte, war ihr Mann dabei anwesend und hielt ihre Hand. Immerhin war dies der offizielle Moment der Empfängnis, wenn auch steril und ohne Romantik.

Irgendwo hatte sie gelesen, dass sie nach dem Eingriff unbedingt so lange wie möglich liegenbleiben sollte, um die Chance einer Einnistung des Embryos zu erhöhen. In ihrem Einzelzimmer der Privatklinik am Starnberger See war das kein Problem. Stundenlang lag sie unbeweglich im Bett und visualisierte, wie die eingepflanzten Zellen Wurzeln im gut durchbluteten Inneren ihres Uterus schlugen.

Es hatte alles nichts genützt. Nach zwei Wochen setzte unweigerlich ihre Monatsblutung ein. Jeden Monat das gleiche Gefühl des Versagens, der Wut über den eigenen Körper, der Ärger über das rausgeschmissene Geld.

Wenn sie abgehetzte, übergewichtige Mütter mit ihrem Nachwuchs beobachtete, wie sie sich durch die Fußgängerzone schleppten und wie die Kleinen angeschnauzt wurden, packte sie der Zorn über die Ungerechtigkeit des Schicksals. Diese Frauen wollten oft doch gar keine Kinder. Sie verdienten sie nicht einmal. Was konnten sie ihnen schon bieten? Und trotzdem brachten sie eins nach dem anderen auf die Welt, während sie selbst leer ausging. Was für ein exquisites Dasein hätte sie ihrem Kind bieten können.

Sie brachte schließlich nicht mehr die Energie auf, irgendwelche weiteren Strategien anzuleiern. Ihrem Mann war es ohnehin einerlei. Zwar hatte er sie in den IVF-Zeiten unterstützt, doch sie vermutete, dass er im Grunde lieber kinderlos blieb. Sein Naturell war träge und bequem, und bei Männern tickte sowieso keine biologische Uhr. Er könnte noch wie Charlie Chaplin mit achtzig ein Kind zeugen, wenn er ein williges Opfer dafür fand.

Zu dem Zeitpunkt, als sie bereit war aufzugeben, kam Julias Schwangerschaft wie gerufen. Eine labile Patientin, der eine Abtreibung nicht zuzumuten war. Viktoria wusste, sie würde Julia sicher durch die kommenden Monate manövrieren. Ein zusätzlicher Bonus jedoch war, dass sie selbst als psychologische Beraterin bei der Münchner Adoptionsstelle tätig war. Es kostete sie nicht viel Überzeugungstaktik, um zu garantieren, dass sie und ihr Mann als einzige Kandidaten für dieses Baby in Frage kamen.

All diese glücklichen Fügungen! Die Monate von Julias Schwangerschaft zogen sich zäh hin und forderten weit mehr Unterstützung von Viktoria, als sie normalerweise ihren Patienten zukommen ließ. Aber der Einsatz wurde belohnt.

Nach der Geburt durften sie die Kleine sofort mit nach Hause nehmen. Den geringfügigen Schönheitsfehler nahm sie auf die leichte Schulter, selbst wenn er Ella anfangs doch erheblich verunstaltete. Man hatte sie aber beruhigt: Nach den notwendigen Operationen würde man nichts mehr von der Lippenspalte sehen. Und das stimmte. Jetzt, nach dem zweiten Eingriff, sah ihre Mundpartie fast normal aus.

Es passte auch ausgezeichnet, dass Julia kurz nach Ellas Geburt unter postnataler Depression zu leiden begann. Nicht weiter erstaunlich bei ihrer fragilen Konstitution. Und dass sie dann eine Überdosis Schlaf- und Beruhigungstabletten schluckte. Wer zum Teufel hatte ihr die bloß verschrieben? Vielleicht hatte sie sie teilweise von ihrer Freundin Karen bekommen, die ja im Krankenhaus arbeitete. Oder sie hatte sie sich über die Jahre verschreiben lassen und gehortet.

Jedenfalls entpuppte sich der Suizidversuch für Viktoria als Vorteil. Denn damit kam sie aus der Schusslinie. Wie sie am Telefon von Julias Hausarzt Dr. Liebig erfuhr, pumpte man Julia zuerst den Magen aus und stabilisierte sie physisch.

Anschließend verbrachte sie ein paar Monate lang stationär in einer psychotherapeutischen Klinik bei Freising. Viktoria hatte Julia schon fast vergessen, als sie nach Wochen einen Brief von ihr bekam. Sie schrieb, sie wolle die Therapie bei ihr beenden. Viktoria fand ihren Ton zwar anmaßend, verspürte nichtsdestotrotz große Erleichterung über diese Entscheidung. Sie hätte sonst emotionale Verwicklungen bei sich befürchtet, mit Ella bei sich zu Hause und Julia in ihrer Behandlung. So aber konnte alles fein säuberlich ad acta gelegt werden.

Doch nun diese Briefe. Viktoria seufzt und zieht den Umschlag mit den maschinengeschriebenen Blättern aus ihrer Handtasche, breitet sie vor sich auf dem Tisch aus und überfliegt sie. Auf keinen Fall will sie die Polizei hinzuziehen. Schließlich riskiert sie dann, alles zu verlieren. Wirklich alles. Ihr nächstes Vorgehen im Detail zu planen ist leider schwierig. Es wird vom Zufall abhängen, ob sie ein weiteres Mal ihren Kopf aus der Schlinge ziehen kann.

Julia auszuschalten ist ihr durchaus schwergefallen, aber sie muss sich loben. Wer hätte gedacht, dass sie zu einem perfekten Mord fähig ist, noch dazu, ohne ihn zu planen? Doch jetzt dieser Unbekannte. Sie ist bereit. Heute Abend wird sich alles entscheiden.

29

Versonnen öffnet sie den kleinen Plastikbehälter mit Quinoa und gedünstetem Broccoli und verzehrt einige Gabeln voll. Sie kaut gründlich, schluckt und wartet, ob es ihr ohne Schmerzen bekommt. Dann isst sie den Rest.

In letzter Zeit hat das Schicksal sich gegen sie verschworen. Nicht genug, dass sie an Krebs erkranken muss und infolgedessen auf einer tickenden Zeitbombe lebt. Irgendwer hat von ihrem Geheimnis Wind bekommen. Und versucht jetzt, sie zu erpressen. Sie kann sich beim besten Willen nicht vorstellen, wie das hat geschehen können. Eine Adoption unterliegt doch strengster Geheimhaltung der Namen aller Beteiligten.

Ihr Mann schwebt in seliger Unwissenheit darüber, wie raffiniert Viktoria dies getrickst hat. Er ist ja so naiv und vertraut ihr blindlings. Die jetzige Herausforderung scheint ihr äußerst brenzlig, und sie muss sie allein bewältigen. Dieser Verbrecher will Geld, zwei Millionen Euro. Lächerlich. Als ob ein Erpresser sich jemals mit einer einzigen Zahlung zufriedengeben würde. Nein, er muss um jeden Preis ausgeschaltet werden.

Und zu allem Überfluss hat dieser Kriminelle auch Julia in Viktorias Geheimnis eingeweiht. Die vor einigen Tagen verrückterweise am Nachmittag bei ihr zu Hause aufkreuzte. Woher sie bloß Viktorias neue Adresse hatte?

Dabei war die ganze Familie, nachdem Ella dazugekommen war, so anonym wie möglich in ein Landhaus weit draußen vor München umgezogen. Kinder brauchen frische Luft, einen Garten, Natur. Irgendwann einmal einen Hund oder eine Katze. Ihr Mann ist mit seinem Beruf glücklicherweise ortsunabhängig und hat sich deshalb auch nicht quergestellt, obwohl er behauptet, ein Stadtmensch zu sein. Aber solange sie bezahlt ... Es geht ihm im Grunde nur um seine Bequemlichkeit. Wie bestechlich er doch ist.

Natürlich war schnelles Handeln angesagt, als Julia vor der Tür stand. Handeln, bevor Mann und Kind zurückkehrten. Zum Glück befanden die sich mit Freunden im Zoo. Viktoria schüttelt den Kopf und lächelt. Sie empfindet großen Stolz auf sich, wie geistesgegenwärtig und effizient sie das Problem an dem bewussten Nachmittag gelöst hat. Schade, dass sie diese Erfahrung mit niemandem teilen kann.

Jetzt fühlt sie sich so erschöpft wie unter Jetlag. Dass es bereits dunkel wird, hilft nicht gerade, sie wieder munter zu machen. Wenn sie wenigstens einen Kaffee trinken könnte. Doch der bekommt ihr nicht mehr. Der Pfefferminztee ist kalt und abgestanden, und sie hat nicht einmal die Energie, den Wasserkocher zu füllen und sich einen neuen aufzugießen.

Draußen wartet Wilbert bereits - für heute der letzte Patient. Seine bipolare Symptomatik hat sich durch den kürzlichen Tod seiner Mutter in den vergangenen Wochen beträchtlich verschlimmert. Zurzeit befindet er sich jedoch zum Glück eher in einer depressiven Phase, was Viktoria im Moment gerade noch erträglich scheint.

Sie mustert sich im Spiegel über dem Spülbecken der winzigen Kochecke, massiert sich kurz zur Belebung die Ohrläppchen und öffnet dann die Tür zum Wartezimmer. Ein kleiner, beleibter Mann stemmt sich mühsam aus dem Stuhl gleich neben der Tür hoch.

"Bitte, Herr Wilbert", sagt sie mit einladender Geste. Erst in diesem Moment nimmt sie, halb von der Zimmerpalme verdeckt, die andere Wartende wahr, ein unbekanntes Gesicht. Hat sie in dieser ganzen Hektik etwa eine neue Patientin angenommen und vergessen, sie im Kalender einzutragen? Es würde sie nicht wundern.

Sie wird die Frau unter irgendeinem Vorwand wieder nach Hause schicken, den Termin umbuchen. Die Zeit drängt. Unmöglich, eine weitere Stunde anzuhängen. Vor ihren Augen flimmert es bedrohlich. Ihr Kreislauf spielt verrückt. Sie schnalzt in ihrer Vorstellung mit den Fingern, ein kleiner Trick, um sich wieder auf der Ebene der Tatsachen zu verankern.

Wenn ihre Patienten wüssten, welcher Tumult derzeit in ihrem Kopf herrscht, würden sie schreiend die Flucht ergreifen. Doch sie kann sich auf ihre professionelle Maske verlassen.

"Einen kleinen Moment", sagt sie zu der Unbekannten. Sie begleitet Wilbert zum Behandlungszimmer, lässt ihn Platz nehmen, schließt dann die Tür und kehrt zurück zum Wartezimmer. Die Frau hat sich erhoben und tritt ihr entgegen. Sie trägt Steppmantel und Strickmütze, als wollte sie nicht lange hier verweilen. Gut. Etwas in ihrem Gesicht kommt Viktoria vage bekannt vor, diese eigenartige Augenpartie mit den hohen Wangenknochen vielleicht.

"Haben Sie einen Termin?"

"Nein, ich bin mit dem Herrn hereingekommen."

Die Fremde schaut sie erwartungsvoll an. Viktoria spürt, wie sich ihr Körper anspannt. Überraschungen ist sie im Moment nicht gewachsen. Sie atmet tief durch und hebt fragend die Augenbrauen.

"Entschuldigen Sie mein Eindringen. Aber ich konnte nirgends Ihre Telefonnummer finden. Und ich muss Sie äußerst dringend sprechen."

Die Frau macht eine kurze Pause. Die Dame gefällt mir nicht, denkt Viktoria. Hat sie möglicherweise etwas mit der Erpressung zu tun? Aber warum kreuzt sie dann hier auf? Viktoria tritt langsam zurück und verschränkt die Arme vor der Brust.

"Mein Name ist Regine Bonewitz", sagt die Frau. "Ich bin die Tante von Julia Winterfels, einer früheren Patientin von Ihnen."

"Julia Winterfels", wiederholt Viktoria. Ihr Herz setzte ein paar Schläge aus. "Mein Gott ja, was für eine schreckliche Geschichte! Ich habe gestern in der Zeitung von ihrem Selbstmord gelesen."

Zutiefst betroffen schüttelt Viktoria den Kopf. "Es ist schon eine ganze Weile her, seit ich Julia zuletzt gesehen habe, und ich hatte gehofft, sie sei mittlerweile wieder stabil. Es tut mir aufrichtig leid."

Voller Mitgefühl nimmt sie die Hand der Frau in ihre beiden Hände.

"Aber wie Sie wissen, wartet gerade ein Patient auf mich. Wenn Sie mich also bitte entschuldigen würden ...".

Sie eilt an der Frau vorbei, um ihr die Ausgangstür zu öffnen und sie hinauszukomplimentieren. Doch die macht keinerlei Anstalten zu gehen.

"Kein Problem, ich kann hier warten. Haben Sie anschließend noch Termine?"

Viktoria öffnet den Mund und ist versucht, weitere Patienten zu erfinden, besinnt sich aber eines Besseren. Es ist klüger, Julias Tante so schnell wie möglich abzuwimmeln. Sie darf auf keinen Fall im Wartezimmer herumsitzen. Nach der Stunde mit Wilbert gibt es nicht die geringste Zeit zu verlieren. Die Übergabe soll um 16.30 Uhr stattfinden.

"Nein, bitte, Sie können hier nicht warten. Die Praxisräume sind meinen Patienten vorbehalten. Wenn Sie unbedingt mit mir sprechen möchten ...".

Viktoria bemüht sich vergeblich, einen klaren Gedanken fassen. Die Frau wirft ihr einen forschenden Blick zu.

"Geben Sie mir doch Ihre Handynummer, ich werde Sie anrufen", schlägt Viktoria schließlich vor.

Während Julias Tante eine Nummer auf einen Zettel notiert, atmet Viktoria erleichtert auf. Das verschafft ihr Raum zum Überlegen. Nicht dass sie diese Bonewitz als Bedrohung erlebt. Sie wird ihr nur das Beste über Julia erzählen, damit diese ihrer Tante in guter Erinnerung bleibt.

30

REGINE

Es hat wieder heftig zu schneien begonnen. Häuser, Menschen und Autos sind verwischt wie in einer Kreidezeichnung erkennbar. Scheinwerfer bohren sich durch die treibenden Flocken. Streulastwagen brummen langsam die Straßen entlang und verwandeln die Schneedecke in grauen Matsch.

Nach dem Gespräch mit Frau Ambusch brauchte ich frische Luft. Deshalb stapfe ich jetzt durch ein Labyrinth von Nebenstraßen zurück zu Julias Wohnung. Eine altvertraute Gegend, die mir hinter den Schneeschleiern fremd erscheint. Es ist nicht einmal halb fünf nachmittags, und doch herrscht schon Dunkelheit. Ich fühle mich geschützt und unwirklich wie eine Figur unter einer gläsernen Glocke, in der es schneit, wenn man sie schüttelt.

Diese Ambusch – bestimmt eine faszinierende Frau. Sie entspricht so gar nicht dem Bild, das ich mir vorher von ihr gemacht habe. Jünger und anziehender als erwartet, eine anziehende Frau mit Geschmack. Mein erster Eindruck ist, dass sie weiß, was sie will. Sie tritt so selbstsicher auf. Schlank, mit einem fedrigen Kurzhaarschnitt, der ihrem schmalen Gesicht schmeichelt. Strahlt Ruhe aus, wie ich es von einer Psychotherapeutin erwarten würde. Obwohl mich dieses gekünstelte Lächeln, bei dem sie die Mundwinkel nach unten zieht, irritiert hat. Aber Unvollkommenheiten machen Leute ja interessant. Ich bin nicht sicher, was ich von ihr halten soll. Sie wirkt gleichzeitig unnahbar und liebenswürdig.

Aber sie schien erschrocken, als ich mich vorstellte. Befürchtet sie, ich wollte sie wegen Julias Selbstmord zur Rechenschaft ziehen?

Hinter mir nähern sich Schritte, die mich schon eine Weile verfolgt haben müssen. Der Schnee knirscht, jemand ist mir auf den Fersen. Ich wäre doch besser die Leopoldstraße hochgelaufen, wo mehr Leben herrscht. Ich spiele blitzschnell ein paar Möglichkeiten durch. Zum Beispiel, was würde aus Joe, wenn ich einem Verbrechen zum Opfer fiele? Sicher bliebe er in Elmhill; er hat sich da prächtig eingelebt. Aber würde er sich ausreichend um die Hunde kümmern? Sie sind so auf mich fixiert.

Nur nicht paranoid werden. Dennoch beschleunige ich mein Tempo. Auch die Schritte hinter mir werden rascher. Und wenn ich mich umdrehe, die Person konfrontiere? Oder stehenbleibe und sie einfach vorbeilaufen lassen? Abrupt halte ich an und bücke mich, um an einem Stiefel herumzuhantieren.

Eine in dickem Anorak verpackte Passantin, die Kapuze tief ins Gesicht gezogen, stürzt um ein Haar über mich. Sie hastet vorbei und grollt unwirsch: "Ja so passen's doch auf, Sie!"

Im nächsten Moment verschwindet sie im Schneetreiben. Erleichtert richte ich mich wieder auf und lasse die Spannung von mir abfallen.

Die Wohnung liegt schweigend im Halbdunkel, das nur vom weißen Licht der Straßenlampen erhellt wird. Karen scheint nicht zu Hause zu sein. In der Küche finde ich einen Zettel auf dem Tisch, den ich anscheinend am Morgen übersehen habe. Verwundert lese ich:

"Falls nötig, hier die Adresse von Frau Ambusch."

Darunter eine Murnauer Anschrift. Karen muss in der Zwischenzeit doch schon einmal nach Hause gekommen sein. Vielleicht hatte sie heute früher Schluss.

"Karen?" Ich klopfe an die Tür zu ihrem Zimmer, warte einen Moment und öffne sie. Doch da ist niemand. Unter der kalten Deckenlampe erscheint der Raum aufgeräumter als am Morgen. Das Bett ist gemacht, darüber verteilt liegen ordentlich gefaltete und aufeinandergestapelte Kleidungsstücke. In der

Ecke steht ein großer Koffer. Wahrscheinlich für ihre Brasilienreise. Aber wann will sie denn fahren? Sie hat es mir gegenüber ja nicht einmal erwähnt. Ich kann mir kaum vorstellen, dass sie mich jetzt im Stich lässt. Zumindest bis zu Julias Beerdigung wird sie hoffentlich bleiben.

Der Umschlag vom Reisebüro Fernweh liegt wie heute früh auf einem der Nachttische. Rasch ziehe ich den Inhalt heraus. Flugtickets nach Rio de Janeiro, wie ich mir schon gedacht habe, für Karen und Tobias. Ich überfliege die Angaben, dann stutze ich. Das kann nicht stimmen. Es sind Einwegtickets. Und der Flug geht morgen um 11.40 Uhr.

31

VIKTORIA

Sie spürt die Anspannung ihrer Nerven wie ein zu straff gespanntes Schiffstau. Hoffentlich wird es nicht reißen und sie zum Kentern bringen. Erleichtert registriert sie, dass auf dem Bahnsteig, wie um diese Uhrzeit auf der U-Bahn Haltestelle Marienplatz zu erwarten, hoffnungsloses Gedränge herrscht. Das kommt nicht nur ihrem Feind, sondern auch ihr selbst zugute.

Sie trägt Fleecehandschuhe, eine Jeans und einen schwarzen, knielangen Parka, der sie unförmig erscheinen lässt. Ein billiges Ding, das sie anschließend entsorgen wird. Die mit Kunststofffell besetzte Kapuze hat sie so tief wie möglich über ihr Gesicht gezogen. Vielleicht wäre die dunkle Langhaarperücke gar nicht nötig gewesen, aber sie wollte auf Nummer sicher gehen. Mit der verspiegelten Sonnenbrille wird sie endgültig niemand mehr erkennen. Schweiß, den sie nicht wegwischen kann, rinnt ihr über Stirn und Oberlippe. In ihrer rechten Hand trägt sie, wie vereinbart, einen Diplomatenkoffer. Der soll die zwei Millionen enthalten, ist allerdings nur mit Taschenbüchern aus einem Secondhand-Shop gefüllt.

Sie drängt sich durch die Wartenden, bis sie das Ende des Bahnsteigs erreicht. Auf der letzten Bank vor dem Eingang zum Tunnel sitzen zwei alte Frauen, die auf Bayerisch über Wetter und mangelhaften Streudienst herziehen. Links neben den beiden hat eine stark geschminkte junge Frau im eleganten Kaschmirmantel Platz genommen und zu ihren Füßen eine größere Anzahl an Einkaufstüten mit noblen Labels drapiert. Sie studiert mit affektierter Ungeduld den über dem Bahnsteig hängenden Monitor mit den Angaben zu den als Nächste einfahrenden U-Bahnen.

Viktoria stellt den Aktenkoffer vorsichtig ab und klemmt ihn zwischen ihre Beine. So steht sie eine Zeitlang neben der Bank an die gefliese Wand gelehnt. Sie rümpft die Nase. Es stinkt nach Abgasen und Abfällen.

Sie ekelt sich vor diesen überfüllten Bahnsteigen, vor dem Schmutz der Menschenmassen, vor der unausweichlichen körperlichen Nähe zu all diesen Fremden. Deshalb fährt sie grundsätzlich mit dem Auto zur Arbeit, obwohl sie regelmäßig im Stoßverkehr steckenbleibt. Lieber das, als sich auf den Rotz eines vergrippten Mitreisenden setzen zu müssen.

Ohne den Kopf zu bewegen, lässt sie die Augen herumwandern. Niemand scheint von ihr Notiz zu nehmen. Niemand erweckt auf den ersten Blick ihr Misstrauen. Aber ihr Gegner ist schlau. Er wird sich bestimmt erst im letzten Moment zeigen.

Ein eisiger Luftzug kündet an, dass ein Zug herannaht. Die junge Frau erhebt sich rasch von der Bank, greift nach den Einkaufstaschen und stürmt in Richtung der sich mit einem Zischen öffnenden Türen. Sogleich eilt Viktoria zu dem leergewordenen Platz und setzt sich. Die tratschenden alten Damen schenken ihr keinen Blick. Viktoria schiebt den Koffer unauffällig hinter die Bank, ohne sich zu bücken.

Sie atmet tief durch und lehnt sich zurück. Wie ein Mantra wiederholt sie sich, dass sie in diesem aufgeregten Gewühle kein Mensch bemerken, geschweige denn sich später an sie erinnern wird. Natürlich registriert sie die Kameras, die alles aufzeichnen. Und wenn schon. Ihre Tarnung ist perfekt.

Nach einigen Minuten erhebt sie sich langsam und drängt sich durch die Menge. Sie postiert sich von einer Säule verdeckt an einem Platz, von dem aus sie die Bank trotz des Gedränges im Auge behalten kann.

Bahnen kommen und gehen. Die zwei alten Frauen sind längst in eine davon eingestiegen. Nun sitzen drei Jugendliche auf der Bank, die herumalbern und sich ihre Kopfhörer teilen. Neben ihnen hat jemand Platz genommen, der wie ein unscheinbarer junger Mann aussieht. Er trägt einen dunklen Anorak, dazu eine gestrickte Mütze und eine Hornbrille; der Rest des Gesichts verschwindet hinter einem Schal.

Plötzlich geht es sehr schnell. Als die nächste Bahn bereits zu hören ist, springt der Kerl auf, in der Hand den Aktenkoffer. Er schiebt sich durch die Wartenden, bis an die Kante des Bahnsteigs. Viktoria drängt sich ebenso flink hinter ihn. Im Bruchteil einer Sekunde versetzt sie ihm mit aller Kraft einen Stoß, so dass er mit einem gellenden Schrei auf die Schienen stürzt. In genau diesem Moment gleitet die Bahn herein und über ihn hinweg.

Menschen kreischen entsetzt auf, Chaos breitet sich aus. Niemand bemerkt, wie die dunkel gekleidete Gestalt mit der Kapuze sich aus dem Tumult herauswindet und auf der Rolltreppe nach oben entschwindet.

Als sie endlich an der Oberfläche angelangt, schlittert Viktoria durch den Schneematsch rasch in einen dunklen Hauseingang neben einem der hellerleuchteten Geschäfte. Hektisch reißt sie sich Mantel, Jeans, Sonnenbrille und Perücke vom Körper, stopft alles in eine mitgebrachte Plastiktüte und wirft sie in einen der Müllcontainer, an denen sie vorbeiläuft.

Sie stolpert fröstelnd in ihrem dünnen Wollkleid durch die Fußgängerzone, den Kopf gesenkt, bis sie in die Seitenstraße einbiegt, wo ihr Auto parkt. Ihr Herz droht zu zerspringen, der Schmerz in der Magengegend frisst sich wie eine Meute von Ratten durch ihre Mitte. Sie schwitzt und friert gleichzeitig und schnappt nach Luft. Dann überkommt sie wieder dieser Hustenreiz. Sie hustet heftig, vornübergebeugt, bis sie sich beinahe erbricht. Die kleinen Blutspritzer auf dem Schnee und das Ziehen in ihrer Brust registriert sie in diesem Moment nur flüchtig. Darum wird sie sich kümmern müssen, wenn der Alptraum vorüber ist.

Die Aktion hätte nicht besser laufen können, denkt sie erleichtert. Sie hofft bloß, dass der Erpresser ein Einzeltäter gewesen ist.

32

REGINE

Eine Tasse Kaffee nach der anderen, und jetzt vibriert jede Zelle meines Körpers so unangenehm, als stünde er unter Strom. Den ganzen Tag lang scheine ich nichts weiter zu mir genommen zu haben. Oder doch, ein Stück Quiche im Breitwegerich.

Vor wenigen Minuten hat Joe mich angerufen.

„Wie ist dein Tag gelaufen,Gine?"

Meine Anspannung schraubt sich um ein paar Drehungen zurück.

„Joe! Wie schön, dich zu hören. Ich weiß gar nicht, wo ich anfangen soll. Mir ist, als ob seit gestern einige Skelette aus meiner Vergangenheit wieder lebendig geworden sind."

„Verstehe kein Wort", sagt er.

„Macht nichts, ich erkläre das später." Ich zögere. "Ich habe Julia gesehen, in der Pathologie."

Er schweigt.

„Ein Schock. Nicht nur, sie tot zu sehen. Auch, was für eine schöne Frau sie war. Was für eine furchtbare Vergeudung eines Lebens!"

Vergeblich versuche ich, ein Schluchzen zu unterdrücken. Mit Joe als Zuhörer begreife ich zum ersten Mal das Ausmaß dieser Tragödie. Vorher war ich in eine Art Taubheit gefallen, um durchzuhalten.

„Ach Gine!" Sein Ton ist sanft und mitfühlend. „Ich hätte dich nie fahren lassen dürfen."

„Und wer hätte sich dann um Julias Beerdigung gekümmert?" Ich schniefe und wische mir über die Nase.

„Hast du deine Schwester erreicht?"

„Was glaubst du? Sie ist verschollen. Ich habe in diesem Kloster für sie eine Nachricht hinterlassen. Aber von Mona war nichts anderes zu erwarten."

Im Hintergrund ertönt ein Grollen, dann wütendes Gebell. Ein zweiter Hund fällt ein.

„Shut up", schreit Joe. „Poppy! Ruby! In your baskets!"

„Wie geht es den beiden?" rufe ich, um durch den Krawall zu ihm durchzudringen.

Jetzt scheinen sie sich murrend zu fügen; es herrscht wieder Ruhe in der Leitung. Joe lacht. Seine tiefe, heisere Stimme ist mein Zuhause, gestehe ich mir ein. Meine Sicherheit. Ich wünschte, ich könnte mich an ihn kuscheln, ohne an irgendetwas zu denken.

„Sie vermissen dich schrecklich", neckt er mich. „Liegen trauernd vor der Haustür und rühren ihr Futter nicht an."

„Im Ernst?"

„Das hättest du gern, was? Aber du weißt doch, sie lieben immer nur die Hand, die sie füttert. Die zwei weichen mir nicht von den Fersen, diese korrupten Mistviecher!"

Er lacht, und ich seufze erleichtert. Eine Sorge weniger. Die beiden hängen an Joe. Oder besser, ihn respektieren sie mit soldatischem Gehorsam. Mich beuten sie schamlos aus, weil sie mein Schmusebedürfnis und zu weiches Herz kennen. Joe würde ihnen niemals Bissen vom Tisch zuwerfen. Ich dagegen lasse von meinem Essen immer ein paar Leckerbissen für sie übrig, die ich ihnen unter dem Tisch reiche.

„Was ist sonst geschehen? Hast du etwas über Julias Leben erfahren? Warum sie sich umgebracht hat?"

Ich überlege, was ich ihm auf die Schnelle sagen kann.

„Sie hatte ein Baby. Eine Tochter", sage ich.

Wieder Schweigen auf seiner Seite. Ich stelle mir sein Gesicht vor, wie er die Stirn runzelt, den Kopf schüttelt.

„Aber ...", sagt er und verstummt.

„Sie hat das Kind nach der Geburt zur Adoption freigegeben. Die Kleine wird jetzt zwei Jahre alt sein. Hoffentlich hat sie ein gutes Zuhause gefunden."

Ich beiße an einem Hautfetzen an meinen Zeigefingernagel herum. Leise summen die Heizkörper. Die Luft in der Wohnung ist erstickend und trocken.

„Das sind ja Neuigkeiten", meint er schließlich.

„Mir hat es auch die Sprache verschlagen. War wohl eine äußerst schwierige Zeit für Julia, wie Karen mir erzählt hat. Zum Glück war sie nicht völlig allein auf sich gestellt. Julia ging regelmäßig zur Therapie. Und diese Karen scheint in Ordnung zu sein."

Ich schaue auf meine Armbanduhr. Es ist schon halb sieben; wo bleibt Karen nur? Ich stehe am Fenster, starre in das Schneetreiben hinaus und trommele mit den Fingernägeln auf das Fensterbrett.

„Was für eine Tragödie", murmelt Joe. „Vielleicht hätte ich dich doch begleiten sollen. Etwas viel auf einmal, was?"

Es klingelt es an der Wohnungstür. Ich schrecke zusammen.

„Du, ich muss jetzt Schluss machen. Da ist jemand an der Tür."

„Pass gut auf dich auf, mein Schatz!" Er klingt erleichtert, aber auch besorgt. Die Missstimmung zwischen uns scheint vergessen zu sein.

„Du auch", sage ich und beende das Gespräch.

Ich schaue auf die Straße hinunter, kann aber niemanden auf dem Gehsteig sehen. Vermutlich Karen, die ihren Haustürschlüssel vergessen hat. Ich spähe durch den Spion. Im Flur ist es stockduster.

"Ja bitte?" sage ich in den Hörer der Sprechanlage.

"Hier ist die Polizei. Können wir heraufkommen? Wir müssen mit Ihnen sprechen."

Ein Schock durchfährt mich. Ich drücke auf den Türöffner und höre, wie unten die Haustüre aufspringt. Stimmen dringen herauf, der Lift wird gerufen. Wartend stehe ich in der geöffneten Wohnungstür.

Es sind zwei Polizeibeamte, ein Mann und eine Frau. Die Namen, mit denen sie sich vorstellen, vergesse ich im selben Moment. Sie nehmen die Schirmmützen ab und halten sie in der Hand, so wie ich es aus deutschen Krimis kenne, die ich mir in England über Satellit anschaue. Die Kopfbedeckung wird abgenommen, wenn es eine schlimme Nachricht zu übermitteln gibt.

Vor meinen Augen beginnt es bedrohlich zu flimmern. Ich zwinkere und kämpfe gegen die aufsteigende Übelkeit an. Nicht noch eine Hiobsbotschaft. Es kann nur mit Julias Tod zu tun haben. Haben sie einen Tatverdächtigen gefasst? Sie ist also tatsächlich umgebracht worden. In was für ein Drama bin ich geraten. Meine Beine zittern, ich muss mich unbedingt setzen.

Ich bitte die Beamten ins Wohnzimmer, deute auf die Sessel und lasse mich auf das heruntergerutschte Futonsofa fallen. Eigentlich will ich gar nicht hören, was sie mir zu sagen haben. Die Polizistin sieht mich mitfühlend an.

"Wohnen Sie hier?"

"Ich äh... nein, nicht direkt. Ich bin zu Besuch aus England. Meine Nichte Julia ist ... vor wenigen Tagen gestorben, und ich bin hergekommen, um mich um alles Notwendige zu kümmern. Ihre Freundin Karen Glashauser, die wohnt hier. Sie müsste eigentlich längst wieder zu Hause sein."

"Also Sie sind ...?"

"Regine Bonewitz." Meine Stimme bebt unkontrolliert, und meine Zunge ist so trocken, dass sie sich nur schwer bewegen lässt.

Die Beamtin blickt kurz zu ihrem Kollegen hinüber. Dann räuspert sie sich.

"Heute Abend ist ein schlimmer Unfall geschehen, im U-Bahnhof Marienplatz", sagt sie mit leiser, aber fester Stimme.

"Ein Unfall? Was ist passiert?" Ich halte den Atem an. Mein ganzer Körper zittert jetzt unkontrollierbar.

Der männliche Beamte ergreift das Wort.

"Karen Glashauser ist heute Abend um siebzehn Uhr dreiundzwanzig vor die einfahrende U-Bahn gestürzt."

"Sie ... sie hat es leider nicht überlebt." Die Polizistin ist viel zu jung, um solche furchtbaren Nachrichten zu überbringen. Ihr Gesicht wirkt blass und winzig unter dem roten Lockenschopf. Sie hält sich sehr aufrecht. Ihre Miene verrät Mitleid, gepaart mit Sachlichkeit.

"Oh nein! Oh mein Gott!" Ich schlage meine Hände vor den Mund. Karen? Es dauert einen Moment, bis das Gesagte einsickert.

"Sind Sie sicher?"

Der Beamte nickt. "So gut wie. Wir haben Frau Glashausers Ausweis bei der Leiche gefunden. Allerdings wird eine endgültige Identifizierung noch eine Weile dauern."

Er blickt mich kühl und abwägend an. Die steife Uniform zwängt seinen korpulenten Körper wie ein Korsett ein.

"Wie ist denn das bloß passiert?" Meine Arme und Hände sind taub, als habe etwas die Blutzufuhr abgeschnitten.

"Das wissen wir noch nicht genau". Er streicht sich über die dürftigen, nach hinten gekämmten Haare, durch die rosige Kopfhaut schimmert.

"Es herrschte natürlich Hochbetrieb um halb sechs", erläutert er. "Die Bahnsteige gerammelt voll, wie üblich zur Stoßzeit."

"Glauben Sie, sie ist zufällig gestürzt?" Ich schaue die beiden Beamten an. Sicher wäre es möglich, im Gedränge angerempelt zu werden und dann vom Bahnsteig hinunterzufallen. Wahrscheinlich hat der U-Bahn-Fahrer nicht rechtzeitig bremsen können.

"Bis auf Weiteres behandeln wir den Vorfall als einen Unfall." Der Polizist überlegt einen Augenblick. "Wie gut kannten Sie denn die Frau Glashauser?"

Ich blinzele und versuche, einen klaren Gedanken zu fassen. Das geht mir alles viel zu schnell. Die Worte laufen vor mir weg, und ich komme nicht hinterher. Ich blicke ihn verständnislos an.

„Wie bitte?"

Er wiederholt seine Frage, in betont langsamem Bayerisch, so wie Bayern manchmal mit törichten Norddeutschen sprechen. Ich starre auf seine Lippen und überlege.

"Naja ... Im Grunde so gut wie gar nicht, ich bin ja erst seit gestern in München. Warum fragen Sie?"

"Wir versuchen, einen Suizid auszuschließen."

Ich schüttele heftig den Kopf. Schon wieder dieses furchtbare Wort. Auf einmal scheine ich von Selbstmördern umgeben zu sein. Am liebsten würde ich schreiend hinauslaufen.

"Also, ich kenne – oder kannte – Karen viel zu kurz, um beurteilen zu können, ob sie selbstmordgefährdet gewesen sein könnte. Sieht es denn Ihrer Meinung nach so aus, als sei sie mit Vorsatz gesprungen?"

Ich staune, wie rational das klingt. Als wäre ich am Set einer neuen Tatort-Aufzeichnung.

"Das können wir erst dann mit Gewissheit sagen, wenn wir die Videoüberwachung ausgewertet haben", erklärt die Frau. "Obwohl es bei dem Gedränge nicht einfach sein wird, überhaupt etwas zu erkennen."

Ich glaube, ich sehe übel aus, denn die Beamtin reicht zu mir herüber und nimmt meine Hand in ihre.

"Das muss ein schrecklicher Schock für sie sein." Ihre Berührung ist warm und tröstlich.

"Sie sagten, Ihre Nichte sei ebenfalls gestorben?" fragt nun der Mann.

"Ja, sie ist vor drei Tagen tot am Isarufer erfroren aufgefunden worden. Julia Winterfels."

Die beiden schauen sich an.

"Das war Selbstmord, nicht wahr?" Die Frau runzelt die Augenbrauen.

"Angeblich ja. Karen hat mir allerdings gestern erklärt, dass sie nicht an Suizid glaubte. Sie hatte anscheinend einen Verdacht, wer Julia umgebracht haben könnte. Aber leider wollte sie mir am Abend nichts weiter sagen. Und jetzt...".

Ich verstumme. Diese fürchterliche Neuigkeit ist noch nicht bei mir eingesunken. Beide tot, Julia und Karen, murmelt unaufhörlich eine Stimme in mir. Kann das Zufall sein? Meine Gedanken jagen herum, bis mein Kopf fast platzt. Weiße Pünktchen flimmern vor meinen Augen, wohl weil ich zu schnell atme. Ich kann mich nicht erinnern, wie richtig atmen geht, vielleicht weil mein Hals so eng ist. Die Polizistin holt ein Glas Wasser aus der Küche und reicht es mir. In einem Zug trinke ich es aus, verschlucke mich und bekomme einen Hustenanfall. Die beiden beobachten mich wortlos, bis sich der Ausbruch gelegt hat.

"Seltsame Zufälle sind das." Der Mann wiegt den Kopf hin und her. "Aber solche Dinge passieren."

"Trotzdem", wendet die Frau ein. "Diese zwei aufeinanderfolgenden Todesfälle könnten ein neues Licht auf beide Vorgänge werfen. Möglicherweise handelt es sich auch um einen Suizidpakt, das ist nicht auszuschließen ...".

"Weder Julia noch Karen haben Abschiedsbriefe hinterlassen." Ich räuspere mich. "Und jede von ihnen hatte in näherer Zukunft etwas vor. Julia wollte in zwei Wochen in Skiurlaub fahren. Und Karen hatte einen Brasilienurlaub geplant. Sie wollte morgen mit ihrem Freund nach Rio fliegen! Warten Sie einen Moment."

Ich springe auf und hole die Flugtickets aus Karens Zimmer. Nachdenklich studieren sie die Beamten. Der Mann spitzt die Lippen und sieht seine Kollegin vielsagend an.

"Einwegtickets nach Rio de Janeiro. Dieser Tobias Schmitt ...", beginnt er und wendet sich an mich.

"Der Freund von Karen. Ich habe ihn gestern kurz hier gesehen."

"Haben Sie seine Telefonnummer?"

Ich verneine.

"Hat denn die Frau Glashauser Angehörige, von denen Sie wissen?", fragt die Polizistin.

Ich schüttele erneut den Kopf.

"Wie gesagt, ich weiß so gut wie nichts von ihr. Aber warten Sie ... Vielleicht finde ich irgendwo ein Adressbuch."

Auf zitternden Beinen laufe ich zum Telefon im Flur hinüber. Ein abgegriffenes Notizbuch mit rotem Einband beinhaltet etliche Nummern und Adressen in Karens runder Handschrift.

"Hier, bitte nehmen Sie das mit." Ich gebe es der Beamtin.

Die beiden stehen auf. Am liebsten würde ich sie bitten, mir noch etwas Gesellschaft zu leisten, bis ich mich besser fühle. Wie soll ich es nach dieser Nachricht allein in der Wohnung aushalten, ohne durchzudrehen?

"Sollte Ihnen noch etwas einfallen, rufen Sie uns bitte an."

Der Polizist reicht mir eine Visitenkarte. Beide drücken mir zum Abschied die Hand, dann verschwinden sie.

Kaum sind sie gegangen, fällt mir der von Karen geschriebene Notizzettel ein, den ich in meine Hosentasche gesteckt hatte. Ambuschs Adresse. Ich ziehe ihn heraus, betrachte die Angaben, und dann drehe ich das Papier um. Ich schaue genauer hin. Da steht etwas in Bleistift, was ich vorher nicht gesehen habe.

"Wenn Sie diese Nachricht finden, ist mir etwas zugestoßen. Knöpfen Sie sich die Ambusch vor. Und passen Sie auf! Sie ist gefährlich!"

Schwächegefühle und Terror sind plötzlich verpufft, frische Energie schießt durch meine Blutbahn. Die Polizisten würden die Frau von vor wenigen Minuten, die in Verzweiflung und Ängstlichkeit auf dem Futon zusammengeschrumpft war, nicht wiedererkennen. Plötzlich spüre ich wilde Entschlossenheit, wie ein Raubtier, das eine Fährte aufgenommen hat.

Ich verschwende keinen Gedanken daran, die Polizisten zurückzurufen. Fieberhaft durchforste ich Karens Zimmer. Irgendwelche Hinweise auf das, was geschehen ist, muss es doch geben. Ich zerre ihre Klamotten aus dem Schrank, Unterwäsche aus Schubladen. Zum Schluss sieht es im Zimmer wie auf einem riesigen Wühltisch im Schlussverkauf aus. Dann suche ich weiter unter ihrem Bett. Schuhe, Decken, Illustrierte. Als Letztes stemme ich die Matratze hoch.

Ganz hinten auf dem Lattenrost liegt ein großer Papierumschlag. Mit fliegenden Händen zerre ich ihn zu mir und reiße ihn auf. Papiere flattern zu Boden. Ich sinke neben ihnen auf den Teppich, versuche sie zu entziffern. Es scheint sich um eine Reihe von handgeschriebenen Briefentwürfen zu handeln, auf denen vieles durchgestrichen und verbessert ist. Zwei davon sehen wie die Endfassungen aus:

(23.Januar 2012)

Wir wissen, was Sie getan haben. Das nennen Sie professionell? Julia, einer hilflosen Patientin, die Ihnen anvertraut war, ihr Baby abzuluchsen! Dafür werden Sie zahlen, Sie Schlampe. Sie werden bald von uns hören.

(25. Januar 2012)

Jetzt geht es ans Bezahlen.

Übergabe: am 30. Januar 2012.

Summe: 2 Millionen Euro, in unmarkierten Scheinen. Packen Sie das Geld in einen schwarzen Diplomatenkoffer.

Wir rufen Sie am Tag der Übergabe um exakt 16.05 Uhr auf Ihrer Praxisnummer an. Dann erfahren Sie Ort und Zeitpunkt der Übergabe.

Wenn Sie die Polizei einschalten oder nicht zahlen, wissen Sie ja, was passiert. Sie werden alles verlieren. Kind, Praxis, Approbation. Sie und Ihr Mann werden im Gefängnis landen. Also seien Sie vernünftig. 2 Millionen, und Sie haben Ihre Ruhe. Wir sprechen uns.

33

Langsam lasse ich die Papiere auf den Wust von Pullovern und Hosen sinken. Was um Himmels willen hat Frau Ambusch getan? Was hat das alles mit Julias Baby zu tun? Abluchsen? Ist ... Ambusch etwa die Adoptivmutter? Und wenn – wie hat Karen das bloß herausgefunden? Und wusste Julia etwa auch davon?

Mir beginnt zu dämmern, warum Karen sterben musste. Auf alle Fälle war es eine fatale Dummheit von ihr, sich mit der Ambusch anzulegen, statt mit ihrem Wissen zur Polizei zu gehen. Tobias muss auch in die Erpressung verwickelt sein, nach den beiden Flugtickets zu urteilen. Er und Karen haben wohl einfach unterschätzt, wie weit diese Frau gehen würde, um ihren Raub nicht auffliegen zu lassen. Denn das ist es, Kindesraub.

Wären sie zur Polizei gegangen, hätten die beiden natürlich das Geld nicht kassiert, mit dem sie anscheinend in Brasilien ein neues Leben beginnen wollten. Also setzten sie alles auf eine Karte. Verrückt!

Aber warum musste Julia sterben? Ich bin sicher, dass Karen ihr erzählt hat, dass die Ambusch die

Adoptionsmutter von ihrem Baby war. Wahrscheinlich verschwieg sie ihr jedoch den Erpressungsver-
such, um ihre eigenen Pläne mit Tobi nicht zu gefährden.

Ich male mir aus, was sich hier abgespielt haben
muss, als Julia erfahren hat, wie sie in der Therapie
manipuliert worden ist. Sie war nichts anderes als
eine unfreiwillige Leihmutter, die dazu diente, ihrer
Therapeutin ein Kind zu produzieren.

Könnte es sein, dass Julia voller Wut über diesen
Machtmissbrauch die ehemalige Therapeutin kon-
frontiert hat und das mit dem Tod bezahlen musste? Nicht ahnend, wie gefährlich diese Frau war,
hatte sie sich ihr womöglich schutzlos ausgeliefert.

Und dann kommt mir ein weiterer verrückter Gedanke. Angenommen, dass Karen durch ihren Job
im Krankenhaus der Ambusch mit der Kleinen begegnet ist?

Gestern Abend hatte Karen angedeutet, dass sie
Julia gelegentlich zur Therapie gefahren und sie
wieder abgeholt hatte, wenn es ihr zu dreckig ging,
um mit der U-Bahn zu fahren. Vermutlich kannte
Karen die Therapeutin also vom Sehen.

Karen hat mir außerdem erzählt, sie habe bei der
Geburt eine Lippenspalte bei dem Baby entdeckt. Es
wäre zwar ein absurder Zufall, wenn die Operation

dieser Fehlbildung in dem gleichen Krankenhaus stattgefunden hätte, in dem auch Karen arbeitete. Aber möglich ist alles. In meinem Kopf schlagen die wildesten Gedanken Funken und verschmelzen allmählich zu einem Gesamtbild.

Fassungslos überfliege ich erneut die Erpresserschreiben. Jetzt sind beide jungen Frauen tot. Vermutlich umgebracht von jemandem, der sie zum Schweigen bringen wollte. Von Ambusch – oder ihrem Mann?

Der ist sowieso eine unbekannte Größe, fährt es mir durch den Kopf. Hat er von der Erpressung gewusst? War er an den Manipulationen, die Julia dazu brachten, ihr Baby auszutragen und dann fortzugeben, in irgendeiner Form beteiligt? Ist er schuld an Julias und Karens Tod? Hat er beide Morde mit seiner Frau ausgeheckt? Oder sogar begangen?

Mich würde jetzt nichts mehr überraschen. Kein Gedanke erscheint mir zu weit hergeholt. Ich bin auf ein Vipernnest gestoßen und muss aufpassen, von den Biestern nicht gebissen zu werden.

Und ich Idiotin war heute selbst bei dieser Frau, habe ihr gegenübergestanden wie ein dummes kleines Mädchen! Im Nachhinein kommt es mir so vor, als habe sie mich abblitzen lassen. Vermutlich hat sie sich hinterher ins Fäustchen gelacht, dass ich so einfach abzuwimmeln war. Bevor sie sich dann aufgemacht hat, um Karen vor die U-Bahn zu stoßen. Falls sie die Mörderin war.

Ich frage mich, wann Karen und Tobias wohl vorhatten, mich in die ganze Geschichte einzuweihen. Heute Abend? Langsam wird mit klar, warum Karen gestern so zurückhaltend mir gegenüber war und nur hier und da dunkle Andeutungen fallen ließ.

Einerseits wollte sie unbedingt, dass man die Mörder ihrer Freundin Julia fasste. Und dass eine unter illegalen Voraussetzungen eingefädelte Adoption rückgängig gemacht werden würde und die Verbrecher im Gefängnis landeten.

Aber andererseits durfte sie nicht riskieren, dass ich die Polizei verständigte, bevor sie ihr Lösegeld von der Ambusch kassiert und in sonnige Gefilde entflohen war. Erst dann sollte die Wahrheit ans Licht kommen, und zu diesem Zweck hatte sie mich einfliegen lassen. Gut geplant, Karen. Leider war es ziemlich schiefgelaufen.

In diesem Moment schrillt die Türglocke erneut. Sofort beschleunigt sich mein Herzschlag. Ich bin diesen ständigen Überraschungen nicht gewachsen. Gewiss ist das Tobias, der von der Horrormeldung, dass Karen verunglückt ist, noch nichts weiß. Vermutlich kann er es kaum erwarten, das viele Geld zu sehen. Aber vielleicht war er ja auch dort, auf dem Bahnsteig, und hat alles mit angesehen.

Oder ... Mir kommt ein schrecklicher Verdacht. Was, wenn die Ambusch vor der Tür steht? Mich als potentielle Mitwisserin ebenfalls umbringen will? Nein. So amateurhaft würde sie nicht vorgehen. Schließlich könnte sie es riskieren, hier auf die Polizei zu treffen, die Karens Tod untersucht.

Ich schleiche zur Tür und luge durch den Spion. Nichts. Das Treppenhaus liegt in völliger Stille und Dunkelheit. Dann schaue ich von einem der Wohnzimmerfenster aus hinunter auf den Gehsteig. Unten steht eine dunkle Gestalt und blickt zu mir hinauf. In dem Schneegestöber kann ich kein Gesicht erkennen und öffne einen Spalt weit das Fenster.

"Tobias?" rufe ich mit gedämpfter Stimme.

"Ich bin es", antwortet eine Frau. Ihre Stimme kommt mir vage bekannt vor. Ich öffne das Fenster vollständig und beuge mich hinaus.

"Ich bin es", ruft die Frau erneut. "Mona. Bist du das, Karen? Machst du mir bitte auf?"

34

VIKTORIA

Noch vermag sie sich nicht recht über die gelungene Beseitigung des Erpressers freuen. Dafür ist ihre Anspannung weiterhin zu hoch. Jetzt muss sie auch erst einmal etwas essen. Sie biegt auf einen Parkplatz jenseits der Autobahn ein und stoppt den Wagen. Die kommen mit dem Schneeräumen auf der A95 mal wieder nicht hinterher. Das fehlt noch, in dieser Situation einen Unfall zu bauen. Nachdem alles wie geplant gelaufen ist.

Was hat sie jetzt noch zu befürchten? Ehrlich gesagt, selbst wenn der Erpresser einen Mittäter hat, wird der doch mit eingekniffenem Schwanz das Weite suchen. Nachdem sie ihre Bereitschaft bewiesen hat, bis zum Äußersten zu gehen.

Endlich stellt sich eine gewisse Erleichterung ein. Sie füllt eine Plastiktasse mit Pfefferminztee aus der von ihr klugerweise am Morgen vorbereiteten und im Auto deponierten Thermosflasche. Nimmt ein paar Gabeln voll von dem Quinoa-Salat. Ihr Magen bleibt angespannt, aber ruhig. Na also, alles in Ordnung.

Schneeflocken tanzen vor der Windschutzscheibe und hüllen die vor ihrem Wagen geparkten LKWs in wattige Kleider. Einen Moment lang genießt sie die märchenhafte Szene und nippt an ihrem Tee.

Es ist fast neunzehn Uhr. Wenn sie sich beeilt, hat Fred die Kleine noch nicht ins Bett gebracht. Sie könnte Pfannkuchen machen, als Nachthupferl. Zu mehr reichen ihre Kochkünste nicht, das überlässt sie Fred oder dem Kindermädchen. Aber Pfannkuchen beherrscht sie wie ein Profi. Inklusive dem Spektakel, sie in die Luft zu werfen, zu drehen und mit der Pfanne wieder aufzufangen. Das ist jedes Mal ein Riesenerfolg bei Ella. Sie kreischt dann vor Lachen, klatscht in die Händchen und ruft „Noch! Noch!". Dafür würde sie die Dinger am liebsten jeden Abend backen.

Jetzt freut sie sich mächtig darauf, Ella in die Arme zu nehmen. Sie ins Bett zu bringen, die kreisende Mond-und-Sterne-Lampe anzuknipsen und aus dem derzeitigen Lieblingsbilderbuch „Drei am Meer" vorzulesen. Ella ist vernarrt in die drei Figuren Hund, Katze und Maus und freut sich darüber, wie sie in einer wackeligen Hütte am Strand zusammenhausen. Die Kleine, die noch nie Meer oder Strand gesehen hat, lauscht atemlos und zeigt während des Vorlesens mit ihren Fingerchen präzise auf die jeweiligen Illustrationen. Das lässt auf einen guten Schuss Intelligenz schließen.

An der Stelle, an der eines Nachts der boshafte Fuchs hereinkommt, um die Idylle zu zerstören, ziehen sich Ellas Brauen empört zusammen. „Böser Fuchs", empört sie sich und schlägt auf sein Bild. Viktoria liebt Füchse auf Grund ihrer Schläue und Schönheit und versucht regelmäßig, ihr zu erklären, dass sie normalerweise reizende Tiere sind.

Ellas Sonnenscheingemüt hellt noch die düsterste Stimmung auf. Ja, sie ist es wert, dass ihre Mutter mit Zähnen und Klauen für sie kämpft. Wie grandios sie die letzte Operation an der Lippenspalte verkraftet hat! Sie musste nur zwei Tage in der Klinik bleiben. Ihr Mund wirkt jetzt fast normal, obwohl eine minimale Verzerrung mit Narbe zurückbleiben wird. Männer können sich einen Bart darüber wachsen lassen, um dies zu kaschieren. Frauen sind mal wieder benachteiligt. Ihr tapferes kleines Mädchen. Ganz die Mama, was? Viktoria lächelt zufrieden.

Auf der Autobahn herrscht dichter Verkehr. Die Autos fahren langsam, ihre Schlusslichter brennen sich wie Blutstropfen in den Schneevorhang. Viktoria lässt den Motor wieder an, um die Fahrerkabine aufzuwärmen. Noch ein paar Minuten sitzen und entspannen, dann wird sie weiterfahren.

Sie schaltet das Radio an. Und tatsächlich: In den Kurznachrichten Nachrichten auf Bayern Drei wird ein Unfall mit Todesfolgen heute Abend an der U-Bahnstation Marienplatz erwähnt, ohne Angabe zum Opfer selbst. Viktoria atmet erleichtert aus und lächelt. Es hätte an ein Wunder gegrenzt, wenn der Erpresser mit dem Leben davongekommen wäre, aber man weiß nie. Sie schaltet das Radio wieder aus.

Ihre Gedanken schweifen erneut zu Ella. Was für eine geringfügige Rolle spielen doch die Gene bei der Entwicklung der Persönlichkeit. Ihre Bedeutung wird von vielen Wissenschaftlern völlig überbewertet. Frühkindliche Sozialisation, Familie und sonstiges gesellschaftliches Umfeld sind nach Viktorias Meinung weitestgehend für die Entfaltung eines Kindes entscheidend.

Wie gut, dass sie dieses kleine Mädchen vom ersten Tag an dem Schicksal entrissen hat, von einer unverantwortlichen, depressiven Mutter aufgezogen zu werden. Nicht auszudenken! Sie schaudert bei dem Gedanken an Julia.

Da regt sich schon seit Tagen ein winziger Gedanke zu der Erpressungsgeschichte in ihrem Hinterkopf, den sie einfach nicht greifen kann. Sobald sie meint, ihn zu fassen, entzieht er sich wieder. Aber jetzt ... vermag sie ihn festzuhalten.

35

Ja, richtig. Ein kleiner Blitz durchfährt sie. Diese junge burschikose Frau neulich im Krankenhaus vor Ellas Operation; sie lümmelte an der Patientenaufnahme herum und hielt Smalltalk mit einer der Rezeptionistinnen. Ihr spitzes, fuchsartiges Gesicht war Viktoria irgendwie bekannt vorgekommen. Aber sie kennt so viele Leute, hat sich nicht weiter um die leisen Alarmglocken gekümmert. Ellas Ängstlichkeit zu beschwichtigen stand im Vordergrund und ihre eigenen Sorgen, ob die Operation gutgehen würde.

Viktoria startet in Gedanken versunken den Volvo, dirigiert ihn langsam zurück auf die Fahrbahn und reiht sich in den zeitlupenartigen Verkehr ein. Schade – an Pfannkuchen für Ella ist um diese Zeit nicht mehr zu denken.

Eine Eingebung überfällt sie. Plötzlich ist sie sich hundert Prozent sicher. Meine Güte, Julias Mitbewohnerin. Karen! Ein paarmal hatte diese Frau Julia zur Therapie gefahren, während der Schwangerschaft. Sie saß im Wartezimmer und wartete auf ihre Freundin. Zwar waren ihre Haare damals länger und heller. Doch ja, ganz sicher dasselbe Gesicht. Die Frau an der Patientenaufnahme. Viktorias neuer Magen krampft sich zusammen.

Das erklärt auf einmal alles. Dieses Luder. Karen muss Viktoria vor zwei Wochen erkannt haben, als sie mit Ella auf dem Arm zur Operation in der Klinik eincheckte. Und sicher hat sie auch ihre und Ellas persönliche Daten auf dem Formular gelesen. Viktorias neue Adresse, Ellas Geburtsdatum ... Was für ein verdammter Zufall!

Karen hat gewiss gewusst, dass Julias Baby eine Lippenspalte hatte. Denn Julia hatte darauf bestanden, dass ihre Freundin bei der Geburt anwesend war. Wenn Karen Viktoria vor zwei Wochen wiedererkannt hatte, mit einer Zweijährigen, die an einer Lippenspalte operiert werden sollte, hat sie das zumindest neugierig, wenn nicht misstrauisch gemacht. Und dann brauchte sie nur noch das Geburtsdatum Ellas mit dem von Julias Kind zu vergleichen ...

Selbst wenn Karen nicht zu hundert Prozent sicher sein konnte, dass es sich um ein und dasselbe Kind handelte, hatte sie die Chancen dafür wahrscheinlich als groß eingeschätzt. Und zwei und zwei zusammengezählt, dass Julias Therapeutin unprofessionell und manipulativ gehandelt hatte, um dieses Kind zu adoptieren.

„Karen ist unbedingt für eine Abtreibung", erklärte Julia in einer Therapiesitzung. „Sie macht mir die Hölle heiß. Ist richtig sauer auf Sie und meint, ich sollte meinem gesunden Menschenverstand und nicht meiner Therapeutin vertrauen!"

„Ah, das ist also meine große Gegenspielerin", erwiderte Viktoria in scherzhaftem Ton. Innerlich tobte sie vor Wut. Langsam konnte sie den Namen Karen nicht mehr hören. Diese Idiotin hatte ja keinen Schimmer, wie traumatisch sich ein induzierter Abort auf ihre Patientin auswirken würde. Von jahrelangen Schuldgefühlen ganz zu schweigen. Abgesehen davon pfuschte Karen Viktoria in ihre geniale Planung, die gerade Gestalt annahm. In den Plan, in wenigen Monaten endlich ihr eigenes Baby in den Armen zu halten.

Und Karen muss Julia ihre Murnauer Adresse gegeben haben. Viktoria ist sich sicher: Diese Verrückte hat Julia darüber aufgeklärt, wer ihr Baby adoptiert hatte. Kein Wunder, dass Julia plötzlich vor Viktorias Türe stand und Rechenschaft verlangte.

Viktoria stößt einen Wutschrei aus und schlägt mit der Hand auf das Lenkrad ein. Womit hat sie solch ein Pech verdient? Alles ist bisher so glatt gelaufen - fast zu glatt, dachte sie gelegentlich.

Das alles legt nahe, dass es sich bei dem Erpresser um Karen gehandelt hat. Dass sie Karen getötet hat. Recht so! Etwas anderes hat dieses Miststück nicht verdient. Die Nase in die Angelegenheiten Anderer zu stecken, endet eben oft böse.

Sie hätten nach der Adoption auswandern sollen, zumindest in ein anderes deutschsprachiges Land innerhalb Europas, wo Viktoria weiter hätte praktizieren können. Österreich oder die Schweiz, sie hatten darüber diskutiert. Aber Viktoria war nicht bereit, Ihren Münchner Patientenstamm aufzugeben. Woanders hätte sie ganz von vorn anfangen müssen, und das hätte ihre finanziellen Reserven erschöpft. Zumal Fred kaum Geld nach Hause brachte. Und er hing an München. Im übrigen sah er keinerlei Grund dafür, von hier wegzugehen. Er war ja so ahnungslos.

Viktoria stöhnt auf. Warum hat das bloß geschehen müssen? Das Schicksal meint es nicht gut mit ihr. Zwingt sie zu den abscheulichsten Maßnahmen, um das, was ihr gehört, zu schützen. Was sie getan hat, war reine Selbstverteidigung. Bessere Eltern als Fred und sie könnte sich ein Kind nicht wünschen.

36

REGINE

Wie betäubt presse ich die Taste zum Öffnen der Haustür. Ich lausche, wie Mona unten die Halle betritt und den Lift anfordert. Die Flurbeleuchtung schaltet sich ein. Eine Minute später stoppt der Aufzug mit einem Ruck auf meiner Etage, leise Schritte eilen bis zur Wohnungstür. Ich beobachte ihr Näherkommen durch den Spion. Alles in mir sträubt sich dagegen, ihr aufzumachen. Ich bin nicht genügend darauf vorbereitet, meiner Schwester gegenüberzutreten. Hatte geglaubt, mir bliebe mehr Zeit. Wortlos öffne ich die Wohnungstür.

„Regine!" Sie starrt mich an, als sei ich ein Gespenst. „Was machst du denn hier?"

Ihr Gesicht ist kantig, hager. Völlig anders, als ich sie in Erinnerung habe. Das graue Haar trägt sie kurz geschoren – vermutlich gehört das zu ihrem jetzigen Leben als buddhistische Nonne. Ich hatte vergessen, wie groß sie ist, sie überragt mich fast um einen Kopf. In ihrer Kleidung, schwarzen Jeans und Islandpullover, weist allerdings nichts auf ihre derzeitige Lebensform hin.

Ich schweige. Kühl mustern wir uns, dann geht sie an mir vorbei in die Wohnung. Ich schließe die Tür und warte. Sie stellt sie eine kleine Reisetasche ab und streift sich die gefütterten Stiefel von den Füßen.

"Willst du eine Tasse Tee?", frage ich, um das Schweigen zu brechen. Sie nickt. Den nassen Anorak hängt sie an die Garderobe, dann folgt sie mir in die Küche.

"Seit wann bist du schon hier?"

Immer noch die gleiche hohe Stimme, die nicht zu ihrer Größe und zu ihrem Alter passt.

Ich muss überlegen. Es ist so viel seit meiner Ankunft geschehen, dass es mir wie eine Ewigkeit vorkommt. Dabei ist heute erst mein zweiter Tag in München.

"Seit gestern. Hast du meine Nachricht nicht erhalten?"

Sie schaut mich verwundert an. "Nein. Wann denn? Ich bin ja schon heute früh von Bordeaux aus geflogen. Die Schwester im Büro hat mich vorgestern aus dem Retreat geholt. Karen hatte angerufen. Weil ... Julia gestorben ist."

Ich habe uns beiden einen schwarzen Tee zubereitet, mit Teebeuteln auf englische Art. Mir gieße ich einen Schuss Milch hinein.

„Schwarz oder mit Milch?", frage ich.

Mona schüttelt sich.

„Schwarz bitte." Sie verzieht den Mund.

Wir gehen mit unseren Tassen ins Wohnzimmer. Mona sitzt mir gegenüber auf dem Futon, ich auf einem der wackeligen Sessel.

„Also ist Karens Anruf doch zu dir durchgedrungen", sage ich. „Sie wusste nicht, ob man dich erreicht hat."

Mona nickt nur und nippt an ihrem Tee. Ihr Gesicht zeigt zwar Falten um Mund und Augen, doch ist es immer noch erstaunlich schön. Ich hatte sie seit jeher um ihre regelmäßigen Gesichtszüge beneidet. Um ihre strahlenden blau-grauen Augen unter den dunklen Augenbrauen, die so wirkungsvoll mit ihren dunkelblonden Haaren kontrastierten. Ihre Lippen sind nach wie vor voll und sinnlich, während meine nur durch Lippenstift mehr Fülle bekommen. Und ich muss zugeben, dass Monas Gesicht durch die kurzen Haare noch besser zur Geltung kommt.

„Das ist ja eine Überraschung", sagt sie schließlich und lächelt, als wären wir zwei alte Bekannte, die sich zufällig in einem Café treffen. „Mit dir hätte ich am wenigsten gerechnet! Hat Karen dich ausfindig gemacht?"

Ihr Ton klingt nun weniger barsch. Sie betrachtet mich und leert ihre Tasse. Vor mir sitzt eine weichere und reifere Mona-Version, und das irritiert mich. Insgesamt wirkt sie, trotz der schlimmen Umstände, gefasster und selbstbewusster, als ich sie je erlebt habe. Der Rückzug in ein Kloster scheint ihr gutzutun. Wahrscheinlich meditiert sie stundenlang ab fünf Uhr morgens und kümmert sich ansonsten mit den anderen um Haus und Garten. Kein schlechtes Leben, wenn man vorher durch schwere Zeiten gegangen ist.

„Karen war in Panik, als sie mich in England anrief. Ich hatte keine Wahl, als sofort herüberzukommen. Du warst ja nicht erreichbar."

Sie lehnt sich zurück. Mein vorwurfsvoller Ton rauscht an ihr vorbei.

"Kannst du mir mehr erzählen? Was ist überhaupt geschehen? Wie ist Julia ums Leben gekommen?"

Ich berichte in möglichst sachlichem Ton, was ich erfahren habe. Beginnend mit Julias Schwangerschaft, von der Mona zu ihrer Bestürzung nichts gewusst hat. Ihre Miene verfinstert sich zunehmend, doch sie unterbricht mich höchstens gelegentlich, um etwas nachzufragen. Ich ende mit Karens Tod und meinem Verdacht, dass die Ambusch hinter der Adoption und den beiden Todesfällen steckt. Zum Schluss sitzen wir lange und schweigen, ohne uns anzusehen.

37

REGINE

"Als du gekommen bist, überlegte ich gerade, bei der Polizei anrufen." Ich leere meine Tasse und stelle sie auf den Boden. "Aber eigentlich ... Mein Gefühl sagt mir, es wäre vielleicht besser, wenn ich selbst zur Ambusch hinausfahre und sie zur Rede stelle. Oder besser noch, wenn wir beide zu ihr fahren. Ehe wir diese ganzen Ereignisse zu Protokoll gegeben haben, wird endlos Zeit vergehen. Womöglich glauben sie uns nicht einmal.

Und wer weiß, vielleicht beschließt die Ambusch, samt deiner vermutlichen Enkeltochter zu verschwinden, bevor die Polizei ihr auf die Schliche kommt. Und bevor du die Chance hast, die Kleine kennenzulernen!"

Mona geht nicht auf meinen eindringlichen Ton ein. Ich sehe ihr an, dass noch eine Weile braucht, um all die Neuigkeiten zu verdauen. Obwohl die Zeit drängt, versuche ich, meine Ungeduld zu zügeln.

„Wie hast du das alles bloß in so kurzer Zeit herausfinden können?" Mona sieht mich erstaunt an und schüttelt den Kopf. Dann senkt sie den Blick.

„Ich fühle mich ziemlich mies, dass ich so wenig über meine Tochter gewusst habe. Ein Baby hatte sie! Und jetzt auf einmal nicht Suizid, sondern Mord? Und Karen ist ebenfalls tot ... Das haut mich ganz schön um."

„Zur Zeit von Julias Schwangerschaft warst du, wie Karen mir erzählt hat, in einem indischen Ashram?"

Mona nickt versonnen, als habe sie Mühe, sich zu erinnern.

„Ja, im Sivananda Ashram in Rishikesh. Dort habe ich die Ausbildung zur Yogalehrerin gemacht. All die Jahre davor hatte ich immer wieder unter schweren Depressionen gelitten."

Sie sieht mich scharf an, und ich weiß, dass sie mir die Schuld dafür in die Schuhe schiebt. Ich halte schweigend ihrem Blick stand.

„In Indien ging es mir zum ersten Mal seit langer Zeit wieder richtig gut. Ich habe mich dort neu entdeckt, neu erschaffen. Endlich meinen Weg gefunden."

Ihr Gesicht wirkt wie von innen her erleuchtet. Sie strahlt förmlich. Dieses Strahlegesicht gelang ihr schon immer gut. Ich erinnere mich daran, wie ich eingeschult wurde. Die Lehrer kannten Mona seit drei Jahren, sie hatte alle mit ihrem Liebreiz um den kleinen Finger gewickelt.

„Du bist also die kleine Bonewitz", sagten sie, als sie mich kennenlernten, und versuchten, ihr Erstaunen zu verbergen. Kein Mensch hätte uns für Schwestern gehalten. Mit meinem struppigen mausfarbenen Haar, der langen Nase und dem spitzen Gesicht kam ich nach meiner Mutter, die die Leute offiziell als ‚aparte Frau' einstuften, insgeheim aber als unattraktiv.

Alles Umwerfende an Mona stammt von meinem Vater: leuchtende blaugraue Augen, von langen dunklen Wimpern eingefasst, volle Lippen, die hohe Stirn und welliges dunkelblondes Haar.

Dafür habe ich sein Draufgängertum geerbt, sein aufbrausendes Wesen. Man könnte auch sagen, ich neige, im Gegensatz zu Mona, nicht zur Melancholie.

Meine Schwester taucht aus ihrer Versunkenheit auf und zieht ein langes Bein unter ihren Körper.

„Manchmal habe ich aus Indien mit Julia telefoniert. Sie ließ durchblicken, dass sie psychische Probleme hatte. Diese Panikanfälle. Dass sie zur Therapie ging und Karen eine große Stütze für sie war." Sie zieht die Brauen zusammen und seufzt.

„Aber ich fürchte, ich war zu sehr mit mir selbst beschäftigt, um auf sie einzugehen. Ich war eine miserable Mutter." Sie zuckt die Achseln und breitet die Arme aus, als spräche sie über eine liebenswerte kleine Macke. Sie lächelt mich an, und ihre makellosen Zähne blitzen.

„Da hast du sicher Recht." Mein Körper kribbelt vor Rastlosigkeit. „Aber jetzt bist du hier. Und falls Julia und Karen wirklich umgebracht worden sind, sollten wir alles daran setzen, den Täter oder die Täterin zur Rechenschaft zu ziehen, bevor sie das Weite suchen. Wenigstens das bist du deiner Tochter schuldig, findest du nicht?"

Mona schürzt die Lippen. Ein Kranz von Fältchen bildet sich um ihren Mund. Sie starrt eine Weile vor sich hin und überlegt. Ich kann ihr förmlich ansehen, wie in ihr Bequemlichkeit und Ängstlichkeit mit dem Druck, mir nicht in meinem Tatendrang nachzustehen, kämpfen. In Wirklichkeit war der Grund für ihre Zurückhaltung meist Feigheit, denke ich.

Notfalls fahre ich auch ohne sie. Allemal besser, als sich in einer möglichen Gefahrsituation um einen Hasenfuß wie Mona kümmern zu müssen. Ich raffe mich zu einem letzten Überzeugungsversuch auf.

„Bist du nun bereit, mitzukommen? Wir können nicht länger warten!"

"Wäre so eine Konfrontation nicht ganz schön leichtsinnig", wendet sie nun mit aufgerissenen Augen ein, "nach allem, zu was diese Ambusch anscheinend fähig ist?"

Plötzlich bin ich wieder in der Rolle der wilden kleinen Schwester, die die vernünftige Große zu etwas Verbotenem anstiften will. Zeit, resolut zu werden.

"Mensch Mona, überleg doch mal: Bis wir die Polizei überzeugt haben, kann die Ambusch, verrückt wie sie ist, dem Kind etwas antun oder mit ihm verschwinden. Los, zieh dich an!"

Ungeduldig springe ich auf und werfe Mona ihren nassen Anorak zu. Träge erhebt sie sich. Im Flur schnappe ich mir meinen feuchten Mantel. Während ich ihn überziehe und in die geliehenen Stiefel schlüpfe, greife ich mir Karens Autoschlüssel von dem Schlüsselbrett.

38

VIKTORIA

In den Nebenstraßen dieser Stadt halten sie es anscheinend nicht für nötig zu streuen oder zu räumen. Dabei leben hier zahlreiche einflussreiche und betuchte Leute. Nicht wenige Lokalpolitiker, denen München zu stressig ist und die die kleinstädtische Beschaulichkeit vorziehen. Gut, dass sie einen Vierradantrieb hat.

Vielleicht ist sie gerade eine Spur zu schnell gefahren, aber selbst bei langsamerem Tempo hätte sie nicht mehr rechtzeitig abbremsen können. Zumal das dumme Tier fast weiß und im Schnee praktisch unsichtbar war. Wie sie sich vage erinnert, handelt es sich um den nur wenige Monate alten Golden Retriever des Nachbarn. Das hat ihr noch gefehlt! Sie bremst, doch das Auto schlittert weiter. Ein doppeltes Rucken, als ob sie über eine Schwelle führe. Dann kommt der Wagen zum Stehen. Das ganze Vorfall ist völlig lautlos vonstattengegangen. Der Hund hat, soweit sie es beurteilen kann, keinen Mucks von sich gegeben.

Sie lässt rasch das Fenster heruntergleiten und sieht sich um. Kein Mensch weit und breit, auch nicht im Rückspiegel. Warum lassen die Leute hier ihre Hunde ohne Aufsicht frei herumlaufen? Schließlich ist dies immerhin Stadtgebiet, wenn auch eine verkehrsberuhigte Zone. Aber das bedeutet doch nicht einen Freipass für Hundebesitzer! Ganz abgesehen davon, dass dieses Tier sein Geschäft regelmäßig in ihrem Vorgarten verrichtet, in dem Ella so gern spielt und mit ihr Tulpenzwiebeln gepflanzt hat.

Lautlos öffnet sie die Wagentür und blickt zurück. Mein Gott, da liegt er. Unbeweglich, blutüberströmt. Sie sieht sich nochmals um. Überall sind die Rollläden heruntergelassen, die Gardinen vorgezogen. Wenn hier etwas geschieht, bekommt sowieso niemand etwas mit. Die Besitzerin des Hundes schaut sicher fern, wird irgendwann nach ihm pfeifen und nach einer ganzen Weile auf die Suche gehen. Nicht zum ersten Mal hat sie das Tier allein herumlaufen sehen. Unverantwortlich!

Langsam fährt sie weiter bis vor ihre Garage, öffnete das Tor mit der Fernbedienung und gleitet hinein.

Ihr Mann und Ella sitzen am Küchentisch, obwohl sie längst im Bett sein sollte. Er ist dabei, die Kleine mit Rührei zu füttern, und blickt nur kurz auf.

"Mir ist etwas sehr Unangenehmes passiert", sagt Viktoria. "Könntest du dich bitte sofort darum kümmern? Ich übernehme Ella."

Sie hat sich nicht einmal den Mantel ausgezogen, geht zu ihm, entreißt ihm fast den Plastiklöffel und schiebt ihn von seinem Stuhl. Zornig steht er auf.

"Spinnst du?"

Er funkelt sie an.

"Schnapp dir eine alte Decke aus der Garage und nimm eine Schaufel mit. Ich habe den Hund des Nachbarn erwischt. Das blöde Vieh ist mir direkt vor den Wagen gelaufen. Bring ihn in die Garage und bedeck das Blut auf der Straße mit viel Schnee. Bitte!" fügt sie im Befehlston hinzu, als er sie ungläubig ansieht und keine Anstalten macht, ihrer Order zu folgen. Ihr ist jetzt nicht nach ausführlichen Erklärungen.

Ella verfolgt aufmerksam den Wortwechsel. "Hund!" Mit geöffnetem Mund kaut sie und spricht gleichzeitig, ergreift den Löffel und deutet damit auf die Straße. "Wauwau!"

"Ja, Ella. Schön runterschlucken, meine Süße!" Viktoria nimmt ihr den Löffel aus der Hand und lächelt sie an.

Ella prustet und bläst Rühreiregen auf den Tisch. Fred greift zum Spültuch, um Ellas Mund abzuwischen.

Viktoria herrscht ihn an. "Es eilt! Oder willst du, dass die ganze Straße das Drama mitbekommt?"

„Du solltest die Besitzer informieren", grollt er.

Erbost schleudert er das Spültuch auf den Tisch und stampft hinaus. Sie hört ihn in die Garage verschwinden und hinausgehen. Die gestrige Zeitungsnachricht von Julias Tod liegt ausgeschnitten auf dem Tisch. Zornig knüllt sie das Papier zusammen und wirft es in Richtung des großen Mülleimers. Ella lacht.

Wie zu erwarten, hat er sich ein wenig über die Nachricht aufgeregt, dann aber schnell wieder beruhigt. Alles wird gut sein, denkt sie, schlüpft aus dem Mantel und stopft Ella einen weiteren Löffel in das aufgerissene Mündchen.

39

REGINE

Die Straße ist völlig verschneit. Im Licht der Straßenlampen tanzen dicke Flocken. Ein mit einer Schaufel bewaffneter Mann biegt gerade in eine Garage ein, vermutlich hat er Schnee geschippt. Das Garagentor schließt sich. Als unser Wagen sich nähert, erkenne ich, dass dies die richtige Hausnummer ist. Ambuschs Haus. Ich wende am Ende der Straße und parke ein paar Meter von dem Anwesen entfernt.

Wir haben auf der Fahrt hierher kaum gesprochen, Mona und ich. Unsere Wege kreuzen sich wieder einmal, weil eine Katastrophe stattgefunden hat. Das war zuletzt 2001 der Fall, als Julia mich und Joachim erwischt hatte. Und Mona daraufhin den kleinen Malte verlor.

Ob Mona sich noch daran erinnert, dass ursprünglich ich Joachims Geliebte gewesen war, nicht sie? Als dieser atemberaubende junge Mann 1986 bei Papa in der Tierarztpraxis zu arbeiten begann, entflammten meine Schwester und ich gleichermaßen für ihn. Es stand außer Frage, dass Mona größere Chancen bei ihm haben würde. Um ehrlich zu sein, rechnete ich mir meine Erfolgsaussichten gleich null aus. Und trotzdem hatte er mich gewählt.

„Du bist viel interessanter als deine Schwester. Sie entspricht überhaupt nicht meinem Typ." Wir saßen bei Kerzenlicht in einem der ländlichen Gourmet-Restaurants, zu denen er mich in unserer Anfangszeit einlud.

„Viel zu puppenhaft und wenig Verstand. Du verlässt dich nicht nur auf dein Äußeres. Zwischen uns funkt es!"

Er nannte mich seine Wildkatze und liebte es, mich in Streitgesprächen zu provozieren. Wenn ich mich dann ereiferte, landeten wir meist im Bett. Er fuhr auf spielerischen Widerstand ab und brauchte das Gefühl, gereizt und gefordert zu werden.

„Was hat deine Schwester schon in ihrem hübschen Köpfchen. Ein sexy Körper reicht mir nicht. Und im übrigen hast du beides: du bist erotisch und hast Grips im Kopf!" Er verstand es, mich mit seinen Schmeicheleien zu umgarnen.

Zu der Zeit studierte ich schon in München. Joachim und ich sahen uns meist am Wochenende bei ihm zu Hause oder bei meinen Eltern in Wolfing und waren schrecklich verliebt. Ich brauchte mir keine Sorgen zu machen. Dachte ich. Mona litt stumm und tat mir sogar ein bisschen Leid. Doch dass ihr Traummann das Aschenputtel gewählt hatte, war schließlich nicht meine Schuld.

Aber natürlich hat sie es eines Tages trotz allem geschafft. Es wäre übermenschlich gewesen, sagte ich mir später, Monas Reizen zu widerstehen. Ihren vollen Brüsten, dem verführerischen Blick, dem lasziven Zusammenspiel von langen Beinen, Po und Hüften. Ich konnte ihn sogar verstehen. Aber verstehen hieß nicht verzeihen.

Als Joachim mir eines Abends beichtete, dass Mona ein Kind von ihm erwartete, wusste ich, dass sie das Spiel gewonnen hatte. Insgeheim musste ich ihr gratulieren. Sie hatte ihre Trümpfe im richtigen Moment ausgespielt.

Er versuchte, eine Lösung für ihn und mich zu finden. Ich glaubte ihm, dass er mehr für mich als für meine Schwester empfand, dass sie alles eingesetzt hatte, um ihn um seinen Verstand zu bringen.

Nach Wochen des Hin und Hers entschied er sich, sie zu heiraten. Was für mich gleich nach seinem Geständnis außer Frage gestanden hatte. Ein Ehrenmann, der Joachim. Meine Eltern freuten sich riesig, zumal der Schwiegersohn auch Teilhaber der Praxis sein würde. Und Mona segelte auf einer Wolke von Triumph und demonstrativer Glückseligkeit durch die Schwangerschaft.

Ich seilte mich ab, gekränkt, gedemütigt, stink-
wütend. Ließ mich erst nach drei Jahren wieder in
Wolfing blicken, als die Verletzung etwas geheilt
war. Und ich einen neuen Lover vorzeigen konnte,
der mich vor Mitleid schützte.

40

Ich schalte aus meinen Erinnerungen zurück ins Jetzt. Nichts regt sich in Ambuschs Haus. Die Rollläden sind heruntergelassen; über der Haustür wirft eine Lampe ihr Licht auf den dicken Schneeteppich.

Wie sollen wir am besten vorgehen? Wenn wir klingeln, um die Therapeutin zur Rede zu stellen, wird sie vermutlich nur versuchen, uns abzuwimmeln, und uns die Tür vor der Nase zuknallen. Eine typische Spontanaktion, Made by Regine.

„Was machen wir jetzt, Mona? Weiter warten oder mit der Tür ins Haus fallen? Vielleicht war es tatsächlich naiv, dass wir hierher gefahren sind."

Mona taucht aus ihrem Schweigen auf. Sie räuspert sich und wendet sich mir zu.

„Warten wir erst mal. Ich vertraue deinem Instinkt; wir sind einem Verbrechen auf der Spur."

Dieses Zugeständnis überrascht mich.

„Du warst immer die Mutigere von uns beiden", sagt sie. „Die Kluge, auf die Papa so stolz war. Seinen Spott mir gegenüber habe ich manchmal kaum ertragen. Dabei war ich letztendlich diejenige, die zu Hause blieb, in der Praxis half und sich um Mama kümmerte, wenn es ihr mies ging."

Ich schüttele den Kopf. „Spott war sein Lebenselixir. Nicht nur du hast ihn zu spüren bekommen. Dafür aber warst du immer Mamas Liebling." Die Bitterkeit in meiner Stimme lässt Mona aufblicken.

Ist dies der Moment der Wahrheit, in dem sie und ich unsere offenen Rechnungen begleichen werden? Wir haben nichts zu verlieren, und ich suche die Konfrontation, vor der ich jahrelang geflüchtet bin. Alten Groll und Verletzungen zuzudecken, statt diese Gefühle offenzulegen und einzugestehen, hat mich nur hart gemacht.

„Wieso wurdest du von Mama bevorzugt, obwohl ich mir alle Mühe gab und nach Anerkennung lechzte?" Ich lasse nicht locker.

„Ach Gine!" Mona rückt näher an mich heran. Ihr warmer Atem streift mein Gesicht. „Du hast wirklich keine Ahnung. Nach deiner Geburt hatte Mama eine postnatale Depression, die damals nicht erkannt wurde. Sie konnte sich nicht um dich kümmern und lag fast ständig im Bett. Für zwei Wochen musste sie sogar in eine Klinik, weil sie Halluzinationen hatte und versuchte, sich die Pulsadern aufzuschneiden. Zum Glück kam damals Tante Ingrid für ein paar Wochen zu uns und nahm uns beide unter ihre Fittiche."

Ich starre sie ungläubig an. Ihre Augen glänzen im Halbdunkel wie Mondsteine.

„Davon wusste ich nichts. Mama hat mir nie etwas davon gesagt."

„Nein, natürlich nicht. Mama und ich haben oft darüber gesprochen. Ich glaube, im Nachhinein fühlte sie sich dir gegenüber ziemlich elend, obwohl es nicht ihre Schuld war. Sie meinte, ohne Tante Ingrid wärest du vermutlich verhungert. Jedenfalls hat sie wohl deshalb von Anfang an Probleme gehabt, eine enge Beziehung zu dir aufzubauen."

„Das erklärt einiges." Mir schießen Tränen des Selbstmitleids in die Augen, aber auch Mitleid mit meiner Mutter. „War sie deshalb immer so barsch und abweisend mit mir?"

Mona nickt und sieht mich mitfühlend an. Ich kann es nicht ausstehen, Gegenstand des Mitleids meiner Schwester zu sein.

„Du wurdest von ihr gehätschelt und gelobt." Ich kann einen wehmütigen Unterton nicht unterdrücken. „Wie oft träumte ich davon, wegzulaufen und mir eine andere Mutter zu suchen. Tante Ingrid zum Beispiel, die nahm mich in den Arm und knuddelte mich. Von Mama dagegen hab ich immer nur Abweisung, ja Gehässigkeit zu spüren bekommen."

„Da täuschst du dich, Gine." Mona schüttelt den Kopf. Sie nimmt meine Hand in ihre beiden und blickt mich eindringlich an. „Sie war oft verzweifelt wegen euren Streitereien. Ich weiß noch, wie sie manchmal weinend in der Küche saß. Was mache ich nur falsch, Mona, sagte sie. Warum ist deine Schwester immer so widerborstig zu mir?"

„Warum kann sie nicht sein wie du, meine süße Mona", spöttele ich voller Zorn.

„Du warst von Anfang an nicht einfach, Gine." Mona ist in Fahrt gekommen. Ich bin froh, dass endlich gesagt wird, worüber ich mir schon so lange den Kopf zerbrochen habe.

„Als Baby hast du ständig geschrien, tomatenrot im Gesicht, und hast mit deinen Fäustchen gefuchtelt, wenn jemand dich zu beruhigen versuchte. Ich erinnere mich noch an dein Geschrei, als ich im Nebenzimmer zu schlafen versuchte, ganze Nächte durch. Koliken, sagte der Arzt. Dagegen half kaum was, höchstens manchmal Fencheltee. Mama hat dich im Kinderwagen tagsüber stundenlang spazierengefahren, mit mir im Schlepptau. Sie war völlig erledigt, wenn du endlich eingeschlafen bist."

„Tut mir leid", murmele ich. „Und ich habe DICH oft verabscheut und war grenzenlos eifersüchtig. Weil du mit deinem engelhaften Aussehen alle Aufmerksamkeit bekamst. Du konntest einfach nichts falsch machen. Ich war für Mama die kleine Hexe, die dich zu Blödsinn angestiftete, nie umgekehrt."

„Stimmt ja auch!" Mona fällt mir grinsend ins Wort. „Denk nur mal an die alte Scheune, die wir abgefackelt haben. Wie alt waren wir? Fünf und acht, glaube ich. Du wolltest Papas Feuerzeug ausprobieren und hast mich Blödian Wache stehen lassen. Und als es dann brannte, bist du durch den Seitenausgang abgehauen und versuchtest später, es mir in die Schuhe schieben."

Ich lache. „Hat leider nicht geklappt. Wir haben beide Hausarrest und Taschengeldsperre bekommen. Du hättest als Ältere halt vernünftiger sein müssen."

Mona verdreht kichernd die Augen und schaut zum Dach des Wagens hinauf.

„Meine einzige Chance, besser zu sein als du, waren meine Schulleistungen", hole ich weiter aus. „Aber glaubst du, Mama hätte mich gelobt, wenn ich mit einem Einser in Bio oder Englisch nach Hause kam? Lieber hätte sie sich einen Fuß amputiert."

„Papa hat dich dafür ständig gelobt!"

„Mag sein, Mona, aber angehimmelt hat er nur dich. Seine Prinzessin!" Mein gehässiger Ton beschämt mich. Die alte Wut und der Neid auf Mona sitzen mir tief unter der Haut.

41

VIKTORIA

Niemals hätte sie es für möglich gehalten, dass ihr Mann ihr so in den Rücken fallen würde. Niemals zuvor hat sie ihn so außer sich gesehen.

"Was ist das hier?" Er brüllt sie an und knallt zwei Briefbögen vor ihr auf den Tisch, die er sich aus der Hosentasche gezogen hat.

Ella beginnt erschrocken zu weinen. Jetzt versteht Viktoria, warum er sich so aufregt.

"Weißt du was? Ich bringe Ella eben ins Bettchen, dann können wir reden, ja?"

Sie hat ihren beruhigenden Tonfall angeschlagen, mit dem sie bei Fred normalerweise Erfolg erzielt. Diesmal scheint er sich aber bereits zu sehr in seine Wut hineingeritten zu haben. Er baut sich bedrohlich vor ihr auf, die Hände in die Hüften gestemmt. Da hilft nur eins: ihr strengerer Ton.

"Du setzt dich jetzt hierhin. Du machst ja das Kind völlig verrückt!" Sie weist auf einen Stuhl und starrt ihn mit hocherhobenem Kopf an.

Tatsächlich sinkt er nach kurzem Zögern nieder, das Gesicht in beide Hände gestützt, und stöhnt leise. Es wird diesmal nicht einfach werden, ihn zu beschwichtigen, das weiß sie. Sie überlegt, wie sie ihm die Briefe erklären könnte, ohne alles preiszugeben. Schwierig. Dieser Dummkopf will mehr wissen, als gut für ihn ist. Dabei hat sie doch auch für ihn all die Risiken auf sich genommen.

Wie ist er bloß an die Erpresserbriefe gekommen? Sie muss sie auf ihrem Schreibtisch liegengelassen haben. Solche Schnitzer geschehen nur, wenn sie zu viel im Kopf hat.

Sie schnappt sich die mit Rührei vollgeschmierte Ella unter den Arm und trägt sie hinauf in ihr Zimmer. Während sie die Kleine auszieht, ihr mit einem Tuch über das Gesicht fährt und sie in ihrem weichen Schlafsack verstaut, überlegt sie fieberhaft, wie viel sie ihm erklären soll. Gibt es einen Weg, ihm nur einen Teil der Wahrheit zu offenbaren? Denn ihm alles zu sagen, ist undenkbar. Er würde völlig ausflippen. Und das hätte ihr noch gefehlt!

Als sie damals von seiner Affäre mit Julia erfuhr ... Es war nicht das erste Mal gewesen, dass Fred in ihren Patientenunterlagen herumgeschnüffelt hatte. Na gut, immerhin erledigte er ihre monatlichen Abrechnungen. Aber das war doch kein Freibrief, vertrauliche Dokumente zu lesen. Zumal sie es ihm verboten und er ihr versichert hatte, dieses Psychogeschwätz interessiere ihn sowieso nicht im Geringsten.

Ella trällert vor sich hin. "La-le-lu, nur der Mann im Mond schaut zu ...".

Viktoria schenkt ihr ein knappes Lächeln. Dieses Kind ist wirklich erstaunlich. So artikuliert für ihr Alter, und wie sie die Melodie hält! Das Lied kann ihr nur die Nanny beigebracht haben. Fred ist völlig unmusikalisch. Viktoria legt Ella in ihr Bettchen, deckt sie zu und setzt sich auf den Stuhl daneben.

Sie hatte ihm vertraut, bis der erste Zwischenfall vor etwa drei Jahren eintrat. Sie erinnert sich gut an ihre Fassungslosigkeit, als sie Fred im Bett mit dieser Frau Brenner vorfand, damals in ihrer Wohnung in Haidhausen. Natürlich hatte sie die Patientin auf der Stelle hinausgeworfen, die Therapie abgebrochen und ihren Mann vor die Alternative gestellt. Entweder dies war das erste und letzte Mal, dass er sich an eine Patientin heranmachte, oder sie würde ihn beim geringsten weiteren Versuch vor die Türe setzen.

42

REGINE

„Du warst ja auch immer so eine Kratzbürste, Gine. Kein Mensch wollte ständig eins drüber bekommen, wenn man versuchte, nett zu dir zu sein." Mona lächelt mich an und wirft mir einen neckenden Blick zu. „Störrisch wie ein Esel, nachtragend wie ein Elefant – das hat Mama über dich gesagt, weißt du noch?"

Sie streckt ausgiebig ihren langgliedrigen Körper und gähnt. Im Auto wird es allmählich kalt. Aber ich bin noch nicht fertig mit meiner Bilanz.

„Ein einziges Mal hat mich jemand dir vorgezogen. Ein Mann hat das hässliche Entlein der Sexy Mona vorgezogen." Ich schüttele den Kopf und lächele grimmig.

„Musst du noch mehr alte Geschichten aufwärmen?" Mona seufzt in gelangweiltem Tonfall.

„Joachim war für mich das große Los", fahre ich stur fort. „Zwei Jahre waren wir zusammen! Hatten über Heiraten und Familie gesprochen. Zum ersten Mal wurde ich bedingungslos geliebt. Glaubte ich. Zum ersten Mal hatte ich wirklich Vertrauen zu einem anderen Menschen. Mein Leben schien endlich in sicheren Bahnen zu verlaufen. Ich bekam Anerkennung als Lehrerin, der Job machte mir einen Riesenspaß, und ich liebte einen unverschämt gutaussehenden Mann, der meine Gefühle erwiderte."

Ich schüttele den Kopf und schweige einen Moment lang.

„Wie blauäugig von mir, meine Verteidigungslinien fallen zu lassen. Ich in München, er bei euch in Wolfing. Das konnte auf Dauer ja nicht gutgehen. Ich kann es sogar fast verstehen, dass er sich nicht gegen dich wehren konnte.

An dem Abend, als er mir gestand, dass du schwanger von ihm warst, wollte ich Schluss machen. Mit allem. Dieser Schmerz ging mir bis ins Mark, und ich spüre ihn manchmal noch so frisch, als wäre es gerade erst geschehen. Ich habe danach nie wieder einem anderen Menschen völlig vertrauen können."

Bin ich das wirklich, die da redet? Noch nie habe ich jemandem diese Verletzlichkeit eingestanden. Oder mir überlegt, warum Joe mir nicht zu nahe kommen darf.

Mona hat sich vorgebeugt, die Ellbogen auf ihren Beinen aufgestützt, und bedeckt das Gesicht mit den Händen.

„Es tut mir furchtbar leid, Gine", sagt sie leise. „Ich weiß, das war eine Riesenschweinerei dir gegenüber, für die ich mich noch heute schäme."

Sie richtet sich auf und starrt mich an.

„Aber du hast dich auch nicht lumpen lassen. Die Rechnung hast du mir später präsentiert."

Endlich kommen wir zum Kern der Sache.

„Joachim war von Anfang an zwischen uns beiden hin- und hergerissen." Ich lege ihr eine Hand auf das Knie. Sie schiebt sie unwillig fort.

„Ich weiß, Mona. Es war verdammt schäbig von mir, dass ich noch mal etwas mit ihm angefangen habe. Besonders, weil du wieder schwanger warst. Ich hätte endgültig die Finger von ihm lassen sollen. Dir dein Familienglück mit ihm gönnen, endlich mal Großmut zeigen."

„Warum, Gine?"

„Ich liebte ihn noch viel zu sehr, trotz allem. Das war der Hauptgrund. Obwohl ich wusste, dass unsere Affäre keine Zukunft hatte, konnte ich ihm nicht widerstehen. Oder besser, wir konnten einander nicht widerstehen. Und außerdem ... ich hatte dir nicht verziehen, dass du ihn mir weggenommen hast."

Über Monas versteinertes Gesicht fließen jetzt Tränen, die sie mit langsamer Geste wegwischt.

„Du denkst an Malte", sage ich tonlos und schaue sie an. „Glaubst du wirklich, da bestand ein Zusammenhang zwischen der Frühgeburt und ...".

Sie fährt auf. „Ganz klar! Dass ihr beide mich so hintergehen würdet, hat mich damals umgehauen. Natürlich wirkt sich so eine Bombe auf die Schwangerschaft aus. Ich spürte sofort, dass das Baby in mir auf den Schock reagierte und sich von da an weniger bewegte."

„Wenn ich gewusst hätte, was das bei dir auslöste...".

„Mach dir nichts vor, Gine. Ihr hättet trotzdem keine Rücksicht genommen."

Sie schüttelt heftig den Kopf und lässt achtlos die Tränen fließen.

„Bei der Geburt war mein Baby im sechsten Monat, er hatte also ohnehin geringe Chancen zu leben. Aber vielleicht wäre er durchgekommen, hätte ihm nicht die Nabelschnur die Luft abgeschnitten. Ich sehe ihn noch vor mir. Ein perfektes winziges Gesicht mit durchsichtigen Lidern und blondem Flaum auf dem Kopf ... ". Ihr versagt die Stimme.

„Es tut mir wahnsinnig leid, Mona", sage ich leise.

Traurigkeit macht mir das Atmen schwer. Heute verachte ich mich wegen meiner Gewissenlosigkeit damals. Unser Spiel mit dem Feuer hatte Monas und Joachims Ehe beendet, ein Baby das Leben gekostet und uns Julia zur Feindin gemacht.

Wir sitzen eine lange Weile schweigend nebeneinander. Monas Tränen sind versiegt; ich reiche ihr ein Papiertaschentuch. Zögernd lehnt sie Schulter und Kopf an mich, und Zärtlichkeit für sie überkommt mich. Ein völlig fremdes Gefühl für meine Schwester.

Auch drüben in Ambuschs Haus scheint völlige Ruhe zu herrschen. Aber das kann täuschen. Kein Geräusch, kein Lichtstrahl dringt heraus. Vor dem Nachbarhaus läuft eine Frau auf und ab. Sie scheint etwas zu suchen, sieht sich in alle Richtungen um und ruft einen Namen. Dann breitet sie resigniert die Arme aus und geht ins Haus zurück. Vielleicht ist ihre Katze weggelaufen. Bei Minus fünfzehn Grad sollten Haustiere sich nicht draußen herumtreiben.

43

VIKTORIA

Ellas Augenlider werden schwer und schließen sich. Sie streichelt die erhitzten Wangen ihrer Tochter. Von unten ruft Fred Viktorias Namen, mit gedämpfter Stimme, um Ella nicht aufzuschrecken. Aber er klingt unverkennbar wütend.

"Sofort", ruft sie ebenso leise und gereizt zurück.

Man darf nicht zu schnell aufstehen, sonst wird es umso schwieriger, Ella, falls sie die Augen erneut aufschlägt, wieder zu beruhigen.

Leider musste Viktoria ein Jahr nach dem Vorfall mit Frau Brenner feststellen, dass Fred sich doch nicht an ihre Abmachung gehalten hatte. Diesmal erfuhr sie es auf besonders delikatem Weg, nämlich von der Patientin selbst, in einer Therapiesitzung. Da lief die Affäre schon eine Weile.

Warum war er eigentlich nicht klug genug gewesen, Julia gegenüber seinen Namen zu ändern? Klaus oder Richard zum Beispiel hätten Viktorias Aufmerksamkeit nicht geweckt. Er hatte doch damit rechnen müssen, dass sein nicht gerade häufiger zweiter Name Marius früher oder später in der Therapie fallen würde. Oder hatte er es etwa darauf angelegt? Wollte er vielleicht unbewusst bestraft werden? Wollte er auf diesem Umweg die Trennung von ihr erzwingen?

Wieder sorgte Viktoria für ein rasches Ende der Geschichte, aber setzte Fred dann doch nicht vor die Tür. Sie war so was von inkonsequent, leider eine Schwäche von ihr. Jedenfalls gab sie ihm eine weitere letzte Chance, ob aus Zuneigung oder Bequemlichkeit, darüber wollte sie nicht spekulieren.

Eine Trennung hätte vor allem ihr wohlgeordnetes Leben durcheinandergebracht. Fred zu behalten, war einfach das kleinere Übel. Obwohl es sie natürlich wurmte, wie verheerend sich seine Eskapaden auf die Therapie dieser Patientin, die unter einer posttraumatischen Angststörung litt, auswirkten. Und nicht nur, dass sie Julia nach Freds Trennung von ihr mit viel Mühe wieder aufbauen musste! Nein, wie sich bald herausstellte, hatte dieser Mistkerl sie doch tatsächlich geschwängert.

Das war der derbste Schlag gewesen, den er Viktoria hatte versetzen können. Nachdem sie sich so lange vergeblich abgemüht hatte, von ihm schwanger zu werden! Wie viel konnte eine Frau ertragen, bevor sie einem Mann endlich den Laufpass gab?

Viktoria erhebt sich lautlos. Ellas tiefe, regelmäßige Atemzüge bezeugen, dass sie eingeschlafen ist.

Eine lange Weile steht Viktoria in Gedanken versunken und betrachtet das reizende Gesicht. Unverkennbar das Kind von Fred. Die Löckchen, die schon dunkler werden und ihr Weißblond allmählich verlieren, die graugrünen Augen mit dem Schalk im Augenwinkel. Die leicht gebogene schmale Nase. Merkwürdig, dass es ihm bisher nicht aufgefallen ist. Obwohl so viele Leute ihn immer wieder darauf ansprechen, wie sehr ihm sein Töchterchen doch ähnele.

Nein, sie hat ihm nicht alles gesagt. Das ist allein ihr Geheimnis gewesen. Aber jetzt, so fürchtet sie, muss sie ihre Karten offenlegen. Ihr Plan, so makellos. Bis jetzt. Sie steigt langsam wieder die Treppen hinunter.

44

"Ella ist deine eigene Tochter. Julias und dein Kind. Verstehst du endlich? Ich habe das alles nur für dich getan." Mit verschränkten Armen steht sie Fred gegenüber am Tisch, von dem er Ellas Geschirr abräumt. Augenblicklich hält er inne und richtet sich auf.

"Moment. Was sagst du da?"

Er greift sich an den Kopf und weicht zurück.

„Julias Kind? Sie war schwanger? Von mir?" Seine Stimme überschlägt sich. „Aber warum hast du mir das damals nicht gesagt?"

Er eilt um den Tisch herum, packt seine Frau an den Armen und schüttelt sie wild. Verärgert macht sie sich von ihm frei.

"Na was glaubst du denn, wie du reagiert hättest, mein Lieber? Du wärst wahrscheinlich völlig durchgedreht. In Wirklichkeit hast du für Julia doch nie etwas empfunden, das hast du mir selber gesagt. Und wie hätte ich als ihre Therapeutin wohl dagestanden, wenn die Sache ans Licht gekommen wäre? ‚Ehemann von Psychotherapeutin schwängert Patientin'".

Sie hat sich Freds Gesicht so sehr genähert, dass sie rötliche Funken in seinen Augen sieht und ihr Speichel auf seine Lippen spritzt. Er wendet angeekelt den Kopf zur Seite. Mit geballter Faust hebt sie sein Kinn an.

"Ein Skandal, der für meine Praxis das Aus bedeutet hätte! Der uns den Lebensunterhalt entzogen hätte. Nur weil du unter einem unkontrollierbaren Überschuss an Testosteron und einer Midlifecrisis leidest!"

Kopfschüttelnd und mit geöffnetem Mund schüttelt er sie ab, tritt einen Schritt zurück und starrt sie an. Sie ist auf der Hut vor diesem Blick, den sie aus ihrer jahrelangen Erfahrung in der Psychiatrie kennt. Der Blick eines Verrückten, bevor er durchknallt und zum Sprung ansetzt. Ganz langsam und ohne ihn aus den Augen zu lassen setzt sie sich an den Tisch. Er stößt einen verzweifelten Schrei aus, woraufhin sie nur mit flehendem Gesichtsausdruck nach oben deutet.

"Was hast du Julia angetan?" Er klingt bedrohlich leise. "Hast du sie getötet, du Monster?"

"Bitte setz dich einmal hin", sagt sie. „Lass es mich erklären."

Das ist die vernünftigste Stimme, die sie im Moment aufbringen kann. Die Stimme, die sie bei dekompensierenden Patienten anwendet. Oder störrischen, wütenden, unberechenbaren. Zu ihrer Erleichterung tut sie auch jetzt ihre Wirkung. Er sinkt mit einem Stöhnen auf einen Stuhl nieder und stiert sie stumm an. Sie greift nach seiner erschlafften Hand, und wie eine Marionette lässt er es wehrlos geschehen.

"Julia tauchte am letzten Mittwoch hier auf. Plötzlich stand sie vor der Tür. Zum Glück bist du zu der Zeit mit Ella, Luise und Merle im Zoo gewesen. Erinnerst du dich? Du hast dich darüber gewundert, dass ich noch nicht zu Hause war, als ihr zurückkamt. Obwohl doch Mittwoch mein freier Nachmittag ist, auf den ich mich immer so freue. Dass im Wohnzimmer alles ein wenig unordentlich ausgesehen hat, obwohl du es aufgeräumt hinterlassen hattest. Und dass ich, als ich dann kam, ein bisschen durcheinander wirkte. Das erklärte ich mit einer anstrengenden Patientin, die ich angeblich an diesem Nachmittag noch eingeschoben hatte. Tja, und diese Patientin war Julia."

Viktoria trinkt einen Schluck Wasser, von dem für sie immer ein volles Glas auf dem Tisch steht. Sie lächelt milde, als erinnere sie sich an etwas Rührendes.

"Julia forderte Ella zurück. Das sagte sie. ‚Ich will mein Kind zurück!' Irgendwer hatte ihr den Floh ins Ohr gesetzt, sie bräuchte nur hier aufzukreuzen, und ich würde klein beigeben und ihr Ella aushändigen."

Fred beobachtet sie mit zusammengekniffenen Augen. Aus seinem Gesicht scheint alle Farbe gewichen zu sein. Seine Zunge fährt unablässig über die bläulich schimmernden Lippen.

„Du verstehst doch sicher, dass ich mich deshalb zu drastischem Durchgreifen gezwungen sah, nicht wahr? Ich finde eigentlich, du solltest verdammt stolz auf deine tatkräftige Frau sein. Die immer weiß, was zu tun ist, damit das Schiff nicht kentert. Schließlich haben wir als Eltern jetzt eine große Verantwortung, oder?"

Viktoria sieht ihren Mann fragend an.

"Was hast du mit ihr gemacht?" Sein Krächzen klingt wie eine Feststellung, als wisse er die Antwort ohnehin.

"Du willst aber auch jede Einzelheit hören, was? Deine Neugier wird dir noch mal zum Verhängnis, mein Schatz."

Sie versucht, scherzhaft seine Hand zu tätscheln, doch er entzieht sie ihr, als hätte er sich verbrannt.

"Also gut. Es war nicht weiter schwierig. Eine ordentliche Dosis von in starkem Tee aufgelösten Valium, die ich, wie du weißt, immer in unserer Küchenapotheke liegen habe. Aufgewühlt, wie sie war, hat sie den bitteren Geschmack nicht bemerkt und alles brav ausgetrunken. Anschließend habe ich die bewusstlose Julia in Plastikfolie eingewickelt, in den Wagen geschleift und an einer einsamen Stelle im Schnee an der Isar deponiert. Wo wir gelegentlich spazierengehen, im Wolfratshauser Forst. Ein schöner Tod, wie ich ihn mir auch wünschen würde. Sie hat wirklich nichts davon mitbekommen, deine Süße."

„Du bist wahnsinnig!"

Mit einem animalischen Grollen springt er auf, hechtet auf sie zu und macht Anstalten, ihr an die Gurgel zu fahren. Sie duckt sich und schlüpft unter den Tisch, um auf der gegenüberliegenden Seite wieder aufzutauchen.

"Und außerdem wirst du erpresst?" Er schreit ohne Rücksicht auf Ellas Schlaf und fuchtelt mit den Briefen in der Luft herum. "Willst du die Erpresser etwa auch beseitigen?"

"Ist bereits geschehen, so beruhige dich doch!"

Er erstarrt einen Moment lang und schaut sie mit flackernden Augen an. Sie beginnt wirklich, sich um seinen Verstand zu sorgen. Fred ist Krisen schlicht-weg nicht gewachsen. Vielleicht wird sie ihm ein Beruhigungsmittel spritzen müssen. Hoffentlich kann sie ihn zum Ruhighalten bewegen. Oder ihn irgendwie überwältigen. Das wird bei seiner Größe von einem Meter fünfundachtzig nicht leicht sein, zumal sie gut zwanzig Zentimeter kleiner ist als er.

45

Fred stürmt in den Flur hinaus, Richtung Telefon. Er wird doch wohl nicht ... Sie rennt hinter ihm her und reißt das Kabel aus der Wand. Ja, er hat den Verstand verloren. Er will sie alle vernichten, die Polizei hineinziehen. Das darf auf keinen Fall geschehen.

Sie stürzt die Treppen hinauf, läuft in Ellas Zimmer, zieht das schlafende Kind an sich und hüllt es in seine Bettdecke. Mit Ella auf dem Arm steigt sie vorsichtig die Treppe herunter. Fred hat sich mit ausgebreiteten Armen im Flur aufgebaut. Mit seinem breitschultrigen Körper versperrt er den Gang zur Garage.

"Was hast du vor", fragt er heiser.

"Ich bringe Ella in Sicherheit. Wenn du unbedingt etwas zerstören musst, dann kannst du das gerne mit dir selbst tun. Ella und mich bekommst du nicht. Lass mich durch!"

Wider Erwarten tritt er zur Seite. Sie eilt an ihm vorbei und öffnet die Tür, hinter der ein paar Stufen in die Garage führen.

"So, meine Kleine, wir machen jetzt einen Ausflug", flüstert sie Ella zu, die sie mit großen schlaftrunkenen Augen ansieht.

Sie trägt sie hinunter und legt sie, die schon wieder fest schläft, behutsam auf den Rücksitz ihres Volvos. Dann hastet sie zurück ins Haus, um ein paar Kleidungsstücke zusammenzupacken. Fred ist nicht mehr zu sehen. Wahrscheinlich sitzt er in der Küche und überlegt sich, ob er mitkommen soll. Aber er hat seine Chance vertan. Seine Unberechenbarkeit würde alles gefährden, was sie sich mit Ella aufgebaut hat.

Sie steigt wieder in den ersten Stock hinauf und biegt ab in ihr Schlafzimmer. Dort zieht sie hastig einen Koffer vom Schrank. Wirft zwei dicke Pullover, warme Hosen und Unterwäsche für sich selbst sowie Kleidung für Ella hinein. Im Bad rafft sie Kosmetika, Seife und Shampoo zusammen, dann Ellas Babycreme, Windeln und zwei Packungen Feuchttücher. In Ellas Zimmer schnappt sie sich im letzten Moment das Lieblingsbilderbuch und King, den Stofflöwen. Alles landet im Koffer, auf den sie sich setzen muss, um wütend den Reißverschluss zuzuzerren.

Keuchend schleppt sie ihn die Treppe hinunter. Geld und Kreditkarten befinden sich in ihrer Handtasche, die sie im Vorbeigehen zusammen mit ihrem Kaschmirmantel von der Garderobe zieht. Als sie zur Garage hinuntersteigt, den Koffer hinter sich herziehend, so dass er auf jeder Stufe mit einem Krachen herunterschlägt, steht dort Fred und versperrt den Zugang.

"Ich kann dich leider nicht mitnehmen. Bitte, lass mich durch."

Sie wischt sich hektisch den Schweiß von der Stirn, der in ihre Augen tropft und brennt. Den krampfartigen, von der Mitte ihres Körpers ausstrahlenden Schmerz registriert sie nur flüchtig. Die Mischung aus Endorphinen und Adrenalin wirkt besser als jedes Schmerzmittel.

"Sei doch vernünftig. Denk zumindest an Ella", beschwört er sie.

Aber es klingt halbherzig. Als sie auf ihn zukommt, tritt er bereitwillig zur Seite. In der Hand hält er sein Smartphone. Vermutlich hat er also doch die Polizei angerufen. Und wenn schon. Bis die hier eintreffen, wird sie mit Ella längst verschwunden sein.

Er folgt ihr in die Garage. Sie wirft einen kurzen Blick auf die Bettdecke mit der in ihr eingepackten Ella, die auf dem Rücksitz liegt. Hoffentlich ist die Kleine warm genug eingewickelt. Aber der Wagen

heizt sich ja schnell auf. Beste schwedische Qualität, besonders zuverlässig im Winter.

Den Koffer stemmt sie mit einem Schrei wie eine
Hammerwerferin in den Kofferraum. Diese Krise
verleiht ihr ungeahnte Kräfte. Sie fühlt sich zu allem
fähig; eine Mischung aus Wut und tödlicher Entschlossenheit fließt wie ein magisches Kraftelixir
durch ihren Körper. Schließlich lässt sie sich stöh-
nend hinter das Steuer gleiten. Ihr Mann steht bei
der Treppe ins Haus und beobachtet sie regungslos.

"Ella ist MEINE Tochter", schreit sie ihn durch das
halbgeöffnete Fahrerfenster an, während sie heftig
atmend darauf wartet, dass das elektrische Garagentor hinaufrollt. Noch im Hinaussetzen ruft sie
ihm zu: "Niemand wird mir mein Kind wegnehmen!"

46

REGINE

Das Schneetreiben hat sich weiter verdichtet; ein fast undurchdringlicher Schleier verhängt den Blick nach draußen. Karens kleiner Fiat schlingert auf der Landstraße, wo Reifenspuren sich in gefährlichen Schlick verwandelt haben. Ungefähr zweihundert Meter vor uns glühen die Schlusslichter des Volvos wie die Augen eines gefährlichen Tieres.

Wir verlassen Murnau, fahren nun eine mir unbekannte enge Landstraße entlang, wo uns zu beiden Seiten nur weißes Nichts umgibt. Ob jenseits der Straße ein Graben lauert, in dem niemand uns finden würde, sollte der Wagen hineinrutschen, oder ein Feld, in dessen aufgeweichtem Boden wir steckenbleiben und dann erfrieren könnten, ist gleichermaßen bedrohlich. Doch solche Gedanken helfen in dieser Situation nicht weiter, deshalb konzentriere ich mich völlig auf Tätigkeiten wie Gas geben, das Lenkrad ausrichten und die Kupplung betätigen.

Mein ganzer Körper verkrampft sich in dem Bemühen, auf dieser unsichtbaren Straße zu bleiben. Ich verlasse mich auf die Fahrerin, der ich folge, dass sie den Straßenverlauf kennt. Sonst sind wir verloren. Um gegen den hypnotischen Sog der fallenden Flocken und der Scheibenwischer anzukämpfen, reiße ich die Augen auf.

Aus den Augenwinkeln sehe ich Mona starr vor Angst neben mir sitzen. Mit beiden Händen umklammert sie den Haltegriff über der Beifahrertür.

„Einer Buddhistin hätte ich mehr Gelassenheit zugetraut", murmele ich. „Ich dachte, ihr bewältigt jede Situation mit der richtigen Atemtechnik. Ganz entspannt im Hier und Jetzt. Ich atme ein, und ich atme aus."

"Lass das Gelaber. Abstand halten", stöhnt sie. "Mehr Abstand, das ist das Wichtigste."

Ich beiße die Zähne zusammen und umkrampfe das Lenkrad. Der Wagen rutscht in einer vereisten Kurve zur Seite, dann fassen die Reifen wieder Spur. Mona schreit auf. Die Szenerie ist unwirklich, in Zeitlosigkeit erstarrt.

"Hast du eine Ahnung, wo wir sind?" Monas Stimme klingt heiser.

Ich kichere. Meine Schwester und ich unterwegs in einem nächtlichen Schneesturm, eine vermutliche Mörderin verfolgend. Das übertrifft alle meine halluzinogenen Reisen im peruanischen Regenwald. Ich spüre, wie meine alte Freundin Mira mir auf die Schulter klopft.

„Courage, Regine, ist eine Charaktereigenschaft, die man lernen kann", sagte sie, wenn ich zögerte, ihr in das Zelt eines Schamanen zu folgen. Oder wenn ich vor einer Fahrt auf einem zusammengeflickten Floß zurückschreckte, das uns über einen Fluss voller Kaimane bringen sollte.

Ich schüttele den Kopf und kneife vergeblich die Augen zusammen, um etwas zu erkennen.

„Hauptsache, wir verlieren nicht die roten Raubtieraugen vor uns aus dem Blickfeld. Behalte sie gut im Auge, Mona."

Ambuschs Volvo startete in der Garage, als wir uns gerade an das Haus herangepirscht hatten in der Hoffnung, durch die Rollläden oder eine Terrassentür einen Blick ins Innere werfen zu können. Als der Wagen rückwärts heraussetzte, pressten wir uns in den Schatten der hohen Sträucher neben der Garage. Wir hörten, dass Ambusch jemandem etwas zurief, vermutlich ihrem Mann. Etwas über Ella, ihre Tochter. Als sie an uns vorbeifuhr, erhaschte ich einen Blick auf das Bündel auf dem Rücksitz des Wagens.

"Oh Gott, sie hat das Kind bei sich im Auto", flüsterte ich Mona zu. Die sah mich nur verzweifelt an.

Vergeblich versuche ich, mich im weißen Niemandsland zu orientieren. Jegliche Straßenmarkierungen sind im Tiefschnee verschwunden. Wie in Zuckerwatte verpackte unlesbare Straßenschilder tauchen am Straßenrand auf. Bevor ich reagieren kann, haben sich mit einem Mal die Schlusslichter des Volvos weit entfernt und glimmen nur noch wie zwei winzige Blutstropfen. Mit diesem Auto hat sie im Schnee einen unschlagbaren Vorteil.

Panisch wischen Mona und ich über die sich ständig neu beschlagenden Scheiben. Das Gebläse des Fiats ist hoffnungslos überfordert, wahrscheinlich für schwüle römische Sommer konzipiert. Meine Schwester jammert leise Unverständliches vor sich hin. Vielleicht betet sie. Hoffentlich nützt es etwas. Denn jetzt gibt es nur noch weiße Schleier vor meinen Augen. Wir schleichen im Schneckentempo dahin, und ich erwarte jeden Moment, dass der Wagen in Schnee oder Matsch steckenbleibt. Wohin ist der Volvo verschwunden?

"Kann sie von der Straße abgekommen sein?", fragt Mona, deren Stimme durch ihre Angst um einige Töne höher klingt als ohnehin. Sie presst suchend das Gesicht gegen ihr Seitenfenster.

"Möglich. Vielleicht ist sie auch abgebogen."

Ich spähe mit angehaltenem Atem in das Nichts auf meiner Seite der Straße. Jede von uns starrt in hinaus in die Nacht. Es ist hoffnungslos. Wir haben sie verloren. Die Ambusch wird sich mit dem Kind ins Ausland absetzen, einen anderen Namen annehmen und für immer verschwinden.

„Du hattest recht, Mona." Ich seufze. „Wir hätten doch die Polizei hinzuziehen sollen. Es war eine saudumme Idee von mir, dies auf eigene Faust zu versuchen. Warum hast du mich nicht gestoppt!"

"Stopp!", schreit Mona in diesem Moment und fuchtelt mit dem Zeigefinger vor meinem Gesicht herum. Ich folge ihrem Finger, der nacht rechts weist. Ein Glück, dass ich extrem langsam gefahren bin, sonst hätten wir diese Abbiegung verpasst. Ich erkenne eine verdeckte Schneise, an der wir um ein Haar vorbeigefahren wären. Frische Reifenspuren führen in einen Wald hinein. Mit aufheulendem Motor und durchdrehenden Reifen weigert sich der Wagen, zurückzusetzen.

„Steig aus, Mona - du must den Wagen von vorn zurückschieben!"

Sie öffnet die Tür und stapft um den Wagen herum. Behutsam und mit Feingefühl lasse ich gleichzeitig die Kupplung kommen und gebe minimal Gas. Nicht umsonst habe ich vor vielen Jahren einen Schleuderkurs erfolgreich bestanden. Mona presst sich mit aller Kraft gegen die Motorhaube. Der Wagen setzt gehorsam zurück, und meine Schwester lässt sich wieder auf den Sitz fallen.

Vorsichtig biege ich in die Schneise ein. Sofort beginnt der Fiat in wadenhohem Schnee zu schwimmen. Gleich werden wir endgültig steckenbleiben.

"Dies wäre eine perfekte Falle, uns loszuwerden." Mona bestätigt, was mir auch gerade durch den Kopf gegangen ist.

"Wir sind verrückt, eine Mörderin im nächtlichen Schneetreiben zu verfolgen. Ausgerechnet du und ich."

Um ihren Mund zuckt als Antwort die Andeutung eines Lächelns. Ich bin zu angespannt und aufgeputscht, um Angst zu verspüren. Das Auto schlingert, und Mona zieht mehrfach scharf die Luft ein, was beträchtlich zu meiner Nervosität beiträgt. Hoffentlich gelingt es mir, auf den Reifenspuren zu bleiben. In der Ferne, in diesem dunklen Schlund vor uns, glaube ich blasses Licht schimmern zu sehen.

"Ist das Scheinwerferlicht weiter vorn, was meinst du?"

Ich traue meinen Augen nicht mehr. Die Welt scheint nur noch aus Flimmern zu bestehen.

"Könnte sein." Mona blinzelt angestrengt durch die Windschutzscheibe.

"Ja!" Plötzlich ist sie aufgeregt. "Ich kann die roten Schlusslichter erkennen. Das ist sie!"

Erleichtert gebe ich ein wenig Gas. Das ist genau die falsche Entscheidung. Wie in Zeitlupe gleitet das Auto vom Weg ab und sinkt in einen Graben, während ich hektisch gegenlenke. Der Wagen endet in verwirrender Schräglage, die Fahrerseite völlig im Schnee versunken. Mit einem Aufschrei stößt Mona die Beifahrertür nach oben auf. Nacheinander zwängen wir uns durch die Öffnung, und auf allen Vieren kriechen wir aus dem Graben heraus.

Dann stehen wir nebeneinander, während unser Atem sich allmählich beruhigt, und lauschen in die Dunkelheit. Monas Anwesenheit gibt mir ironischerweise Sicherheit. Sie zittert und klammert sich an meinen Arm.

Irgendwo, nicht weit von uns, brummt ein Motor. Schwacher Lichtschein flackert zwischen den Baumstämmen und erlischt mit einem Mal. Nun herrscht völlige Stille. Ich halte die Luft an und spitze die Ohren. Mein Herz rast zum Zerspringen. Neben mir hechelt Mona leise wie meine Hunde, wenn sie gerade einen Alptraum haben.

"Los, komm", flüstere ich und zerre meine widerstrebende Schwester in die Richtung, aus der der Lichtschein gedrungen ist. Wie Wilderer pirschen wir durch den knirschenden weichen Schnee. Erinnerungen an Winterabende in den Voralpen tauchen in mir auf. Mona und ich, wie wir als Kinder auf Langlaufskiern durch einen nächtlichen Wald gleiten. Wir haben Tante Ingrid im Nachbardorf besucht. Ich spure mit meinen Skiern, und Mona folgt mir, beide jauchzend vor Begeisterung.

Das Schneetreiben hat nachgelassen, und unsere Sicht wird klarer. In einem Geistesblitz zieht Mona ihr Smartphone aus der Tasche, mit dessen Beleuchtung sie für kurze Momente den Weg erhellt.

"Ich glaube, da kommt noch ein Auto hinter uns." Sie bleibt stehen und lauscht. Ich horche regungslos.

"Stimmt! Das klingt, als ob uns noch jemand folgt."

Wir beschleunigen unsere Schritte. Mit einem Mal endet der Wald und öffnet sich zu einer hügeligen Landschaft, die rechts von uns zu einer schimmernden grauen Fläche abfällt.

"Ein zugefrorener See", flüstert Mona.

Sie könnte Recht haben. Der Volvo steht mit geschlossenen Türen nicht weit vom Ufer entfernt.

Links von ihm erkenne ich jetzt ein kleines Haus, von dem aus etwas wie ein Badesteg auf den See hinauszuführen scheint. Vermutlich ein Ferienhäuschen.

Tatsächlich nähert sich ein weiterer Wagen. Bevor seine Scheinwerfer uns erfassen können, ducken wir uns hinter einem Stoß gefällter Baumstämme.

47

Jetzt öffnet sich die Fahrertür des Volvos. Eine Frauengestalt schiebt sich taumelnd heraus und umklammert für einen Moment mit gesenktem Kopf den Türrahmen. Ambusch. Dann starrt sie in die Richtung des herannahenden Fahrzeugs, eines kleinen Geländewagens. Ihr Gesicht erscheint wie eine weiße Maske mit riesigen dunklen Augenhöhlen. Tonlos öffnet und schließt sich ihr Mund. Der Motor des herannahenden Wagens heult auf und übertönt ihre Schreie. Das Fahrzeug schlittert an uns vorbei. Schemenhaft erkenne ich hinter dem Steuer einen Mann. Mona greift nach meiner Hand und umkrallt sie schmerzhaft.

Ambusch hat mittlerweile den Kofferraum ihres Fahrzeugs aufgerissen und hebt einen zusammengefalteten Buggy heraus, gefolgt von einem Koffer, den sie mit Mühe herauszerrt. Sie klappt den Buggy auf, öffnet die Hintertür des Volvos, zieht die eingehüllte Ella vom Rücksitz und platziert sie im Kinderwagen.

„Die glaubt doch wohl nicht, dass sie das Kind im Buggy durch den Schnee fahren kann." Voller Verwunderung schüttele ich den Kopf.

„Noch dazu mit diesem riesigen Koffer", sagt Mona.

Die Frau versucht vergeblich, den Buggy zu schieben und gleichzeitig den Koffer auf seinen Rädern hinter sich herzuziehen.

Mona schaut mich an. „Jetzt ist sie komplett durchgedreht!"

„Vermutlich ist das ihr Ferienhaus. Sie wollte sich wohl mit Ella dort verstecken."

Wir sehen, wie die Ambusch sich das Kind auf die Arme hievt und einen Moment schwankt. Sie lässt Buggy und Koffer im Schnee zurück und bewegt sich, gebückt unter ihrer Last, vom Auto fort.

"Die geht doch wohl nicht zum See!" Der Schreck fährt mir durch alle Glieder. Ich hatte erwartet, dass sie sich in Richtung Haus bewegen würde.

"Oh mein Gott! Was hat sie mit dem Kind vor?" Mona stößt ein unterdrücktes Stöhnen aus.

Geduckt laufen wir beide ein paar Schritte vorwärts, stocken aber, als in diesem Moment der Fahrer des Geländewagens herausspringt. Der Motor läuft weiter, Scheinwerfer überfluten die Szene mit Fernlicht.

"Viktoria!" Seine Stimme überschlägt sich. "Nicht auf den See, Viktoria! Bleib stehen!"

Keuchend hetzt der Mann an uns vorbei und stapft zu Frau und Kind hinunter. Ich sehe, wie er ausrutscht und stürzt, sich wieder aufrichtet und weiterläuft, um gleich darauf erneut kopfüber in den Schnee zu fallen. Gebannt verfolgen Mona und ich die Verfolgungsjagd. Im Scheinwerferlicht wirkt das Geschehen wie eine Schlussszene aus einem skandinavischen Krimi.

Die Ambusch ist trotz ihrer Bürde überraschend flink. Es gelingt dem Mann nicht, sie einzuholen, bevor sie auf den vereisten See hinaustritt.

48

VIKTORIA

Auf den See wird er ihr nicht folgen, da ist sie sicher. Sie weiß nicht, was geschehen wird, wenn sie die Eisfläche erst einmal überquert hat. Auf dem anderen Ufer liegt ihre und Ellas Zukunft, so viel ist gewiss. Als Erstes müssen sie dort ankommen, dann wird sie weiter sehen.

Merkwürdig, dass sie hier seit ihrer Kindheit ihre Ferien verbracht hat, ohne sich jemals zu fragen, was sich dort drüben befindet. Ein Dorf mit hilfsbereiten Menschen, vielleicht ein Bahnhof, von dem aus Züge sie fortbringen würden, in Sicherheit. Oder ein kleines Hotel, in dem sie für eine Nacht Zuflucht finden könnten.

In ihrem Kopf wirbelt Konfetti durcheinander. Kein Wunder, nach allem, was sie durchgemacht hatte. Ihr Atem keucht. Immer wieder muss sie stehenbleiben, wenn sie ein Hustenanfall überkommt. Es gelingt ihr nicht, auch nur einen einzigen klaren Gedanken zu fassen. Nur vorwärts, sagt sie sich. Weit weg.

Fred hat ihren Plan, sich für ein paar Tage im Seehaus zu verschanzen, mit seinem Übereifer durchkreuzt. Schade, dass sie den Koffer am Ufer hat zurücklassen müssen; er enthält so wichtige Dinge.

Zum Glück aber hat sie im letzten Moment daran gedacht, ihre Handtasche aus dem Auto mitzunehmen. Ohne Geld und Papiere wäre ein Neubeginn unmöglich. Nur weiter. Seine Rufe klingen schon schwächer. Aber Ella wird verdammt schwer. Oder ihre Kraft erlahmt. Der Husten schwächt sie; ihre Beine drohen unter ihr nachzugeben. Merkwürdig, dass die Kleine sich so ruhig verhält. Viktoria hat erwartet, dass es nicht einfach sein würde, sie zu besänftigen. Doch zum Glück scheint sie tief zu schlafen.

Als Viktoria sich umdreht, erblickt sie schemenhaft seine Gestalt am Ufer des Sees, wie ein Scherenschnitt vom Scheinwerferlicht seines Wagens angestrahlt. Er fuchtelt wild mit den Armen. Und ... oh nein! Sie hat den Eindruck, dass der Idiot sich jetzt doch tatsächlich auch auf den See wagt. Dabei kann er nicht einmal schwimmen. Sie wird ihn jedenfalls nicht herausziehen, sollte er einbrechen, das steht fest.

Während sie sich wieder nach vorn wendet, streift ihr Blick eine dunkle Spur, die sich hinter ihr herzieht. Sie keucht vorwärts, dann schaut sie sich erneut um. Was ist das bloß? Es sieht aus wie eine Kette aus dicken schwarzen Perlen. Perlen, die sich bis zum Ufer hin fortzusetzen scheinen.

Im nächsten Augenblick bemerkt sie völlig verwirrt, dass ihre Handschuhe durchnässt sind. Panische Schluchzer schießen in ihr hoch. Aber es hilft nichts. Sie darf auf keinen Fall stehenbleiben, um sich Gewissheit zu verschaffen. Oder um nach Ella zu schauen. Vielleicht hat das Kind sich nur eingenässt. Auf dem See wird Marius wesentlich rascher vorankommen als sie mit Ellas Bleigewicht auf den Armen.

Die Kleine zieht sie nach unten. Sie scheint immer schwerer zu werden. Die Lichter am anderen Ufer sind in unerreichbare Ferne gerückt. Wie soll sie es jemals schaffen, dort anzukommen?

Sie zwingt sich, das Schluchzen zu unterdrücken, das ihr den Atem raubt. Glauben kann Berge versetzen. Ein neues Gefühl von Zuversicht beginnt in ihr zu pulsieren und liefert frische Energie. Mind over Body – der Körper ist nur ein Werkzeug des Geistes.

Das Eis unter ihr gibt plötzlich ein tiefes Stöhnen von sich. Es klingt animalisch, wie ein riesiges Ungetüm, das den See beherrscht. Als wehrte sich das Eis dagegen, betreten zu werden. Sie erschauert und keucht vorwärts. Sie fühlt sich selbst wie ein Wildtier auf der Flucht vor Raubtieren, die ihre Schwäche wittern.

Jetzt ist sie mitten auf dem See angelangt. Unter ihren Schritten spürt sie ein leises Knacken, ein Splittern, als bräche Glas auseinander. Nein, das kann nicht sein. Seit Wochen schon haben Minustemperaturen geherrscht. Aber sollte das Eis auf der Mitte des Sees tatsächlich bersten, wären Ella und sie verloren.

Erneut überfällt sie grenzenlose Angst, die ihr die Luft abschnürt. Nie zuvor hat sie solche Panik empfunden. In ihrem Unterleib krampft sich eine riesige Faust zusammen, der Schmerz treibt ihr den Schweiß aus allen Poren. Mit schwindender Kraft umklammert sie ihre Last. Schon erklingt sein Schnaufen hinter ihr, schon hört sie seine erstickten Rufe.

"Stehenbleiben", röchelt er. "Das ... nicht Ella!"

"Bleib wo du bist", kreischt Viktoria, ohne sich nach ihm umzuwenden. "Ich habe eine Pistole! Lass uns in Frieden! Wir brauchen dich nicht!"

Natürlich hat sie keine Waffe außer ihrem Durchhaltevermögen. Doch ihre Füße lassen sich immer schwerer vom Eis heben. Sie schafft es nur noch, sich schneckenartig über die verharschte Fläche zu ziehen. Wie geschmolzenes Wachs geben ihre Beine schließlich nach. Kraftlos sinkt sie zu Boden und stürzt nach vorn, Ella unter sich begrabend. Sie weiß, sie wird sie erdrücken. Schon spürt sie die zarten Knochen des Kindes unter ihr knacken und zerbrechen. Aber vielleicht ist es auch nur das Eis, das unter ihnen nachgibt. Sie weiß nichts mehr, sie spürt nichts mehr. Der Kampf ist verloren. Mit geschlossenen Augen wartet sie auf ihn.

Als sie sie wieder öffnet, steht Freds riesiger Schatten über sie gebeugt.

"Sie ist tot." Viktoria vergräbt ihr Gesicht in der Bettdecke, die mittlerweile von einer dunklen Flüssigkeit völlig durchtränkt ist. Ellas Blut. Sie schluchzt auf und umklammert das leblose Kind.

49

REGINE

Das Schneetreiben hat sich völlig gelegt. Fahles Mondlicht zeichnet Schatten und verwischte Formen wie eine Kreidezeichnung auf dunklem Papier. Aneinandergeklammert versuchen Mona und ich, das Geschehen dort draußen auf dem See zu verfolgen.

"Wird das Eis halten?", wimmert Mona.

"Ich denke schon." Ich bin mir keineswegs sicher.

Ein durchdringender Schrei schallt zu uns herüber. Eine Frauenstimme, in Todesangst. Der See stöhnt. Das Geräusch erinnert mich entfernt an Walgesang.

"Was können wir bloß tun?" Mona weint laut auf.

"Die sind sicher mit dem Kind in den See eingebrochen. Ich rufe jetzt die Polizei an."

Sie zerrt ihr Handy aus der Jackentasche. Obwohl mir das sinnlos erscheint, lasse ich sie gewähren. Jede Hilfe kommt mit Sicherheit zu spät. Meine Schwester lässt das Handy nach einem Moment wieder in der Jackentasche verschwinden.

"Ich weiß ja nicht einmal, wo wir eigentlich sind", murmelt sie.

In meiner Verzweiflung setze ich mich in den Schnee. Ich starre hinaus auf den See, wo ich nun schemenhafte Figuren erkenne. Bedeutet das, sie leben noch? Es scheint, als ob sich die Gestalten allmählich dem Ufer nähern.

In dem Moment dringt mir ein neues Geräusch in die Ohren. Ich erstarre. Auch Mona hat es gehört. Wir lauschen beide mit angehaltenem Atem. Es klingt fast wie ein Kind. Ein weinendes Kind. Meine Wahrnehmung muss mir einen grausamen Streich spielen. Das Weinen scheint aus dem Wald oder von irgendwo hinter uns zu kommen.

"Hörst du das?" Mona schüttelt meinen Arm.

Ich stehe auf und drehe mich vorsichtig um. Meine Schwester hat sich schon auf den Weg Richtung Wald gemacht, und ich folge ihr. Das Weinen wird durchdringender, wütender. Ich lege die Hand vor meine Augen, um sie gegen das Scheinwerferlicht des Geländewagens abzuschirmen. Jetzt laufe ich. Mona ist bereits am Wagen angelangt und späht hinein. Ich höre ihr hohes Schluchzen, sie klingt wie ein verletztes Tier.

Dann sehe ich es. Auf dem Rücksitz des Fahrzeugs sitzt ein kleines Kind mit hellen Locken und schreit aus Leibeskräften. Als es uns sieht, verstummt es erschrocken. Mona öffnet hastig die Tür.

Sie macht beruhigende Geräusche und versucht, die dicke Decke, aus der sich das Kind herausgeschält hat, um den kleinen, sich windenden Körper zu legen.

"Das ist die Kleine! Ella!" Meine Stimme klingt heiser.

Mona mustert mich, mit geöffnetem Mund und glitzernden Augen. Dann schiebt sie sich neben das Kind auf den Rücksitz. Ich haste um den Wagen herum und setze mich auf die andere Seite. Ella schweigt erschrocken, in ihren Bewegungen erstarrt, und schaut von einer zur anderen, als wären wir Waldgeister. Das runde Gesicht ist tränenüberströmt; die Kleine muss schon eine Weile geweint haben. Sie seufzt mit einem letzten Schluchzer auf, lehnt sich zurück und kuschelt sich in die Decke. Unsere Wärme scheint sie zu beruhigen. Nach wenigen Momenten fallen ihr die Augen zu. Ich putze ihr sanft das verschmierte Gesicht ab.

Wir warten, sie zwischen uns umklammernd. Unter ihrem Quilt und unseren Mänteln ist sie kaum mehr zu erkennen. Sie duftet nach Schlaf, Tränen und Penatencreme. Ich werfe Mona einen Blick zu und sehe, dass auch ihr Gesicht tränenüberströmt, aber entschlossen ist.

Niemand wird uns dieses Kind mehr entreißen, dessen bin ich mir sicher. Wir werden es mit Zähnen und Krallen verteidigen, komme was wolle.

Wir sehen die beiden Gestalten am Ufer ankommen, die kleinere mehr getragen als laufend. Als der Mann sie loslässt, sinkt sie in den Schnee. Er zerrt an ihrem Körper, doch es gelingt ihm nicht, sie zum Aufstehen zu bewegen.

Schließlich gibt er auf und nähert sich seinem Fahrzeug. Er stößt einen entsetzten Schrei aus, als er unsere dunklen Umrisse bei dem eingewickelten Kind sitzen sieht. Keine idealen Umstände, die Verwandtschaft seiner Adoptivtochter kennenzulernen.

„Wer sind Sie?", herrscht er uns an. „Was haben sie hier zu suchen? Sofort aussteigen, los! Sie ängstigen ja das Kind zu Tode!"

Ella erwacht und beginnt wieder zu weinen.

„Ich bin Julias Mutter." Mona spricht mit einer mir unbekannten Autorität. „Sie wissen schon – Julia ist oder war die leibliche Mutter dieses Kindes!"

Der Mann weicht zurück. Es scheint ihm die Sprache verschlagen zu haben.

Sie weist auf mich. „Und das ist meine Schwester Regine, Julias Tante. Wir weichen hier nicht von der Stelle, bis wir das Kind in Sicherheit gebracht haben."

„Ist das da unten Ihre Frau?" Ich zeige auf die im Schnee zusammengekrümmte Gestalt am Seeufer.

Er schaut zu ihr hinunter, ohne zu antworten.

„Sie ist eine Mörderin", sage ich. „Eine gefährliche Verbrecherin, die zwei Menschenleben auf dem Gewissen hat."

Seine Schultern sacken zusammen. Er sieht mich mit leerem Blick an.

„Ich weiß", murmelt er. „Sie ist völlig durchgedreht, als sie Ella zu verlieren drohte."

„Nicht erst zu dem Zeitpunkt." Monas Stimme klingt schneidend. „Sie hat meine Enkeltochter unter Mißbrauch ihrer therapeutischen Rolle an sich gebracht. Und Sie, Herr ... Ambusch, haben ihre Verbrechen gedeckt. Vermutlich sogar davon gewusst. Sie sind ebenso schuldig wie Ihre Frau!"

„Mein Name ist nicht Ambusch", entgegnet er, als wäre das jetzt von Belang, „Fred Ankermann, aber ja, das ist meine Frau. Und nein, ich habe nichts von diesen Verbrechen gewusst. Ich hätte sie niemals gedeckt!"

Er ereifert sich und ist laut geworden.

„Ich rufe jetzt die Polizei an." Wie zum Beweis seiner Unschuld zieht er ein Smartphone aus der Jackentasche. Der Bildschirm leuchtet auf, und er wählt rasch eine Nummer.

„Viktoria muss festgenommen werden. Allerdings geht es ausgesprochen schlecht, körperlich und psychisch."

Zumindest weiß er, wo wir zu finden sind. Meinem Ortsempfinden nach könnte es uns genauso gut an den Nordpol verschlagen haben.

Er spricht mit jemandem am anderen Ende und fordert einen Polizeiwagen an, weil die Mörderin zweier junger Frauen festgenommen werden müsse. Dann wendet er sich uns wieder zu. Seine Stimme klingt gedämpfter, als befürchte er, Ella könnte ihn verstehen.

„Ich hatte vor drei Jahren ein Verhältnis mit Julia, vielleicht zwei Monate lang. Sie kannte mich nur als Marius; das ist mein zweiter Name. Mehr wusste sie nicht von mir."

Er stockt und senkt den Kopf. Zögernd fährt er dann fort.

„Zuerst war es eine nette kleine Affäre. Ich hatte nicht vor, unser Verhältnis lange fortzusetzen, aber es wurde mehr daraus ... Jedenfalls, erst heute Abend habe ich von Viktoria erfahren, dass Ella meine leibliche Tochter ist. Meiner Frau war es gelungen, sie zu adoptieren."

Ich bringe kein Wort heraus. Diese illegale Adoption macht plötzlich noch mehr Sinn. Ambuschs

Mann ist Ellas Vater. Sie muss über ihren Schach-
zug stolz gewesen sein.

„Von dem Schock habe ich mich noch nicht er-
holt", fährt er fort. „Ich hatte ja gar nichts von Julias Schwangerschaft gewusst, denn wir waren bereits getrennt, als sie erfuhr, dass sie schwanger
war."

Mona starrt ihn ungläubig an.

„Sie sind Ellas leiblicher Vater? DER Marius?"

Sie und ich wechseln einen Blick. Herauszufinden,
ob er bezüglich der Machenschaften seiner Frau
wirklich so unwissend war, ist Sache der Polizei.
Was mich angeht, vertraue ich ihm nicht. Dieser
Mann hat Julia ebenso im Stich gelassen wie wir der
Rest von uns. Er hat sie für sein Vergnügen ausge-
beutet und dann fallengelassen.

Es mögen zwanzig Minuten seit dem Anruf vergangen sein, als endlich Blaulicht durch den Wald flackert und ein Polizeiwagen auf der Lichtung zum
Halten kommt. Ellas Vater geht hinüber.

"Fred Ankermann", stellt er sich den Polizisten vor
und deutet zum Ufer. "Dort unten, das ist meine
Frau, Viktoria Ambusch", höre ich ihn sagen. "Sie
hat Julia Winterfels und Karen Glashauser getötet.
Könnten Sie bitte einen Krankenwagen rufen? Sie
ist schwerkrank und völlig verwirrt, und sie weigert

sich, aufzustehen. Ich fürchte, dazu hat sie auch gar nicht mehr die Kraft."

"Ist schon unterwegs", sagt einer der beiden Polizisten.

"Woher kommt denn all das Blut?", fragt der andere misstrauisch und stochert mit seinem Stiefel im Schnee herum.

Seine Taschenlampe folgt der langen dunklen Spur hinunter zum See.

"Der Hund unserer Nachbarin", sagt Ankermann leise. "Meine Frau hat ihn heute Abend versehentlich überfahren."

Die Polizisten schauen ihn skeptisch an.

„Ein Hund", meint der eine.

„Genau", sagt Ankermann. „Ich hatte den toten Hund in unsere Garage gebracht, damit die Besitzerin keinen Zirkus machte."

Er schweigt einen Moment lang.

„Wir hatten eine heftige Auseinandersetzung, meine Frau und ich. Die Dinge sind total aus dem Ruder gelaufen. Daraufhin wollte sie mit unserer Tochter Ella fliehen; ich konnte sie nicht aufhalten. Nachdem sie die Kleine ins Auto gepackt hat, ist sie noch einmal ins Haus gerannt, um ein paar Dinge einzupacken."

Ella schläft wieder fest, den Kopf auf Monas Schoß gebettet. Mona umklammert meine Hand, ihr Zittern überträgt sich auf mich. Ankermann deutet auf die Kleine.

„Da habe ich schnell das schlafende Kind in meinen Wagen gelegt und eine alte Decke über sie geworfen. Den toten Hund habe ich in die Kinderdecke eingewickelt und auf dem Rücksitz des Volvos meiner Frau deponiert. Ich wollte vermeiden, dass der Kleinen etwas zustößt. Denn meine Frau ist im Moment wohl nicht ganz ... zurechnungsfähig.“

"Das klingt ganz so", sagt einer der Polizisten. Der andere richtet seine Taschenlampe ins Innere des Geländewagens. Mona und ich bedecken geblendet die Augen, Ella rührt sich nicht.

"Und Sie sind?" Sein Kollege schaut zu uns hinein.

Er nimmt unsere Angaben mit unbewegter Miene zur Kenntnis.

"Sie kommen jetzt alle mit aufs Revier, um Ihre Aussagen zu machen."

Die Beamten und Ankermann stapfen zum Seeufer hinunter. Mona und ich warten schweigend, bis nach wenigen Minuten ein Krankenwagen mit lautlosem Blaulicht eintrifft, was die Szene in gespenstisches Stroboskoplicht taucht. Die Sanitäter schleppen Ambuschs leblose Gestalt auf einer Trage an uns vorbei und schieben sie in die Ambulanz.

Ankermann nimmt als Beifahrer Platz in seinem eigenen Wagen, den einer der Polizisten fährt. Langsam folgen wir dem Krankenwagen. Vorbei an Karens Fiat, dessen Räder aus dem Graben in die dunklen Baumwipfel ragen.

„Ist das Ihr Fahrzeug?" Unser Fahrer wendet sich zu uns um.

„Ja", sage ich, „wir waren Frau Ambusch gefolgt und sind hier gekentert."

Er nickt bloß und dreht sich wieder nach vorn. In Ankermanns versteinertem Profil zuckt die Wange. An diesem Abend ist seine Welt vollständig zusammengebrochen. Wieviel Schuld mag ihn treffen? Wie verwickelt war er in Ambuschs Machenschaften? Ich traue diesem Mann nicht.

Ella liegt auf Monas und meinen Schoß gebettet und schläft. Zögernd sucht Mona meine Hand, um sie zu drücken. Ich schaue zu ihr hinüber und lächele sie an. Alles wird doch noch gut, denke ich.

EPILOG

„So schwer mir die Entscheidung auch fällt – ich glaube, mein Weg ist der spirituelle." Mona seufzt und schaut mich an.

Ich tätschele ihre Hand und lächele. „Es wäre schließlich nicht das erste Mal, dass ein Kind von den Großeltern oder eben der Großtante aufgezogen wird."

Wir sind uns einig geworden, dass bei mir Ella in England aufwachsen wird. Im Grunde bin ich noch zu überwältigt von den gestrigen Ereignissen und außerstande zu begreifen, dass ich ab jetzt die Verantwortung für ein junges Leben tragen werde.

Aber meine praktische Vernunft siegt über alle Bedenken. Ella braucht jetzt ein Zuhause, und wir, ihre Familie, werden für sie sorgen. Dass Joe ebenfalls dazu zählt, weiß Mona noch nicht. Irgendwann wird sie es erfahren, aber ich möchte die fragile Harmonie zwischen uns nicht zerstören. Ein Kompromiss mit Mona – zum ersten Mal in unserem Leben!

Ella hat mit mir in meinem – oder vielmehr Julias – Bett geschlafen. Zugegebenermaßen habe ich kaum ein Auge zugetan, aus Angst, sie unter mir zu zerdrücken. Aus Angst, sie könnte wieder verschwinden. Aus Staunen über dieses wunderschöne kleine Wesen, das mir anvertraut worden ist.

Ich habe den Frühstückstisch gedeckt: eine Cafetiere mit duftendem Kaffee aus Karens Vorräten, Milch, Himbeermarmelade, Waldhonig und Bergkäse. Mona hat frische Semmeln und Brot in einer Bäckerei auf der Leopoldstraße gekauft sowie bei Karstadt Windeln, Kleidung und ein Set Kindergeschirr für Ella.

Die sitzt schüchtern auf dem mit mehreren Kissen hochgepolsterten Stuhl mit uns am Küchentisch. Noch völlig verstört von den Ereignissen des Vorabends, hat sie nur gelegentlich nach Mama oder Papa gefragt, dann aufgegeben. Mona und ich sind ratlos, wie wir darauf eingehen sollten, und versuchen, sie auf unsere Art zu bemuttern.

Sie hat wenig Appetit, isst aber mit ständiger Ermunterung kleine Häppchen gebuttertes Toastbrot mit zermatschter Banane. Sie scheint zufrieden mit der Apfelsaftschorle, die wir im Kühlschrank gefunden haben, und bewundert den neuen auslaufsicheren Becher mit lustigen Affen und Schildkröten darauf. Nachher müssen wir noch einmal einkaufen gehen, um Ella mit den wichtigsten Kleidungsstücken für die Reise und die erste Zeit in England auszustatten.

Eine unbekannte Welt öffnet sich für mich, ohne dass ich Zeit hatte, mich darauf vorzubereiten. Was braucht so ein kleines Kind? Was isst und trinkt sie, welche Bilderbücher mag sie, wie versorge ich sie? Sicher hatte sie zuhause ein Lieblingstier oder eine Kuscheldecke, die sie trösten konnten. Welche Tag- und Nachtrhythmen ist sie gewohnt? Worüber freut sie sich besonders? So viel, was ich noch nicht über Ella weiß. Die Dinosaurier auf ihrer neue Hose finden ihre Zustimmung, wie sie uns kichernd kundtut.

In diesem Moment ertönt das Wohnungstelefon. Mona ist ausnahmsweise schneller als ich und nimmt rasch ab, bevor es weiter klingeln kann.

"Hallo?", meldet Mona sich.

Eine dumme Angewohnheit, sich nicht mit Namen zu melden. Das ist vor allem in England weitverbreitet, aber Mona hat es sich offenbar auch angewöhnt.

Sie lauscht der Stimme am anderen Ende. Ich blicke sie fragend an. Eine Weile lang steht sie im Raum, als versuche sie, sich an etwas zu erinnern, und runzelt die Stirn.

"Moment, hier ist sie." Mona kommt zu mir und reicht mir den Hörer. Dann setzt sie sich im Lotussitz in ihren Sessel, faltet die Hände und schaut mich unverwandt an. Verwundert hebe ich die Brauen. Welche Laus ist ihr denn auf einmal über die Leber gelaufen?

"Ja?" Mein Ton klingt schnippisch.

Am anderen Ende ist Joe. Ich atme tief durch, halte Monas durchdringendem Blick stand und berichte in möglichst neutralem Tonfall, was gestern Abend geschehen ist. Monas Anwesenheit erwähne ich allerdings nicht, und er hat ihre Stimme offenbar nicht erkannt. Er fragt erstaunt, warum ich so kurzangebunden sei. Ob es nicht Grund zur Erleichterung gebe, jetzt, wo das Kind in Sicherheit und die offenkundige Mörderin gefasst sei. Obwohl Julia dadurch auch nicht wieder lebendig werde.

"Ich rufe dich später an. Dann sprechen wir ausführlich. Ich bin noch total erledigt, und wir frühstücken gerade."

Ich lege auf. Eine Weile herrscht bedrücktes Schweigen zwischen meiner Schwester und mir.

"Das war Joachim, oder?", fragt sie schließlich leise. Ich nicke stumm.

"Du musst immer gewinnen, nicht wahr?"

Sie möchte nichts weiter wissen. Wie sie erläutert, hat sie im Kloster durch ihre dortigen Lehrer und durch ihre Meditationspraxis gelernt, sich vom

Ballast der Vergangenheit zu befreien. Dennoch ist ein Haarriss in unserer neuen Nähe entstanden.

Am Nachmittag erklärt sie mir, sie habe beschlossen, Julia in Frankreich einäschern zu lassen. Ihre Asche wird sie während einer buddhistischen Zeremonie im Obstgarten ihres Klosters verstreuen. Allerdings soll Julias Leiche, wie wir von der Polizei erfahren, erst in zwei Wochen freigegeben werden. Dann wird Mona nach München zurückkommen, um sie zu sich nach Hause zu bringen.

Die Polizei berichtet uns, dass Karens Freund Tobias am Münchner Flughafen gefasst worden ist, als er versucht hat, ein Ticket nach London zu kaufen.

Als nächste Verwandte sind Mona und ich dafür zuständig, sich um Ella zu kümmern.

„Ich werde das Sorgerecht für Ella beantragen. Wenn ich am Donnerstag nach England zurückfliege, möchte ich sie mitnehmen und brauche ihren Personalausweis", erkläre ich der Beamtin, die am späten Vormittag bei uns auftaucht.

„Wir werden sehen, was sich machen lässt", entgegnet sie.

Fred Ankermann alias Marius wird vermutlich auf freien Fuß gesetzt werden, da man ihm keine Mittäterschaft nachweisen kann. Allerdings wird uns durch seinen Anwalt mitgeteilt, er sehe sich bis auf weiteres außerstande, sich um seine Tochter zu kümmern. Wie wir von der Polizei erfahren, ist er gestern Abend psychisch zusammengebrochen und zur stationären Behandlung in eine Münchner psychotherapeutische Klinik eingeliefert worden.

Frau Ambusch scheint es in jeder Hinsicht äußerst schlecht zu gehen; sie liegt bewusstlos auf der Intensivstation eines hiesigen Krankenhauses. Offenbar leidet sie an metastasierendem Krebs in Stadium vier. Hinzu kommt eine schwere Unterkühlung nach ihrem gestrigen Fluchtversuch. Sollte sie überleben, erwarten sie zwei Mordanklagen.

Am Nachmittag machen wir unsere Aussagen bei der Polizei, und sie händigen mir Ellas Ausweis aus, den sie bei der Hausdurchsuchung in Ambuschs Haus gefunden haben. Morgen früh fliegt Mona allein zurück nach Bordeaux. Unsere Wege trennen sich. Vermutlich werde ich zu Julias Einäscherung wieder nach München kommen.

Ich weiß, dass meine Schwester und ich uns nicht wieder verlieren werden. Als wir uns am Mittwochmorgen verabschieden, löse ich meine Kette mit dem Tuti und befestige sie um Monas Hals. Verwundert schaut sie mich an.

„Dein Amulett? Willst du dich wirklich davon trennen?

„Der Tuti wird dich schützen und dir Stärke geben", sage ich, „und dich mit Ella und mir in Verbindung halten."

Sie legt eine Hand auf die Kette und umarmt mich mit dem anderen Arm.

„Ich bin froh, dass ich endlich weiß, wie gern ich dich habe und wie wichtig du mir bist, kleine Kratzbürste." Tränen stehen uns beiden in den Augen.

Zwei Tage später bringe ich Joe sein Enkelkind nach Hause. Der Flug mit Ella verlief glimpflich. Sie hat schon Zutrauen zu mir gefasst, obwohl sie vor allem den Papa vermisst. Als wir mit dem Taxi vom Norwicher Flughafen in Elmhill ankommen, wandere ich gleich mit Ella hinüber in die "Arche". Joe ist dabei, mit der rothaarigen Praktikantin ein unterernährtes Robbenbaby zu untersuchen. Ella beobachtet fasziniert das Geschehen von meinem Arm aus und lehnt ihren Kopf an meinen.

Joe blickt auf. Er sieht uns in der Türe stehen, und ein Leuchten geht über sein müdes Gesicht. Sofort springt er auf, läuft zu uns und küsst mich. Eine ganze Weile lang betrachtet er Ella mit ungläubigem Blick, bis sie sich schüchtern von ihm abwendet. Sie deutet auf die flauschige junge Robbe und sagt: "Wauwau!" Behutsam hebt Joe sie aus meinem Arm, was sie wehrlos geschehen lässt.

Gemeinsam wandern wir durch die Räume der Arche. Freiwillige Helfer sind überall damit beschäftigt, Käfige auszumisten und frisches Tierfutter zuzubereiten. Die Kleine ist tief beeindruckt von Käuzchen, Schlangen, Enten und Robben.

Unsere Hunde Poppy und Ruby, die im Aufenthaltsraum warten, begrüßen mich stürmisch, begeistern sich aber im nächsten Moment für Ella, weil sie so unwiderstehlich nach Keksen duftet. Während ich Joe im Gespräch mit dem Kind beobachte, entdecke ich den verführerischen Joachim von früher wieder. Endlich hat er die Liebe seines Lebens gefunden, und ich bin nicht einmal eifersüchtig.

Zeitfracht Medien GmbH
Ferdinand-Jühlke-Straße 7
99095 Erfurt, Deutschland
produktsicherheit@kolibri360.de